易健常 著

惜月癫星

线装書局

图书在版编目（CIP）数据

懵月癫星 / 易健常著 . -- 北京 : 线装书局 , 2017.8
ISBN 978-7-5120-2672-8

Ⅰ . ①懵… Ⅱ . ①易… Ⅲ . ①长篇小说—中国—当代 Ⅳ . ① I247.5

中国版本图书馆 CIP 数据核字 (2017) 第 184567 号

懵月癫星

作　　者：易健常
责任编辑：姚　欣
装帧设计：王文龙
出版发行：线装書局
　　地　　址：北京市丰台区方庄日月天地大厦 B 座 17 层（100078）
　　电　　话：010-58077126（发行部）010-58076938（总编室）
　　网　　址：www.zgxzsj.com
经　　销：新华书店
印　　制：北京市通州兴龙印刷厂
开　　本：787mm × 1092mm　1/32
印　　张：11
字　　数：185 千字
版　　次：2017 年 8 月第 1 版第 1 次印刷
印　　数：0001-2000 册

线装书局官方微信

定　　价：32.00 元

前　言

从桐石村走出的兑生，和从桐花新轩走出的“鱼钩”，两人是父子。一个活跃在20世纪风起云涌的大时代，一个生活在当下。他们似乎都受宿命支配，容易犯懵懂：狂热、冲动，却也是一种激情、无畏。

在三湘大地，两父子都有匪夷所思的故事，或勇武、坎坷；或离奇、诡异。真是个月也懵过，星也癫过。故事的生成让人可嗟叹，可唏嘘。最后都可以冲着这两父子用北方话骂一声：真不是纯爷儿们！

目　录

测字奇葩

人往老处走，不服老不行。用上自动剃须刀以后，很少照镜子，那天镜前偶然亮相，“吓坏了宝宝”的爷爷。这未必是我的尊容：脸上无光泽，几点老年斑霸道。年轻时对得起观众，现在失去那份自信。岁月不饶人，“渥然丹者为槁木，黟然黑者为星星”，确实，确实。与二十年前，甚至与七八年前相比，大不相同。

参团，岳阳二日游。看岳阳楼，喝君山茶，老套路。岳阳楼附近新辟出巴陵广场，广场上矗立二三十米高的雕塑“后羿射蟒”。荆蛮气象。后羿这位后生子，端的好身手，上射日头下射蟒，只是让个老婆飞到月球上，却又从来没有后羿射月的神话。嫦娥是不是劈腿，不得而知；后羿同嫦娥是不是协议分手，也不得而知。若干年过去，月宫成了嫦娥老太太的颐养院。后羿，何苦？

胡思乱想一番，回宾馆，晚饭后，散步去宾馆外的南湖广场。天色还早，夕阳给广场抹上几笔余晖，路灯陆续亮起。广场上滑旱冰的、跳广场舞的、点放孔明灯的，时尚掺和仿古，世俗玩起穿越。东面集中卖小食的推车，还有擦皮鞋的，算命测字的。测字的有十几摊。以前干这一行当的瞎子多，现在瞎子、“光子”一齐上，摊主穿着时新，每个摊档前挂一面或几面锦旗。锦旗有的起皱，有的平展，绣上“料事如神”“神机妙算”“字字珠玑”“如承天意”“阴阳卜算第一功”“高人高见”。我看锦旗，见人群涌来，莫不是躲城管？听到你呼我应的招呼声——歪嘴子来了。我被拥挤的人群踩踏鞋后跟。看到面前有擦皮鞋的，出两块钱擦鞋。

从擦鞋大妈手中接过矮板凳坐下，边擦鞋，边打听歪嘴子是什么人，怎么能搞出这么大的动静。

擦鞋大妈嘴一努，说：那边就是他，测字极灵的。

我问：叫歪嘴子，嘴巴抽风？

大妈说：不是。你未必不懂，歪嘴子和尚好念经啦。

她接着说：这一溜算命测字的挂出的锦旗，其实都是他赚来的，前手送来，他后手送出。他测字准，说得透人的心思，不吹牛皮，找他的人自然多。只是他一个月只来几天。

鞋，已经擦亮。过去看歪嘴子测字。人多，里外几重，我个高，能看到真面目：他坐在马扎上，戴顶鸭舌帽，帽檐拉齐眉毛，头偏在一边，斜眼看世界，偶尔用浑浊的目光看一眼跟前算命的人。他说话不连贯，语音厚实，有停顿，有沉吟，让听众如嚼槟榔，产生醉意。女人多，挤在前面的是个三十多岁少妇。歪嘴子问：测字？

少妇说：是的。

他说：报个字。

妇人说：报一“有”字。

他说：你想问子息？

妇人点头。

他问：当面讲还是去僻静处讲？

妇人说：当面讲无妨，我又不是姑娘大姐，没什么可瞒。

他说开来："有"下为"月"，"月"主阴，女方没有缺陷。而"月"上一横一撇，说是"夫"字，却少一半，夫星不全，问题出在男方。男方去男科医院做个检查，对症下药，或会有喜。

妇人连连点头，说：我老公就是固执，先生这一说，我心里有底。

妇人一边抽出几张红色的"老人头"递过去，一边骂老公：死鬼，总说是我的问题，让我药吃一堆。今天算是找到说法。

众人看得发呆。

妇人挪身，挤进条中年汉子，穿着亦军亦民，口音南腔北调，气色若慌若虑，身板如缸如塔，黑黑瘩瘩，鼓鼓墩墩，坐在板凳上如只牛蛙，粗声大气说：测算个"田"字，问去向。

歪嘴子在写字板上写个"軍"字，问：刚退伍？

汉子点头，说：神！想问，该从政还是经商？

歪嘴子将"軍"抹剩一"田"，说：你解甲归田，若是做生意，赚得套商品房。

他在"田"上添一宝盖，以示商品房。又说：有一口饭吃，算是小富。

又在宝盖下写“一”和“口”，合成一“富”字。

汉子点头。

他继续讲：依我看，“田”如一官印。

众人看出来，说：是呀，是像官印。

歪嘴子说：“田”有五“口”，两口为“官”，三“口”为“品”，若是从政做官，可做到一定品级；再有，“田”为两“日”，两“日”为昌，今后事业昌盛。

汉子脸上挤出笑褶子，说：从政好，从政好！

歪嘴子略作停顿，说：“田”字四面“山”，要多找靠山。

一番话说得汉子喜虫子冲头，打开钱包，倾其所有，手中一叠递过去，说：兄弟，说得到位，今天只带这么多，不成敬意！

周围的人看蒙了，歪嘴子不动声色，接过钱，并不表谢意。

一旁有人问他：测字有什么依据？

歪嘴子说：宇宙是全息的，天人合一。

他轻描淡写，让人看到宇宙洪荒、天球河图、阴阳八卦、运势起伏，一片啧啧，叹服。

我也叹服。叹服的是汉字的丰富、含蓄、通达、变化，偏旁部首、横竖撇捺生出这么多奥秘，牵动世态人心，让人省悟，让人服膺。细想，汉字同宿命或许有关联，占卜时在乌龟板上烤出裂纹，裂纹不就是原始的字？最早用蓍草占卜，蓍草拼出的卜相，会不会是最早的字形？

一个年轻妹子挤到跟前，说：测算个“新”字，问婚姻。

他写出“新”，当即断言：婚姻有阻碍，女方家里不同意。

年轻妹子问：为何？

他指着“新”字，说：左为男，右为女。男方如立木，女方如斧斤，以斧砍木，当然有阻碍。

妹子急着问：能改变？

他慢悠悠地说：我没有将话说完。立木为亲，你男友高端、大气、上档次，正是你的亲人，你同他真心相爱，“你有你的铜枝铁干，像刀，像剑，也像戟。我有我的红硕花朵，像沉重的叹息”。

我暗叹，他搬出了舒婷的《致橡树》[①]？

他又在“斤”的右边写个“坎”，说：你们面前横着一道坎。

指着“坎”字的“土”旁，说：这道坎由地方习俗造成。

抹去“土”，余下的“欠”往“斤”一靠，拼出个“欣”，口中念念有词：妹子，关键还在你，不怕的，你看，前途欣欣向荣。

众人欢腾。

我随口读出《致橡树》后面几句——“这才是伟大的

① 舒婷，中国当代女诗人。《致橡树》创作于1977年3月，是“文革”后最早的爱情诗。

爱情，坚贞就在这里：爱——不仅爱你伟岸的身躯，也爱你坚持的位置，脚下的土地”。坏了事。

歪嘴子听到，似乎认出我，站起身，立马收摊子，夹着写字板和马扎，泥鳅一样消失在人群的泥涂中。

他认出了我？为什么要躲？我怅然有所失，回到宾馆，倒在床上。估计是他！

几天后，回长沙，决定做件事。

下午，坐公交，转几次车到东郊。说是“郊”，其实热闹。路过一片建筑工地，穿过一条巷子，找到一处陈旧的公馆。公馆门上“桐花新轩”的木牌匾上，字已模糊，有的字已脱落，只保留“同”“化”，其他的字和偏旁，让风雨，或是让岁月侵蚀了。门上仍挂着那把年代久远的大铜锁，我脱下鞋子，不费力气将铜锁敲击落。这处公馆太熟悉，三十几年前就来过，七八年前在这里住过几个晚上。进屋叫“有人吗”？无人应答。

院子荒芜，栽种在陶缸里的发财树、富贵竹已枯萎。天色昏暗，进屋，视线模糊，我轻车熟路，按下墙上开关。本应发亮的壁灯、顶灯一大半不亮。再叫一声“有人吗？”还是无人应答。我上楼，楼上一切依旧，只是气闷。开灯，开窗户，有了空气对流，有了光亮，屋里算是有了人气。桌上一层灰，电脑用布蒙着。靠墙的书架被大幅床单遮盖。揭开床单，陶制的油盐坛子还在，我碰倒巴掌大的照片框，很“过去式”的那种，嵌着鱼钩年轻时拍的照片：桀骜不驯，意气风发；有张大些的，是他同一位长得蛮漂亮的女子的结婚照。我在岳阳见到的歪嘴子是“鱼钩”？不可能。我立刻放弃原先的猜测，七八年前我还见过他，会认不出？

我坐在书桌前发呆。想到七八年前——

鱼钩·女一号

八年前的事。

八年前接到电话，邀我参加同学会。手头事多，开始犹豫。后来又有电话告知，这次联系上“鱼钩”，他保证来。为了见鱼钩，我订了广州到长沙的高铁票。

立马记起他的尊容：凸起的额头，翘起的下巴，侧面剪影似一弯新月，夸张地说像钓鱼钩。据说，下颏起翘的人自信。若以鱼钩为例证，确实。他才思敏捷，语言尖刻，不可一世，以潇洒旷达出名，身上故事不少，同我磕磕碰碰的时候也多。但不论什么时候，这个另类不容易被抹杀。离经叛道的社会学家李银河的老公王小波也是另类，王小波说，人要活得“有智、有性、有趣”。拿这六个字套在鱼钩身上，贴切。毕业多年，他的踪迹如草绳灰线，若有若无。有的说他已是高官，有的说依他的脾气性格，定会得罪人，是不是翻了船，说不好。

我记起同鱼钩的舌战至少有几十回合，占上风的时候不多。若论取绰号的智慧含量，他远胜于我。我叫他“鱼钩”，因他姓余，还有就是他的尊容，突出的额头和翘下巴，侧面看像个钩子；他叫我“箭垛”，因为我姓名中有一“建”，建、箭同音，再有，他以为我只适宜做箭垛子，是典韦一类有勇无谋的人物。

大学刚入学，我就接受他的拷问：唐诗能背多少？宋词能背多少？问到我山穷水尽，他从书架上抽出本《唐宋名家词选》给我，让我从“平林漠漠烟如织”读起。他当时喜好的是苏联未来派诗人马雅可夫斯基的《穿裤子的云》。

同他住一间宿舍，不幸耶？大幸耶？每天一早，就被他公鸭声的早课催醒：

“吴山青，越山青，两岸青山相送迎，谁知离别情……”

“把吴钩看了，栏杆拍遍，无人会，登临意……”

要不就是：

“摆开队伍前进，

这里用不着说瞎话，

是你，毛瑟枪同志，起来讲话

向左向左向左……”

先是“婉约”“豪放”的马匹相继而来，后是“未来派”的马队呼啸而去，凌晨的清梦被捣破。探头一看，他披着大衣，临窗远眺，那束阳光镀上他翘起的眉毛。

这家伙文得，也武得。那年头要防汛抢险，下雨天担湿泥固堤。我担心衣服湿了没有干的换，赤膊上阵；再有，工具不够，我干脆两手各提一畚箕湿泥上堤。班上一位女同学，就是后来中文系文艺宣传队“女一号”发出赞叹：好有力气。

他听到，估计有些“捻酸”，告诉女一号，说我是典韦，赤膊上阵。

女一号问：典韦是什么人？

他说：《三国》中的人物，被乱箭射成箭垛。

我或者应该认为女人是祸水。如果不是女一号无心的赞美，我不会成为“箭垛”。

又记起那年元旦，观看文艺演出，台上红太阳万寿无疆，台下男生们“选美”。那个年头，“当兵三年，见了母猪是貂蝉”；同理，“大学四年，见到女同学口流涎”。舞台上表演《北京的金山上》，女演员腰肢摆个杨柳十八翩，摆得起劲时，我旁边的鱼钩眉毛跟着十八翩，翩得不过瘾，大叫一声：樱桃樊素口，杨柳小蛮腰。大家没有看台上，目光却聚焦于他；他红着脸，眉毛拧起来喝道：看我干什么？看台上！

后来有变化。他开始学跳“万岁，毛主席”一类“忠字舞”，执意参加文艺宣传队。谁能拒绝他呢？出身好，热情高。只不过在台上，撅起屁股挥动手中的小红书时，他的动作实在夸张。在文艺宣传队，若是群舞，他还混得过去，那次模仿京剧《奇袭白虎团》的杨伟才，他却露馅；跃起的动作太大，身体失去平衡，“啪”地摔在舞台上。虽说出丑，他坚持留在文宣队，因为爱上了宣传队的女一号。

女一号有男朋友，鱼钩撬墙脚，不地道。那次，他同女一号在湘江边约会，被我和一群同学看到，我写了几行诗给他：

爱神找诗人乞求虚荣，
诗人向爱神寻找爱情。
他们一旦在河边握手言欢，
上帝在云间哭红眼睛。

他被惹恼，说了一串尖刻话。我一想，又何必争一日之短长，争下去，他会死缠烂打。

当年《基督山恩仇记》洛阳纸贵，我借了一套，共四册。感谢大仲马，书中的故事情节太美妙。我读过第一册，递给鱼钩，其他三册锁在抽屉。他当晚读完第一册，第二天一早，黑着眼圈向我借第二册，我不给。他要拿其他书换，我不给；送我香烟，我也不给；请吃饭，我仍是不给。这是我第二次占上风。

待到“复课闹革命”，没老师授课，“革命”照样闹。我们穷极无聊，搞起各种“副业”，我同他有共同的生财之道：代写情书。我标的价码适中，写一封给锡箔纸包装的香烟三包，可以是“大前门”，也可以是“三门峡”；如果女生读了情书有约会的意向，追加两包。他不同，以为是文章高手，写一封索取带过滤嘴的香烟五包。刚做第一笔业务，他就失算，代写的情书过于肉麻，收到情书的女生气不过，认为求爱的男生连癞蛤蟆也算不上，只能算“小蝌蚪”。

女生抹去情书上自己的名字，两页纸贴在食堂门口，将“小蝌蚪”的姓名及要求公之于众。“小蝌蚪”被中文系革委会找去谈话，并让他写检讨，他气不过，找鱼钩兴师问罪。鱼钩一拍胸脯：老子服务一条龙，连检讨也包下来。从此他的情书摊子门可罗雀。

本来我可以在他面前再一次昂首挺胸，结果是，拿起狗来打石头，反被石头咬一口。得从“文革”时给工宣队员送杧果说起。有几个杧果将送达河西几所高校，我们列队欢迎，队伍从学校排到滦湾镇。站在队伍中苦苦地等杧果，一等不来，二等不来，八九月天气又热。鱼钩说：娘的，工宣队吃热带水果，我们吃热带风。

我说：可以吃温带水果。

他问：温带水果是什么？

我们不约而同说出：橘子！

相视一笑，同去山上橘子园。温带水果令人垂涎，金黄色的橘子将树枝压弯。我看中垂下来的一串，只一跃，橘子到手。就在这时，守园的工人发现，追。我扔下橘子，就逃遁。我确信，那是我“更快更高更强”的一次经历：跳得高，采到树上的橘子；跑得飞快，接连跨过几个高坎；到达安全地段时，我的心要蹦出胸腔。鱼钩倒好，若无其事地坐在树下。看守橘园的工人盘问他，这个家伙当叛徒“王连举”，说出：偷橘子的叫“箭垛”。

第二天在食堂吃饭时，学院广播站居然播出：昨天有“钱多”偷摘学校橘子。听到广播后，“钱多”必须马上到革委会保卫科投案自首。

有打饭的女同学说：钱多，舍不得买？要去偷，真是。

知道内情的男生将怀疑的目光投射到我身上，鱼钩挤眉弄眼，冲着我笑，我又一次败在他手下。

后来，当他断行诗的技巧接近成熟，走的是贺敬之、郭小川的路子，当他的一首长诗在《光明日报》发表，占了三分之二个版面，《光明日报》给他寄来二十份报纸作为稿酬。他更像诗人了，并且是无产阶级诗人。他以为有了足够的本钱去“把妹”。

诗人不一定是“把妹达人”，当他对女一号绝望，又在其他漂亮些的女同学面前接二连三地碰壁之后，就将普希金的诗挂在嘴边。听多了，我们都能悲兮兮重复他背诵的诗句：假如生活欺骗了你，不要忧郁，也不要愤慨……

礼帽·打回原形

八年前那次同学聚会亮点不多。以前有过几次同学会，无非是将读书时的事情一件一件絮叨：登徒子卖膏药，懒婆娘不洗脚。几十年过去，“文革”中的恩怨情仇早已灰飞烟灭。至于以后的工作、生活，都属于隐私范畴，哪个去打听呢？女一号来了，虽说有了年纪，仍是皮肤白皙，舞跳得好，只是早早离了婚。那次鱼钩迟迟不到。

聚会的第一天，少了鱼钩，却多了位不速之客，比我们高一届的李茅。我们回母校看望老师，正好他也去了，见到女一号，黏上了。当年他是女一号的追求者，只是名次靠后，隔这么久，仍是一往情深。他坚持参加我们的活动。有同学对他知根知底，说他现在是湘南L市的纪委书记，能耐大得很；人算得上谦和，没有官架子。确实，感觉他接地气。他定要办招待，请我们去“好时尚”吃饭。饭桌上不停地递烟、点烟，弄得众男子吞云吐雾，女生想抗议也来不及。他挨个敬酒，不论男女，总是先干为敬。一片谈笑声中，他敦促众人：尽兴。尽兴。

饭桌上，他的说法轻易左右了我们的烟、酒取向——抽烟为了咳嗽，喝酒为了难受，泡妞为了折寿，什么都不试，人生就发臭。我们毕竟不想“发臭”，于是狠抽烟猛喝酒。只是泡妞，有些畏怯。吃过饭，他提出，晚上有节目，男同学去做泰式按摩，女同学去足浴。同学中有长期当农村教师的，听说按摩，如偷情被抓了现场，连连说使不得，使不得。李茅说：少见多怪。怕什么，男人不按摩，就是怕老婆；女人不洗脚，定是香港脚。

有意摆脱“怕老婆”之嫌的男生毕竟是多数；不愿被诬为香港脚的女士几乎是全体。李茅却说自己怕老婆出了名，挤进了足浴队伍，陪伴女一号——沧浪之水浊兮，可以濯我足。

我没有折寿，却被折腾、折磨，做泰式按摩，我领教了女技师的“为非作歹”式。我的手、足成了制作盆景的树枝，任扳直，任弯曲，力度之大，可以感受骨头嘎吱响。技师问，做得如何？我本要说“好痛”，被她猛地一拉一推，说出一个“好”，后面吞了字。她当我为她叫好，更使力气。我不敢再叫，坐起来挣脱她的魔爪。技师问：还按吗？

我只好告诉她，想休息。她就去给我斟茶。

我搜索当年李茅的影子，是了，当年他是中文系各项活动的热心人。逢球类比赛，他都是裁判；再有，他总是戴顶新不新、旧不旧的鸭舌帽，我以为那顶帽子既可垫座，也可扇风，似乎没有洗过，我们当时送他外号礼帽。还有，他待人很谦恭，有亲和力。估计，他就是凭着热心肠和亲和力，混到个官职……

当晚，李茅同我们一个一个握手告别，说他有要紧事，要准备材料，明天省里开会。

李茅走了。第二天鱼钩来了。

鱼钩见到女一号，抱定“与其相濡以沫，不如相忘于江湖”，只是礼貌地打招呼。众人责备他来得迟，罚他请客。他回答：老子不是贪官，不能让你们“杀猪”。

女一号说：铁公鸡，一毛不拔。昨天李茅还请我们吃饭了。

鱼钩说：我不是铁公鸡，是磁铁公鸡；不止是一毛不拔，还想吸点进来。你们有什么可以给我？

女一号笑骂：见到过吝啬鬼，没见到这么无耻的吝啬鬼！

他点头不止，说：今天让你见识。

一座无言。

他还算活跃，口舌甚利，毕竟在官场上混，不愧是出色的段子手。女同学骂他：怎么这个德行？

他笑答：不是德行，是惯性。在办公室工作，经常带队开会学习、观摩或旅游，长途车坐得久，闷。黄段子能醒瞌睡。每次出行我事先准备一篓子段子，越荤越好，随时播放。这是我的业务范围。

这位办公室主任的业务能力真是强。

同学们提出，要鱼钩再次朗诵《假如生活欺骗了你》，他欣然同意，要张纸，在纸上一通涂抹，草就一首诗，当即朗诵：

生活是个叫脑壳，

三拳两脚有武功。
假如生活欺负了你，
打得你立马回原形，
伤了你的心，挑了你的筋，
你五劳七伤莫呻吟。
只要脚下还有路，
灌饱茶水再动身。
世间事，瞎胡闹，
骆驼穿针眼，鲤鱼跳脚盆。
嫦娥奔月守活寡，
天蓬元帅取真经。
风也轻，水也清，
懵的是月，癫的是星，
欸乃一声轻船过，
各自珍重度黄昏。

我问他：生活当真欺骗了你？

他点头，说：三拳两脚一推掌，将我打回原形。

我问：你的原形丢失了？

他说：那确实，我已经变形，脱离了专业，干的尽是些为他人作嫁衣裳的事……大学毕业，直接分到湘西一个县的革委会宣传口，当秘书，先是跑腿，后来动笔。县上认为我的材料写得好，给一顶乌纱帽，当到宣传部部长，一干十几年。后来撤县并市，我那是个地级市，到市政府办信访办当主任，一干又是好多年，直到退居二线……

我说：你文思极敏捷，退下来，正好写作。

他说：江郎才尽。办公室为五套班子服务，耳提面命，大到会议组织，小到用车、水电，杂事一把，由我张罗，征南伐北，摸爬滚打，哪有时间练笔？练就的过硬本领是背出各级领导、各个部门一千多个电话号码……到信访办后，经常出差。临近退休，搬回长沙，这才清闲了，可以重操旧业。

我问：旧业，写诗？

他说：不敢。现在的诗已经变得面目全非，诗坛上流行的梨花体、咆哮体、凡客体[①]，学不来，但羡慕写出这些的年轻诗人的激情。

凡客体？什么玩意儿？

他就读：

爱左倾，不爱右转，
爱光明，不爱暮光之城，
爱月亮，不爱变身的狼人。

---

① 梨花体、咆哮体、凡客体：梨花体谐音“丽华体”，因女诗人赵丽华名字谐音而来，因其有些作品形式相对简明，又被有些网友戏称为“口语诗”；咆哮体没有固定的格式或内容，就是带许多感叹号的字、词或者句子；凡客体就是仿照凡客广告写法而被网友恶搞的一种形式，如我爱什么，不爱什么，我不是什么，我是凡客。

我是左明月，不是左冷禅，
但我们的理想都是一致的。
我们爱葵花宝典。

我说：不懂，反感。

他说：我不反感。当年我喜欢的马雅可夫斯基的《向左进行曲》，主旋律不就是“向左向左向左”。凡客体也一样。

我发觉，他待人待物已经变得宽容。我接着问：你说的“打回原形”“重操旧业”是要回到凡客体？

他说：那倒不是，一时讲不清，到我家后慢慢说。

桐花新轩·热词

他在长沙的家安在东郊，当学生时我曾来过。现在看，匾额“桐花新轩”长霉斑，新不起来。叫“新轩”有来历，鱼钩说起过，伯祖父余三先生在湘西的居所名叫“桐花轩”。后来在长沙置房产，仍以“桐花”为名，所以叫“新轩”。门上有铜锁，造型同武林高手用的石锁一样。鱼钩脱下鞋子，敲打铜锁，“哐当”一声，锁芯与锁壳分离。锁芯如手掌，锁壳像只棉手套。我诧异：这锁能防盗贼？

他回答：君子锁。用了多年，防君子，不防小人。

我被领进小院子。院子里花木不多，野草不少，零乱。有一株发财树，一株富贵竹，分别栽种在一大一小两口缸里。两口缸似曾相识，釉色粗蠢。

他说：我现在是孤家寡人。

我问：为何？

他告诉我：儿子、儿媳妇在香港工作，为图省事，孙子送到国外读书，由老婆陪读。

我说：你既不孤家，也非寡人，你是裸官。

说起老家，说起湘西的老“桐花轩”，他告诉我，卖了。

我说：卖了，你缺钱用？

他说：不卖，拿什么钱供儿子、孙子留学？我又不是贪官。

看这破旧的“新轩”，老式窗户老式门，用材樟、梓、楠，显木纹，清漆的家具蒙上油垢。上楼，楼上是书斋。墙上有对联：

海纳百川，有容乃大；
壁立千仞，无欲则刚。

几柜子书，从金圣叹到《金瓶梅》，从《红楼梦》到《红旗飘飘》，只是《马雅可夫斯基诗集》被挤到书柜的一个角落。“国学”方面的书单独有两柜子，书柜积灰，卷角的《唐宋名家词选》仍在，已不是插架之书。他告诉我，他保留些文物，若是拿给我看，定让我魂飞魄散。说是稀罕文物，又不急于展示，卖关子，他就是这个德行。书柜子上仅摆放一件“古董”，20 世纪末几近绝迹的油盐坛子，陶制品。柑子般大小的两只并连的坛子，有提手，本应放灶头，一只坛子装油，一只坛子装盐，这叫油盐坛子。如果两个朋友好得形影不离，也被称为“油盐坛子”。我同鱼钩之间经常是水火不容，绝不是“油盐坛子”，遗憾的是没有“水火坛子”一说。

留意他书桌上有电脑，键盘擦拭得干净，旁边有一摞 A4 纸。

最面上这页的文字有些意思：

不明觉厉、普大喜奔、人艰不拆、十动然拒、累觉不爱、男默女泪、细思恐极、不约而同、说闹觉余、井哥井姐……

我看过面上这一页，下一页又新鲜。鱼钩写道：

二十一世纪以来，全民皆“网”，网络新词层出不穷，“新”过又“热”，现将热词归纳，当作民俗民情，当作社会万花筒，当作“管中窥豹，略见一斑”，存档以供一百年后“词海考古”。

后面是他列出的网络热词：

给力、杯具、蛋疼、神马都是浮云、凤姐、兽兽、李刚；

高铁、地沟油、伤不起、PM2.5、郭美美；

正能量、屌丝、江南STYLE、元芳你怎么看、高大上、白富美、躲枪、表叔、逆袭；

中国梦、土豪、中国大妈、房姐、大黄鸭、女汉子；

且行且珍惜、萌萌哒、小鲜肉、不作死就不会死、脑洞大开；

重要的事情说三遍；世界那么大，我想去看看；为国护盘，吓死宝宝了，我妈是我妈……

问：你对“热词”现象作何理解？

他说：先说“凤姐”“兽兽”“李刚”“郭美美”“表叔”“房姐”一类人，可以把他们入另册，却不能忽略他们的存在。人哪，都有自己的生存模式，社会发生偏震时，总有灰尘抖落，这些人就是抖落的灰尘。至于“土豪”“中国大妈”“女汉子”是新人类，不用多说。

我说：算是有理。

我盯着他看半天，想不到当年在《光明日报》上发表激情洋溢的诗歌的他，玩起了这一套。问他：你把这些当作学问？

他说：对“学问”不要理解得太迂腐，有自己的见地就是学问。我甚至想，或许每个词都有“热量”，能检测，想发明一种检测热量的机器，一经扫描，哪些是“热词”一眼分明。哈哈哈哈。

我盯着他再看，突然发现，当年那位荷尔蒙超标的鱼钩似乎回到他的童真年代，他仍有诗意、诗趣，他不能小视，他是“愤青”。我仍是忍不住骂：你发懵！

他说：发懵？发懵有什么不好？告诉你，我的父亲就被余三先生骂过“发懵”。当时他在湖南第一纱厂混过，后来又暴走江湖。

我问：怎么扯到一百年前？

鱼钩说：那是段故事，说起来有些意思。你猜，一百年前长沙流行的热词是什么？

我哪里晓得。他告诉我：那些年份，最时兴的是“驱张”、“立宪”和“罢工”。

那晚，重新沏茶，探讨一百年前的“驱张”“立宪”和“罢工”。

鱼钩几乎说了一通宵。

桐石村·余三先生·余五学问·菊心

鱼钩从一百年前说起。

湘西有个县，县上有桐石村，村子处于湖区平原和突兀的山区交界处。如今交通便利，从村口出车向东，加速，一马平川，一两个小时到达长沙。朝西的路是山路，有些坡度。一百年前，村中走失小母鸡，这只鸡跳跳蹦蹦朝东跑，窜入湖区垸子，仰头吃稻谷，低头啄田间地头的肉虫子，一两个月长成标致的母鸡，生蛋多；待到有一天回桐石村"归宁"[①]，会有油亮脖子金黄脚的"夫君"陪伴，领一群鸡娃子，得意呀。另一只小母鸡朝西跑，一头钻入山上的刺蓬中，吃些草籽和果核。鸡爪子扒泥，从泥中叼出条山蜈蚣或是百脚虫就是"打牙祭"[②]。回乡探亲，陪它的"夫君"锦翎斑胸，边飞边拉白屎。鸡娃子呢？没有。

这笑话是四矮编的，他在村口看到一雄一雌两只鸡从西飞来，认出雌鸡是自己家中飞出的。为何？他家的鸡娃儿脚上都系上黑布条，那只野鸡婆也有，黑布条已经勒入胫中。想抓鸡，反被鸡婆在额上啄一嘴，他两手一摊，说：野惯了，捉不到。

---

① 归宁：指已嫁女子，回娘家归问父母。

② 打牙祭：每逢月初、月中吃一顿有荤菜的饭，后来泛指偶尔吃一顿丰盛的饭。

说过扁毛畜生再说河中鳞介，浅河中桐花飘零，春夏水涨，小鱼成群，极不安分，活蹦乱跳，搅得河面一片银白色的斑点晃动。河畔，虾公、虾婆猾佻，透明的虾身贴在卵石上，有动静就“打弹弓”。

桐石村几十户人家，有分别。西头住余三、余五。余三先生大名百禧，字承欢，号敦睦，斋室为桐花轩，自号桐花轩人。村上极少有人能说出名、字、号及斋室，有人问：何解牵出这一长串？

余三说出，名以正体，字以表德，号以明志，斋室寄情。然后一项一项做解释。

他说话有本子对，村人尊他为余三先生。

余五也有名、字、号，有斋室，说起来一长串，问起来讲不清楚，反说：说出来你们不懂，这是学问！

于是他的名、他的字、他的号、他的斋室统统被一笔勾销，而被“学问”代之，村人叫他余五学问。

再说余三，留过洋，留的是东洋，在日本读过一两年书，参加过同盟会，回乡后想实力救国，如何救？开矿。他羡慕有位梁先生开发板溪的锑砂矿，时值世界上打大仗，锑砂石价钱扶摇直上，狠赚一笔。轮到世事稍微平静，锑砂矿从每担两百多两跌到二十多两，狠赔一笔，梁先生赔本，引得余三先生将世道、市道看穿，回乡静养。实力救国虽不成，他却交上一批省城的朋友。唉，这些人当年都是力扛宝鼎、心雄万夫之辈，几年之后，其中有的人在官府中任职，大都是虚职；有的在城里盖公馆，买地产。这几类人自此风花雪月，或戏班子里当票友，或饭馆子里混吃喝，更不济地来点公班土、阿芙蓉[①]，混世而已。有的仍做生意，或做学问，或者继续经营实业。总之，交往的这些人连同自己，都被叫作绅士；像余三这样长期居在乡下的叫乡绅。

再说到余五，会盘算，赚得有田产，有油坊、碾坊，平日行事捏住一寸，不放一分；依一百年后的说法，他连“壕”[②]都算不上，只能算是“鳖”，还带土气。

从抽烟也看出两人不同。余三有镀银的烟盒，半个巴掌大，要抽烟，从匣子里取出一支，告诉众人：抽烟要抽“爱国牌”，这是中国南洋兄弟烟草公司生产的品牌烟。

烟叼在嘴上，再取出镀镍的打火机，不急不忙点烟，吐圈圈，那份潇洒劲，让人看得陶醉。

余五抽水烟筒，抽得吧唧响，边抽边卖弄：我抽的是“爱乡牌”土烟，烟水云霞，何其快哉！

除了西头这两家，东头的几十户家底都不殷实，连糠带菜，混个一日两餐而已。都姓余，彼此不提姓，只以体貌特征相称，之前冠上排行，如四矮、三近瞅、五长脚、六结巴……即此而已。女人则取花呀、秀呀等女性化的字眼，加上“姐”和“妹”。如六月出生的女娃，叫“荷姐”，冬月出生的叫“腊妹”。

---

① 公班土，阿芙蓉：都是指鸦片。

② 壕：土豪。

一眨眼到了民国七年，桐石村倒也平常，山不移，水长流。村东人虽说皮肤头发滋润得少，黄皮寡瘦的多，但不至于饿肚皮：田里产的、山上挖的、树上结的、河里捞的，总能填肚皮。锅里有煮，快活如老鼠，村上老小都扯起嘴巴笑。山川草树、五禽六畜都能激发笑素，当然，笑点最高的仍是人。庙背屋场的四矮就是制造笑话的高手。

这天一早，余三先生踱步到村口找四矮，预订他的轿子去长沙。走到村口，听到四矮嘴巴呱叽，放冲天炮。

四矮手指周边的山，说是险而不峻，秃头耸脑，山埂鼓包，分明是一群驼子，顶起罗汉壳子发酒疯。众人留意看，山头也圆，山身也鼓，恍惚间群山摇摇晃晃、跌跌绊绊走来，真像是喝醉之后发蒙[①]。众人跟着四矮发笑。四矮又指着河溪说：这溪流如撒尿，春水走得急，冬水行得缓，又如男人和女人。

众人问：如何扯到男人和女人？

四矮说：春上水急如轿夫撒尿。抬轿之前喝得水多，抬轿子时有尿要憋，好不容易放下轿子，一泡尿冲得城墙垮塌。

众人晓得他当过轿夫，认同。又问：女人又如何？

四矮说：秋冬，细水长流，断断续续的一线，时停时止，好比村上一个女人拉尿。

---

① 发蒙：犯糊涂，弄不清楚。

问：比哪个？

四矮说：女裁缝荷姐。

问：为何？

四矮说：她做上门功夫，在余五的眼皮子下躲懒，将马桶坐塌，尿水子却没有一寸深。

问：哪个讲的？

答：当然是余五学问。

有女子说：余五鬼祟，脑壳伸到马桶里查看尿多尿少，只有他做得出这门学问。

另有女子说：做上门功夫，要剪要裁，穿针引线，眼发花，手指发酸，撒尿时歇口气，多坐几回马桶不足怪。

余三听四矮由一泡尿引出的一番话，以为不登大雅，说：只管笑，天被你们笑塌。看今年的气候，端阳前后会发大水，田亩浸水，拿什么填肚子？

众人只管眼前快活，没有人响应余三先生，仍在议论余五学问及他的家人。有人说，余五学问促狭，连自己的儿子兑生娃儿都被逼得发癫。有人说：是呀，娃儿生来并不蠢。

余三先生说：岂止不蠢，是聪明过了头。

一旁有个女子，十三四岁，脸模子俏，生得高大，刚从山上割草回来，放下背篓骂余五：五学问容不得兑生，我娘就是为兑生才坐马桶。横竖我娘诚实做事，不会躲懒。

说话的女子是荷姐的女儿菊心。众人感觉奇怪，荷姐为余五的儿子去坐马桶？哪会呢？不信不信。

菊心说：实说，兑生练功夫，脚上要绑沙袋，找了几尺毛蓝布，要我缝个沙袋。我缝的漏沙，等到我娘做上门功夫时，他就求我娘 。

众人说：你娘缝就是，用不着坐马桶。

余三说：那哪成？余五只让娃儿学打算盘，学会记账，哪会让他绑沙袋练功？再说，他请裁缝是为自己做衣服，怎会让荷姐分神？

菊心说：就是就是，我娘只能躲开余五，偷着缝，只能坐马桶。

众人恍然大悟。

正说话间，有条人影一闪而过，众人认出是兑生娃子，余五在后面撵，甩长手，迈短脚，如只鸭婆抢食。四矮笑着喊：五学问，你省省心，娃子绑沙袋练得飞檐走壁，你连鸡笼子都跨不过，如何追得上？

余五涨红脸，扬起手中的物件说：不怕，他的法宝在我手上。

众人看到余五手中烧焦的沙袋子，沙漏光了。

五学问走后。余三蹙鼻孔，说哪来的柴火烟子气味？

众人就见到村子东南角有火光。东南角是余五学问的屋场。事不宜迟，众人急忙提水桶、尿桶、潲水桶，端起铜盆、木盆和女人的洗脚盆，冲去打水救火。溪沟水不深，难舀，用田里、塘里、氹里的水应急，总算将火灭了。烧的只是偏厦的柴草屋，无大碍。余五学问追不上娃儿，低头奋耳回到屋场前，骂：哪来的神通，跑起来脚板不沾地，让老子累死。众人讥笑：顾了火烧眉毛，忘了屁股着火。余五见柴草屋烧去半边，长叹：祸起萧墙哪，大盗如狼，孽子如虎，家门不幸。

三先生说：不是孽子，是懵子，都是你逼出来的。

不管是孽子还是懵子，众人又是一番议论，兑生的各种行状，确实让人哭笑不得。

……

娃儿跑了，余五学问不着急，想：过几天杀千刀的就会回来，让他在外面饿肚皮，睡露天，被蚊虫叮咬。说起娃儿，五学问来气：

从小就不是料，视算盘、账本子如死对头。化生子，化生子，家里什么都会被他化掉。说起娃儿长到三四岁，自己狠下心，出大价钱为他买件洋绳子衣（毛线衣），他穿着睡觉从衣上找出个线头子，就扯，扯出一堆毛线，衣服扯得剩一截，这不是败家？

家里吃一两寸长的火焙鱼，告诉他，鱼是用来下饭的，第一口吃到鱼眼睛就是。他将鱼掉过头，从鱼尾巴开吃，咬到鱼眼睛时，整条鱼差不多吃完。嗔他：咸死。

他回嘴：咸不死也胀不死，做你这号小气鬼的娃儿，丑死！

还有种种劣迹，好了，眼不见，心不烦，不管他。

四矮记起自己撺掇兑生娃儿干两桩事，掩口葫芦而笑：

余五学问出远门，嘱咐娃儿照顾家里几只下蛋的鸡婆，反复交代：记得捡蛋。兑生只顾玩，哪有闲心守着几只鸡，发愁。告诉他，好办。鸡鸭一般同，关进大竹笼子，浸在水塘中，笼子上压脚盆，脚盆上压大石块。娃儿果然将几只鸡塞进竹笼子，沉塘中，压脚盆，压石块，训练几只下蛋鸡“水下分娩”。等到五学问回家，从竹笼子中扯出几只死鸡，哇哇大叫。五学问以其人之道还治其人之身，拖过娃儿，硬将他的脑壳摁进水缸，骂：让你也尝尝呛水的味道……

那年过年，村上玩社火，舞龙，龙灯受人热捧。兑生手痒，也想舞，只是没有可舞的龙。告诉他：这有何难，扎一条就是。

如何扎？

用稻草，扎条草龙。

草龙扎好，兑生带领其他娃儿舞起来，少有人喝彩。娃儿讨主意，又告诉他，草龙变火龙，舞起来才有看头。

如何变？

蠢。点火就是。

娃儿就划洋火，从龙尾烧起，舞动时有火有烟，众人嘘唏。烧焦的禾草屑子落在娃儿新袄子上，烧穿几个洞。草龙燃得快散架，迎面遇上“降龙高手”——五学问，揪住娃儿的耳朵，拖回家，按在条凳上一通痛打。

四矮暗笑：五学问呀五学问，你克扣我的轿子钱，我让娃儿同你水火不容。

三先生记起兑生的种种行状，摇头不是，点头也不是。

说起余五这位本家兄弟，算是同宗。逢上三节两生请他吃饭，他来也空空，去也匆匆。余五家极少摆酒设席，就算有大事请吃饭，也是“和渣”上桌。和渣是当地一道家常菜，黄豆捣碎成浆煮成糊，加点腊肉丁、辣椒、花椒，大碗盛出。唉唉，他家的和渣中腊肉丁不及瓢虫大，众人难得沾腥。这么多年，在他家吃过两次和渣。

一次是为娃儿“抓周”而设席。娃儿满周岁，要预测前程和性情，就要“抓周”。那次由五学问自己主事，吩咐：桌上摆笔、墨、纸、砚、算盘、钱币、账册、首饰、花朵、胭脂、吃食、玩具（若是今天，还可摆上鼠标、手机、遥控器、信用卡、车钥匙、麻将和口红、LV 包）。摆好这些物件后，自己点上支雪茄。娃儿抱上桌，两手乱抓。余五有意将算盘、账册往他跟前推，娃儿就是不理会，一双眼睛盯着桌上一物件，下手快，一把抢过。手里紧紧握着放在桌上的镀镍打火机。众人惊叫：奇了！想，果有奇怪之处，娃儿说不定是个煽风点火的角色 。

后来的事情更是离谱。

余五央告，要为娃儿请塾师，给他推荐一个。哪晓得塾师三天两头告状：

——三先生，你看看娃儿是如何有辱斯文？

——为何?

——教他《弟子规》，没错吧?

——哪能出错?弟子规，圣人训;首孝义，次谨信……

——被他读成弟子规，捉乌龟，要吃肉，火上煨。放八角，可除腥，龟苓膏，能补肾……

自己想，难得几岁娃儿编得如此顺溜。

又过几天，娃儿将塾师的浓茶倒掉，换成余五烟壶中的烟袋水。老塾师被辣得直吐，娃儿扯起嘴巴笑。塾师不堪忍受，走人。五学问强求，说是玉不琢，不成器;人不学，不知义。硬要让娃儿登上门求教，又请吃和渣。这次桌上有碗油旺旺的辣椒大蒜炒烂肉。入席前，有人将自己扯到一旁说，死猪子肉，死的还是猪婆，吃不得的。自己当然不动筷子。据后来大块吃肉的四矮说，入了余五的圈套，让他长一身疮，痒了几个月。

那天自己在饭桌上挑吃了几筷子和渣，也好，就教兑生娃儿读点“和渣诗文”吧。

几天后娃儿来到家里。娃儿进屋，眼睛盯着墙上看，墙上有幅《百子图》，画的是一百个小娃儿欢天喜地，或竖蜻蜓，或练拳脚，或敲锣鼓，或打弹弓。或追，或舞，或卧，或趴。娃儿指着画说：味道子长哩，好玩。

画上也有小娃儿读书、习字，指给他看。娃儿说：看到了，哪有打弹弓好玩。

骂他顽劣，他只是笑。教他“一去二三里，烟村四五家。

亭台六七座，八九十枝花”。

娃儿读成：一二三四五，六七八九十。有烟只管抽，有饭大口吃。

骂：淘气！顽劣！我教诗，你读出的是数目字。

答：晓得，晓得。诗文都是凑数目字。

问：何以见得？

娃儿手指墙上对联，说：这上面，每句话开头不是写六、写七？

的确，墙上对联录自衡阳湘西草堂，是王夫之的自述抒怀之作：

六经责我开生面

七尺从天乞活埋

自己猛地一震，娃儿为何想到这上面。就问：你懂对联说的是什么？

娃儿摇头。自己觉得孺子可教，就翻出王船山的画像，从他形销骨立，头顶竹笠，脚穿木屐的事情说起：头顶竹笠是与清朝不共戴天，脚穿木屐是足不履清地。

娃儿说：瘦成一把壳。

答：那是因为不食清朝谷米。

继而说到“六经”，说到“七尺”，总之，是将生命置之度外，学问上要开创个生面。

娃儿突然问：我爹是不是有学问？

几声朗笑，说：你爹有的不是学问，是一碗“和渣”，而且腊肉屑子不多。

娃儿打听学问如何做。告诉他，有文学问和武学问，文学问是经世致用，为国为民开财源，抚恤民生；武学问是投军，安边定国，护卫乡土，至少要读得懂地图布得阵，施得开拳脚使得好枪。

娃儿说：文学问太啰嗦，我习武学问。我去投军。

对他说：投军？投什么军？现在哪有好军可投？这些年，“二次革命”、护国战争，护法战争，几场仗打下来，北洋军阀将湖南糟蹋得不成个样子。先是袁世凯派来个汤芗铭，来湖南杀了几万人；现时的张敬尧，更不是东西……

当时说得愤愤，将个奉系军阀、皖系军阀、直系军阀骂得如同狗屎。娃儿问：当兵的都是这样？

告诉他，驻扎常德的冯玉祥算是好一点，其他的，王八兔子贼，数不出哪个好。你以为还会有岳家军？

岳家军？说来听听。

就从岳飞枪挑小梁王说起，说到八锤大闹朱仙镇，娃儿听得有味。问娃儿：岳飞是不是英雄？

娃儿说：当然是。

愿意读岳飞的诗文？

娃儿答：当然愿意。

就教娃儿读《满江红》，之后再读文天祥的《过零丁洋》。

见娃儿有了点底子，告诉他武昌首义、蔡锷北伐的故事。娃儿似乎脑门上开扇天窗，懂事了，脑壳里多是扶危济难、除暴安良的想法。只是一宗，仍是沉迷于练武功。后来娃子想到绑沙袋子练飞檐走壁，劝不醒，转而一想，强身健体不是宗坏事，只得由他。

没有想到放任自由的“教学理念”是“为渊驱鱼，为丛驱雀”，娃儿心性更野，眼下不知道野到什么地方去了。

菊心一直在余五学问家里打零工，割芭茅芯子喂牛，一个月赚几升米。翻山越岭找到芭茅草，草的叶口如刀刃，两手总被划出血口子。兑生见到，就寻些仙鹤草，嚼碎涂在血口子上，止血，一两天能收痂。可是现在，寻药的人不知在哪一方。这天菊心又被草叶子划伤，伤口深，痛得钻心，她独自一人坐山塘边抹眼泪……

记得第一次去余五学问家里，进门被狗咬，亏得兑生操起扁担，打得狗腿一瘸一瘸。余五冲出门骂：为何要打狗！

兑生说：除暴安良！狗子咬人。

五学问说：你发懵！行事不分内外，咬的是外人，狗是自家养。

兑生说：发懵好过发蠢。

气得五学问追着他打。

后来呢？后来的他行事好懵懂。那次他拿个弹弓满山转。问是不是打鸟。他说春上的鸟雀不能打，窝里鸟崽子等着娘喂食。

问：那打什么？

答：打驴蜂窝。驴蜂最毒，你常在山上走动，担心蜂子蜇伤你。

告诉他，有雄黄大蒜油，涂在伤口上不痒不疼。

两人谋划打驴蜂窝，兑生的弹弓瞄准树丫间灰白色如冬瓜大的一团，大叫一声：看我如岳元帅，直捣黄龙府！

一弹弓将蜂窝打下，只是驴蜂不是金兵，有翅膀，云雾一般飞来。两人挥动树枝赶蜂子，不济事。兑生脱下身上的褂子为她遮盖脑壳。他自己拼命跑，跑到山塘边，跳进塘水中，抬头就有蜂子叮。等一个多时辰，蜂子散去，他的脑壳长“杨梅”。自己赶紧跑回家拿雄黄大蒜油，两人来到树下，兑生伏在她腿上，她往他脑壳上涂药油。问他，疼不疼？说不疼，下次遇到驴蜂窝，照样打。他倒关心她，问是不是被蜂子蜇着。说罢，两人逗笑，都挤对子眼，如两只斗鸡。兑生的耳朵会动，想动哪只就动哪只。两人又一番欢笑。

过了两天，割草时又相遇，说要带她尝样好东西。牵手来到驴蜂窝前，捧起蜂窝，带着她来到山壁间一处凹洞，钻进洞中，有藤蔓遮住洞口，进洞，有平坦处，可以容人靠着洞壁舒舒服服地坐下，甚至躺下。若往洞的深处走，是天坑，不晓得有多深。洞内时不时发出訇訇声，后来晓得，那是个神仙洞子，大热天冒冷气，冷天冒热气。两人并坐洞中，兑生手指伸进蜂窝，蘸些金黄的蜜糖，让自己尝。蜜糖好甜，两人你一指，我一指，吮吃。吃得嘴上黏糊糊的。兑生问：姐姐，甜不？

点头。

兑生说：姐姐，蜂窝寄存在洞里，下次又可以吃蜜。给这个洞取个名，好不？

当时对他说：你认得字，取名的事你说了算。我只认吃。

兑生说：取个名叫神仙洞，好不？什么好吃的我都给你弄来。

当时笑话他讲蠢话，说：我喜欢树尖子上结的八月瓜，你弄得到？

他说：我练轻功，练飞檐走壁，蹦上树尖子采。

过几天他拿来几尺毛蓝布，让她帮忙缝沙袋，说是要绑在腿上练轻功。可是自己除了挑刺，哪动过针？除了绞脸，哪动过线？沙袋子缝成了“鸭屁股”，惹得他笑话。还是娘手巧，替他缝好。

那以后他腿绑沙袋，行路过桥，攀岩越沟，天天如此。那天过溪沟时，有意在自己面前显功夫，两脚一蹦，正好落入溪沟中。等到他爬上岸，问：何不摘下沙袋再跳？

他笑着说：没什么，回家烧堆火，烘干就是，免得漏沙。

就是烘沙袋惹出那场火。

他不喜欢他的余五学问爹，说余五德行如一条狗，嫌贫爱富；又说过，熬几年要跑去外面见世面。

问：你家有钱底子，不晓得挨饿的滋味，为什么要到外面去？

他说：我的爹过于算计，多扒两碗饭，他说我是饿痨鬼投胎；多夹一箸菜，说我存心将家底吃空，同这号人一起过日子，有个什么好？

又为他操心，跑出远门，如何混饱肚子？再说，天冷起来如何办？还有，沙袋子没有带如何练功夫？想来想去，牵肠挂肚。

踩厢·扎排·行排

兑生娃儿没有朝东跑，他不是鸡，不吃现成食；也不朝西跑——西边的山单调，大树少，刺蓬多。他朝南跑。南山有棱角，树木茂盛，山下有溪流奔泻，触着溪底的卵石激起微浪。流水弯弯曲曲，水清冽得让人心尖子发颤。若是一百年后，沿溪河办些“农家乐”：农舍吃土鸡，河滩吃烧烤，定会宾客爆棚；当年没有这么多“驴友”，生活让人当牛做马，不想当“驴”。

再看溪流两边，半山上杉树林子成片，树干直，成材的老树周身挂不住青涩，叶棕黄，幼林却是一片葱绿。爬到山顶一看，后面又是杉山，杉更多，更壮实，铺天盖地的木材林。这时他看到从地上架到半山腰的“厢架”，其实是天桥，高出山谷十几丈，一截截树木搭成；木架子上平行铺两根树，之后接着铺，铺出几里路长；两根平行的树之间横搭小些的树木，如排肋骨，为运送木材而架设，它跨越两山之间，如一条天路。

有位歌手唱过一首《天路》：

那是一条神奇的天路
带我们走进人间天堂……

“厢架”这种“天路”没有这么写意：

那是一条危险的天路
脚一滑送你上天堂

娃儿见到人类最原始、最惊险的一项生产活动——踩厢。有人在厢架上走，一边一个，互相扶持，各自踩着脚下独木，用带钉钩的竹篙拖运木材，手中竹篙叫“钉牛”。娃儿向往：玩得猛！玩得险！玩得刺激！

踩厢，若是拿到今天，应该是最具惊险性的观赏节目。踩钢丝、踩软索固然惊险，只是表演者都系有安全索，“上刀山”只是脚板底有被利刃划破的危险，而踩厢却是玩命，什么安全措施也没有。

娃儿仰起脑壳朝厢架上喊：我来，行不？

隔一阵，厢架上丢句话：有本事就上来！

娃儿一听，立马登厢架，他练过沙袋子，脚下轻快，手脚并用，几蹿几耸爬上厢架，见到一壮一瘦两条汉子，各持钉牛，埋头拖动一根大木头。壮汉两道浓眉之间一点朱砂痣，如二龙戏珠，瘦汉子精悍，脸如葵瓜子壳，头上一块疤，长疖子后留下的“光洋”。“二龙戏珠”打量眼前娃儿，说：你是猴子投胎？手脚这样利索。

娃儿说：练出来的。

娃儿提出：我要踩厢！

瘦的说：打鬼讲！踩厢，一脚踩空，阎王老子那里踩点！

娃儿求。“二龙戏珠”让瘦子递过钉牛，说：让你试。眼望前方，脚步要稳，切莫猫弹鬼跳。

瘦子扬起钉牛，猛地砸进厢上的木材，竹篙递给兑生。娃儿同“二龙戏珠”手搭手，踩着独木，埋下头，身体绷成一张弓，一步一步向前迈，巨大的木头在厢架上缓缓移动。走出十几丈，娃儿朝下望，只见脚底的河溪亮成一条银蛇，崖下树木如板刷上的棕毛，想到悬在半空，离河谷有十几丈高，娃儿心一慌，脚底打滑，身子一闪，就要摔倒。这边“二龙戏珠”吼道：握紧钉牛！

娃儿脚已悬空，亏得揪住了钉牛，“二龙戏珠”一只大手紧拉住他的手臂。娃儿身体在厢架边沿晃动。瘦子从后面拉起他，让他跨坐在厢架一边的独木上，他喘粗气，心跳到嘴边。

“二龙戏珠”笑道：不怕！胆子是吓大的，接着干。

娃儿不服气，接过钉牛，同“二龙戏珠”手搭手，继续拉动木头，牢记：脚步要稳，眼望前方，不朝下看。这一来，只觉得云向自己浮来，山向自己扑来，自己仿佛腾云驾雾，心境顿时开阔。先前吓出的冷汗，后来迸出的热汗，将衣服浸湿，被迎面的风吹成干壳。越走越有劲，终于走到“天路”尽头，三人合力，将那段大木头推下厢架。咚的一声，木头沉重地落在河溪旁，压倒一片蒿草。

继续拖过几根木头，三人爬下厢架。

只见河溪旁横七竖八堆些木头，一边有个杉树皮搭的窝棚。

“二龙戏珠”问：娃儿，还不回家？

娃儿说：哪有家？只认跟着你们。

瘦子说：我们是撑排的。

跟着唱：排郎苦，苦伶仃，一世人，打单身。长年水上漂，一年不见钱几文。

“二龙戏珠”说：莫将自己说成苦瓜瓤子，吓坏娃儿。

娃儿说：我踩厢都不怕，怕苦？

“二龙戏珠”逗他：踩厢只是小把戏，放排才是大把戏，有胆量？

娃儿说：什么把戏都敢玩。

瘦子又问：为何不回家？

娃儿说：四海为家。

“二龙戏珠”对瘦子说：莫难为他。

又对娃儿说：跟着我们也行，要看事做事，手脚勤快，心要沉，嘴要稳。依得？

娃儿点头。

“二龙戏珠”告诉娃儿，自己姓彭，瘦子姓罗，叫他罗疤就是。

三人钻进窝棚，彭叔打火做饭，罗疤去前边磨盘坳寨子里寻菜，娃儿烧火。几块石头支起鼎锅，米袋子里倒出些苞谷籽，加两瓢水，煮饭。娃儿看到，窝棚里除些刀、锯、斧、凿，角落上还有捆成一束的渔网。罗疤带来两个人，各扛背篓，背篓里有菜，还有米。罗疤介绍：木行老板雇的人，磨盘坳寨子里的，让一起踩厢、扎排、放排。来人是兄弟俩，姓袁。高的是大佬，矮的支吾一阵，说出：我是二佬。大佬、二佬就是老大、老二的意思。于是鼎锅里再添苞谷籽，煮满一鼎锅。大片青菜叶子，切碎下锅。大佬从背篓里取出个竹筒，连渣带浆倒出一碗，说是和渣浆。彭叔笑得眉毛扬起，说：正好打平伙。我们有腊肉，切片下锅。

罗疤嘟哝：腊肉要炼油煮菜……

彭叔说：小眉小眼。今天朋友相聚，腊肉大片下锅，多放辣子。

一锅饭，一锅和渣，辣乎乎，个个胀得摸不到肚脐眼。熄火，挤挤挨挨，头碰脚，脚触头，睡觉。躺下，娃儿只想到一件事：这些人同我那学问爹的做派大不一样。

第二天，娃儿同彭叔、大佬同二佬结对踩厢。罗疤集拢四散的木头，一根根拖到溪河边。这天开始，娃儿踩厢已熟练，拖回大木头好多根。

几天后，山上的杉木砍伐得差不多了，河溪边的木头堆得山一样，木行老板来看过，嘱托：扎排。

扎排不轻松。先编篾缆。大佬、二佬从寨子里扛来毛竹，去竹黄，留竹青，用最简单的机械编结成篾缆，蛇一样盘起来。之后，彭叔安排，罗疤、大佬、二佬伐柯枝、剥树皮，脱得精赤条条下水，将一根根木头树头挨树头，树尾挨树尾，拼接成木排，再在上面加上几根横木，用篾缆将树木固定在横木上。木头与木头紧密相挨，中间有间隙就塞进口径小些的树木，再绞紧篾缆。彭叔穿条扎头裤，排头走到排尾，看到木头之间有松动之处，让大佬插进支木梢；看到篾缆没梱紧，骂：填得饱肚皮扎不拢排，吃冤枉的。

捆扎是罗疤分上的事，他受不得抱怨，回答：你在排上风光，我们几个浸在水里，卵袋子发白，哪个吃冤枉？

他又抱怨：下饭的菜没一根，油荤看不到一丝，忙到发黑眼晕，晦气！

罗疤说罢，跳上岸，躺在河滩上，摘下头顶烂草帽，掩住“浸得发白”之处，仰头看天，歇息。

大佬、二佬说：是呀，是呀，累得驼子没伸腰。

他们也想上岸。

老彭额上“二龙戏珠”成了二龙碰头，他说：没油荤，好办。

他取出些铜钱，给大佬，让他去村子里买油、买酒，又嘱咐娃儿，取渔网来！

渔网取来，彭叔朝河溪水浑浊处下网，好家伙，起网就有条大白鱼；再下网，网中又有几条圆滚滚的细鳞鱼，也有虾公活蹦乱跳。等到大佬买好油回来，众人收工。彭叔煎鱼。装一大钵，鲜得众人咂舌。大碗喝酒，大箸吃鱼，不怕鱼刺卡喉咙，喝得个个脸像螃蟹壳子。娃儿爱吃鱼，想将大白鱼翻边，剔那面的鱼肉吃，刚下筷子，被罗疤一把按住，瞪他一眼，骂：懂不懂规矩！

娃儿只懂余五学问教会的“第一口吃到鱼眼睛”的规矩，没听说过吃鱼不能翻边。

都嫌窝棚里憋气。彭叔说：天气转暖，这是沤雨，会发大水。山水一涨，正好行排。这几天大家手脚要麻利，扎好排，只等水涨下沅江。

大佬、二佬走出棚子，彭叔对罗疤说：给样东西提神。

他诡诡秘秘搜出个黄草纸包，打开黄草纸包，又有用皮纸裹的一包黑膏子，小指尖勾出点给罗疤。罗疤喜出望外，连呼“好货，过瘾”。

罗疤自从得了“好货”，果真提神，勤快得多。大佬、二佬虽然没有得到“好货”，但想到有彭叔撒网打鱼，做事快活得多。

天气向暖，汗多，衣服粘背脊，都猜测：热过一阵后定会有暴雨。忙过几天，木排扎好，三丈宽，六七丈长，排上搭个窝棚。排头起翘，远看像条巨鳄，昂起脑壳咬人。娃儿不解排头为何要扎得翘起。

彭叔说：河中暗礁多，排头翘，从礁尖子上滑得过。

娃儿问：撞上了礁石会如何？

罗疤一听，红了脸：呸呸呸！不吉利的话让你说尽！

撞上礁石，散排，莫想活！

大佬脸煞白，说：这次行排兆头不好，我不去了。

二佬也说：我也不去！

彭叔问：为何？人长个大，不是几岁的娃儿，不能说变就变。

大佬说：我急着成亲。我们兄弟在磨盘坳寨子里穷得响叮当，好不容易看上一门亲。为赚几个活泛钱成亲，这才做排郎。实说，早几天那两升和渣浆都是赊来的。我的命本不值钱，若有个闪失，耽误了看上了的女子。刚才听到“撞礁”，心尖子发冷，不想送死。

彭叔沉下脸骂兑生：小娃儿说话嘴没遮拦！

对众人说：我自有办法。明天敬神！

第二天一早，彭叔掏钱，大佬回磨盘坳寨子里沽酒、割肉，买叫鸡公，又递过竹筒，交代再弄两升和渣浆，特别嘱咐买香烛。

娃儿昨天挨了骂，脑壳低到裤裆里，闷声不响。彭叔过来，说：如何？想不通？不怪你，江湖上规矩多，要心知肚明：

行排如行船，有禁忌。水上讨生活的人吃鱼不能翻边，锅碗瓢盆不能倒着放，筷子不能放碗上，懂不？

娃儿摇头。

彭叔说：翻、倒，都是禁忌。

娃儿问：筷子为何不能放碗上？

答：碗如船，筷子比作桅杆，桅杆断在船上，不吉利。

娃儿点头。

又说：翻、沉、倒、住，离、散、破、火，这几个字不能讲。

娃儿问：话避不开，定要讲，又如何？

答：换说法。“翻”换成“顺”，“沉”换作“漂”，“住”换作“行”，“离”换作“合”，“破”换作“全”……

问：“衣破无人补”说成“衣全无人补”，讲不通哪？

彭叔板脸，说：只管听就是，少同我扬舞露尘[1]。

娃儿晓得又说错话，问：“火”呢？换什么？

答：“火”叫焰子。

娃儿记下。

彭叔又说：天下有王法，家族有家规。衙门是讲王法的地方。乡间，祠堂屋是讲家规的地方。行船行排、出外谋生，到得江湖，不能将衙门和祠堂屋请到船上、排上，或拴在裤带上，于是江湖有江湖的套路，帮会有帮会的规矩。

娃儿说：什么？什么？没有听清楚。

彭叔说：听说过帮会？

娃儿说：晓得一点。

彭叔说：湘军呢？

娃儿想到余三先生说过的事，点头。

---

① 扬舞露尘：湘人俗语，形容人在得意忘形之时的不庄重、草率的行为。

彭叔说：讲起来话长。曾国藩兄弟打下南京后，盘算：功高震主。于是解散湘军。十万湘军子弟被解散，哪来生计？只好混江湖，有的贩私盐，有的贩鸦片；再有，就是在水上漂，替人撑船、拉纤。为了不受欺负，就入会。如湘军的“超字营”是鲍超的人马，鲍超四川奉节人，他的部下在长江航船上混饭吃，大多入了会。

娃儿问：什么会？

彭叔说：帮会，如哥老会就是。

娃儿问：哥老会？

彭叔说：也叫作啯咾会，啯咾，四川话，混江湖的意思。

问：湖南有哥老会？

答：当然有。如洪江会就同哥老会有挂碍，坐船同摇橹，打架同出手。

娃儿纳闷。

彭叔说：洪江是川、湘、邕、贵的四合之地，那地方的哥老会，还有清帮、洪帮都叫洪江会。沅水上讨生计的一大批人都入了洪江会。

二佬凑过来插话，他平时话少：磨盘坳寨子里都有帮会，鬼得很，平日装得没事人一样，要是哪天打平伙[1]，第二天定有事发生。

---

① 打平伙：当年 AA 制的聚餐方式。

娃儿问：发生什么？

二佬说：我哪里晓得？我们又不是帮会的人。

彭叔说：杀人越货，劫富济贫，总要搞出点响动。

娃儿问：入了会有什么好处？

答：有人照应，不受人欺负。嘿嘿，譬如讲，有人夺了你的田，牵了你的牛，抢了你的婆娘，官府不理，祠堂屋不管，还要劝你咽下这口气，息事宁人。倒是帮会弟兄可能帮你报仇，给仇家三刀六洞。

彭叔说：只信得那么多，如今好多帮会只为有钱佬出力。

娃儿又问：为什么要搞得神神秘秘？

罗疤也过来，后面跟着二佬。罗疤说娃儿是根实竹子，不开窍。明枪易躲，暗箭难防，好多事情都坏在“敞口子”上，要是起事走漏风声，脑壳掉了都不明不白，当然要诡秘。

彭叔笑而不语。

罗疤将彭叔从头看到脚，突然说出：我看你就是帮会中人，将江湖上的规矩说些听，使得？

彭叔骂：打鬼讲。

大佬扛着沉甸甸的背篓从寨子里回来，身后跟个女人，替他放下背篓。众人看那女子，小眼睛小嘴巴，却是生得匀称，行事大大方方。大佬歇口气，介绍：这是我看上的兰妹。

兰妹躲过众人目光，只是笑。笑过，转身要回磨盘坳。二佬冲她背影说：托你的事要上心，要记得！

兰妹回过头，不讲话，仍是笑。

说话间雷声大作，跟着就是竹筒倒水般的大雨，众人缩到窝棚避雨。大佬着急，说兰妹会遭雨淋。罗疤说：天要落雨，哪个做得主?

大佬将头探出窝棚，没理会他。罗疤又对二佬说：你让未过门的嫂子做什么，我晓得。

二佬脸羞红，也不搭腔。罗疤找不到人讲话，扯过渔网裹上身，跷起脚哼歌，姐呀妹呀，越唱越放肆。独有彭叔，顶个竹笠冲出去，查看系排的篾缆是不是结实。

一早，太阳从云中露脸，溪河水涨几尺，河上漂草皮、烂树蔸子和竹枝丫。彭叔笑，说：好天！先敬菩萨。

众人走出来，河边舀水净脸，窝棚中生火，大佬煮好肉，煮好和渣，问：要不要杀叫鸡公？彭叔叫拿几个碗来，说鸡在外面杀。碗拿来，摆成一排。点好香烛，彭叔拈香向天祷告；而后取过叫鸡公，朝鸡颈上抹一刀，将鸡血沥在五个碗中，吩咐倒酒。五个人都跪下，干了鸡血酒。

彭叔说：喝过鸡血酒，从此后你我同为兄弟，闯荡江湖更要和气共事，吃和渣取个“和”字在上。

罗疤说：晓得的，从此后我们是打不烂的铜板册。

彭叔说：是打断骨头连着筋。

娃儿哪经受过这种仪式，觉得心窝子发热。

然后叙年齿，彭叔最长，接下来是罗疤，到大佬、二佬，娃儿最小。

彭叔说：此次出动，排行水上有风险。刚才众位给天磕头，给地磕头，给关帝老爷磕头，心里应该有底。遇上再危难的事，只要齐心，鬼门关都闯得过！

大佬、二佬点头。罗疤发问：水上要是遇到打劫的如何办？

彭叔说：水上做强盗生意的很多是帮会中人，我也教你们几招。

遇到这一类人，年长些的称“兄弟”，年少些的称“弟兄”，传话凭“三支香”。

三支香？众人愕然。

彭叔竖起食指、中指和无名指，说：这就是“三支香”，递茶敬烟时，都伸出这三根指头。说客气话时，也是这三根指头放在耳边，反正是“出指不离三”。

罗疤问：还有规矩吗？

彭叔说：少说了。趁河中水涨，我们早些吃饭好行排。多吃和渣！

上木排，解篾缆。彭叔撑篙，木排离岸，顺风顺水，沿河直下。排头昂起鳄鱼嘴，吞吐浑黄的河水。河浪拍打，将木排向前推。

彭叔稳站排头，撑篙入水，铁质的篙尖同石头相击发出钝声，行到水浅处拨动卵石发出碎响。篙杆有时只是轻轻一拨，随即木排避开旋涡。抽篙时彭叔骂一声：看你这水上肚脐眼有几深！

大佬持篙立排尾，拨走排末梢的成团败叶。

娃儿顶个竹笠，抱着膝盖，端坐排上，看细雨悠悠，如云吐长涎；雾雨之后青山露面。近看岸边，浊水中，青草尖子随风摇曳，柳树下，一群鸭婆抖抖瑟瑟。木排缓缓悠悠经过一片村寨，岸傍有筒车，已经停止转动，像是一张大蜘蛛网。村寨零散有些房屋。听到村寨有女人说话，突然心上有一丝熨帖。跟着见高高低低的田垄，禾苗已出齐。有人牵牛走动。

有女人，有田有牛，田里有收成，好平和的生态。只是娃儿突然想到彭叔说过的田被夺，牛被牵，女人被抢走，顿时气闷；转而一想，可以找帮会出头，悬挂的心思算有着落。看来帮会好哩，除暴安良，劫富济贫。娃儿不禁想到桐石村，想到自己家：

……田有几十亩，牛有四五头，由菊心姐子割草喂。只是，菊心会被人抢吗？她生得漂亮，脸盘子好看。爹同四矮为她发生过争执。那天两人盯着她背影看，四矮冲着爹说：女子给你做填房最好！奶子高，屁股翘，生子生女，生个不停。

爹骂：做什么填房？我婆娘人还在。

四矮说：小老婆不叫填房叫什么？

爹说：你这号人，没有一点学问，那叫“二房”，不叫

“填房”。

说罢，五学问咯咯笑。

莫非爹起了邪念?

木排行了两天，这天上午落雨，下午放晴，水流变得平缓、清澄。彭叔说快到沅江了。山壁前有三角形沙洲伸出，像是个女子的裙幅，颜色有深有浅：那片沙滩如裙摆，灰色，暗灰中夹点黧黑，灰的是沙，黑的是土块。往上，一垄垄青禾如裙的中段，青绿色。再往上是菜畦，绿中有白，白中有绿，是土砖屋、木屋和屋瓦，黄褐色，色调淡雅；也有星星点点的桃红，端午节气，桃花虽有，大多萎了。娃儿想吃桃子，没有熟透的味道最好，一咬一个脆，一嚼一汪水，甜哪。

身上又是汗渍，罗疤同二佬已经脱得精光，跳下木排，朝大佬身上泼水，撺掇他下水。水中两人又搓又擦，二佬还调皮地在水中翻跟头，刚倒起身子就献丑，怪不得岸边戏水的小娃儿唱：

排佬排佬，河里洗澡，

撞上乌龟，咬了鸟鸟。

罗疤又劝大佬脱光下水。大佬腼腆地说：我快要成亲，腿中宝不能让其他女人看。

娃儿本想除去身上束缚，水中洗个痛快。听到大佬说话，想到心上有个菊心，作罢。

彭叔见到沙洲上矗立一块乌黑的礁石，喝道：泊排！礁石上系缆！

娃儿想下水系缆，彭叔对他不放心，冲罗疤喊：莫顾着玩水，你去！办事牢靠些。

罗疤不情愿地牵过篾缆，围礁石打结，这时听到女人尖锐的骂声：涎皮死血的，光身赤体，何不回到娘胎里去！

娃儿听到骂声，坐在木排上看到，江边流水弯曲之处，有姑娘嫂子在洗菜、涮衣，裤脚管挽到大腿根处，露出一截白腿。女人不止一两个，有好几个，有的解开头发，在水中漂洗，黑白颜色让眼睛迷糊。娃儿的目光感受到形体上的凹凸，那种丰满、尖俏、圆浑、滑佻，被粗衫褴裤遮掩，更让人想象动人之处。娃儿有成熟的冲动，像吃桃子，咬破红的桃尖，有泡蜜水渗到口中……这时候女人的长相是次要的，娃儿一个也没看清楚。他感受的只是女人的身体。

听到有女子尖叫：坏了，衫裤被冲走了！

二佬两手狗刨，两脚蹬水，游去找来衫裤。罗疤匆匆系好篾缆，三下两下游近二佬，抢过衫裤，说：我送去。

罗疤赤条条地将衫裤递给丢衣的女子，女子害羞，背过脸，手向后伸出，讨衫裤。罗疤嘻嘻地笑，夹着腿说：不敢看我？我的看不走的。

一个年龄大些的女人笑着说：晓得你排佬不安好心，她若是看到你的，会被你缠着要看她的。

众人一阵笑，坐在排上的彭叔和娃儿也笑。

一个有点年纪的老嫂子递过一把青菜说：谢你们。晓得你们行排的没有青菜吃，这算是谢礼。

又一个女子说：下沅江留神些，江上风浪大哩。

天不早，几个女人提着菜篮、洗衣桶消逝在暮色中。

当晚这片水泊好安静。

临近早晨听到风声，众人从窝棚里钻出，仰头看天，只见，团团乌云如烂棉絮从头顶飘过，数团“烂棉絮”拼成一铺大被，罩得天地不见光亮。彭叔说：糟了，有急雨！

众人往窝棚里缩。突然响炸雷，数道闪电如鬼爪子张开。云絮着了火，在闪电之后又重新板结，云中泻雨，不是雨丝、雨柱，是雨瀑。恶风扬起巴掌，朝江河、原野乱扇，抽你个跟斗发滚、麻辣火烧。只一阵猛扇，窝棚被揭了顶，众人淋得身上没一根干纱。再看，系排的篾缆被风暴扭折，木排被急浪冲向沅江。

风扫过，窝棚里的锅碗瓢盆、干衣湿裤被掀倒在木排上。大佬、二佬两手紧抱胸前，在风中抖瑟，罗疤顶着风雨在衣裤、渔网中翻寻。彭叔吼：找什么？把住尾桨！

罗疤觍着湿脸笑，说：找那包黑膏子。

彭叔持篙站在排头，骂：找你个鬼哟！命不要了？

娃儿跑去帮助罗疤把住尾桨，费劲。这一看，木排像头火燎尾巴的烈牛，在江中乱闯。亏得大佬、二佬被骂醒，咬紧牙关把住两侧桨叶，木排在浊浪中时高时低地周旋，被推向沅水宽阔处。

天行蛮，风鼓噪，水起浪，木排在江中左冲右突，避礁石，躲旋涡，磕磕绊绊拖泥带水，向下游冲出几十里。木排上五个人都身心力竭了，娃儿感觉命不捏在自己手里，被天风水浪拨弄。过了大半个上午，使尽气力的几个人肚子里饿得吐清水。大佬、二佬抢到鼎锅边，找到昨晚剩下的已经被雨水浸泡的锅巴，管他黄的、黑的，一把一把捞到嘴里，吃得渣都不剩，罗疤骂：饿痨鬼投胎。

罗疤支撑不住，耸起肩膀，流口涎，两眼翻白，说：顶不住了。

彭叔说：有东西给你。

说罢，他从贴身的汗褂子中掏出草纸包，草纸湿透，幸好，油纸中的黑膏子没有浸水。他挑出指甲盖大的一块给罗疤，罗疤嗅过，嚼过，来精神，千恩万谢，说：兄弟，这件货最提神。

他过足了瘾，扯过渔网，将身体从头到脚裹个严实，说：我有“缩骨法”，赚个暖和。

彭叔说：莫弄坏老子的渔网。

罗疤见众人不理会他，两手托头，跷起腿睡排上，又说：我还有“缩肠法”，能让肚子不饿。

二佬好奇，问：如何缩？

罗疤说：有口诀，照念就是。

他就读：死老鼠焖蟑螂，蛆虫子煮米汤。

大佬说：好恶心，我想吐。

罗疤说：哈哈，多念几遍，倒你胃口，不会再饿。这就是“缩肠法”。

彭叔冷冷地说：你还有“缩命法”，迟早会被鸦片烟送命。

罗疤脸上挂不住，恼羞成怒，说：若不是图你身上藏的烟膏子，哪个为你卖命？在你面前，老子横竖矮一头，早晚一拍两散！

彭叔取出怀中黑膏子，递过去，说：都拿走，随时一拍两散。

木排挨着河岸行，到离岸最近处，罗疤跳下木排，走了。临走时甩手甩脚，话不说半句，大佬、二佬看得目瞪口呆。

木排泊岸，彭叔拿些散碎钱，让大佬去村子里换食吃。不远处传来锣鼓的咚锵声。彭叔打破沉默，说：好像是比赛龙舟，快过端午了。

二佬说：端午有粽子吃，想尝粽子味。

彭叔指着两岸青山，说：你看这一带的山，青青绿绿，有棱有角，像不像一串粽子？

二佬耷拉着头，说：不像，吃不得。

娃儿倒是觉得两岸青山山势生动，山后有山，倒像幅“百子图”：这一座像小娃儿耸起身子打弹弓；那一座像小娃儿趴在地上斗虫子。稍远些的一山两峰，像是娃儿竖蜻蜓；近在眼前的两座，峰顶挨着峰顶，像是两小儿斗牛……

想得入情入境，只见大佬捧着竹笠跳上木排，满满一笠艾叶粑粑，还有几个桃子。四个人饥不择食，吃得嗒口嗒嘴。吃过粑粑又啃桃子解渴。吃饱了，再解缆行排。水流得缓，众人心情好，娃儿提出，让彭叔打鱼。排到江心，彭叔抛网，起网时只见几条白鳝在网中蠕动，彭叔说：造孽。

问是为何。彭叔说：白鳝好吃死人肉，只怕这片有死尸。

他将几条白鳝放回水中。听说有死尸，众人脸变色，再不提撒网的事。

两岸山峰突呈陡峭，前面有石壁如两扇门。娃儿先前想象过的“百子图”瞬时消失，横在前面是龇牙咧嘴、凶神恶煞的“门神”。江水从门扇中泻过，木排滑入两崖之间，同时冲下的有座黑乎乎的屋架。彭叔眼瞪圆，眼看木排要撞向崖壁，他篙尖子顶向石壁，木排就势一转，闯过这道关。就听到“咔嚓哗啦”的声音。跟在后面的屋架被冲得解体，听到喊救命，屋架上爬得有人，经这一撞，人都落在水中，黄水中见到几只手摇晃，浪卷来，什么也看不见了。泥汤一样的水面上，水桶、蓑衣、死猪、死鸡鸭浮荡。闻到刺鼻的气味，从石壁前的回水湾中散发出，湾中淤留着一片漂浮物，其中有人形的物事。娃儿不敢多看。大佬想拨走尾梢的堆集物，大叫“不得了！”见他丢下篙，两手抱头，喘长气。彭叔走到排尾，脸煞白，连声叹气：这场端阳水来得猛，不知死了几多人。

彭叔用篙尖子拨开排尾的乱草和棘刺，几条死尸沿着木排边缘漂下。兑生心上紧缩，他分明看到尸体有男有女，还有小娃儿。却是怪，都是脸冲下，裸露在破衣烂衫外面的手脚浸得浮肿，还有被棘刺刮破的伤口，伤口没有血色。彭叔说：只怕淹死两三天了。

大佬捂脸哭，说：不晓得家里怎么样了！山洪一来，冲堤倒屋，早几年就有过。

二佬说：幸亏老子光人净卵少挂碍。唉！

眼看天黑，众人抬头看天，乌蓝的天穹上有星子。彭叔说：千拜托万拜托今晚莫起风，明天排到常德，算是功德圆满。

娃儿、大佬 、二佬被死尸吓蠢，都不讲话。彭叔说：同你们说点提神的，讲讲江湖上帮会的规矩。

三人围拢彭叔坐，听他讲。

……帮会中，四川人多，说话一口川腔。如若道谢，说“负累你哥子”，如若冒犯了人家，被冒犯者会说“我要飞帖子打你的上符”，跟着会对冒犯他的人拳打脚踢。

……夸人有本领，会说“哥子桅杆上挂剪刀——高才（裁）。

……杀人叫“毛抛水中”，或者叫“丢灰”。

这么多江湖规矩，众人听听哪记得全。都累，倒头便睡。

到半夜，感到摇晃，听到木排撞击河岸的声音，篾缆吱吱咯咯呻吟。彭叔摇醒娃儿，说：坏了，起风了，快起来！

跟着听到风声，风鼓得浪起浪落；又响炸雷，闪电像是炽白的树枝抽打江面，暴雨劈头盖脸打来；听到咔嚓声，系排的篾缆又断了。浪涌来，木排被冲向江心，在冰凉的江水中起伏。大佬、二佬各奔边梢，彭叔依旧站立排头，娃儿扳住尾梢，以为凭借着人力所为木排会顺水漂流。上游的流水越来越猛，江上浪来得急促，木排在茫茫江上如被猛兽猎杀的幼弱,时不时被恶浪噬咬,仍是顽强地昂起排头。恶浪再一次袭来，木排在旋涡中转圈。娃儿奇怪：怎么排尾朝前，彭叔却在后头喊：稳住！稳住！

大佬双膝一软，跪下，朝天喊，叫声凄厉：天菩萨，求你放过我们。

二佬叫：这样凶的水，如何拢得岸？

跟着有啪啪的响声，风浪残酷地将木排分解。

散排了！大佬惊叫道 。他一只脚踩着一根木头，不知站在哪根木头上好。

彭叔说：命就是命。散排了，一人抱紧一根木头，就如搂着新娘子，死都莫放手。

娃儿晓得救命要紧，爬上一根粗木头，两手紧抱，他被江浪推得顺水漂流。他看到散排后木头被江水冲得七零八落，如撒满一地的香签棍子，此时只希望有个浪头将他送到江边。再看江中，二佬算是机灵，趴在木头上，两腿将木头夹得铁紧；大佬笨拙，两手搭在圆木上，以为手是钩子，钩得紧搭得牢。他抬眼望天，一脸凄绝。唉，望天有什么用？未必有神仙飞来救你？

听到一把嘶哑的声音吼叫：留神！前面有礁石。

娃儿突然感受到沉重的撞击，还好，撞的是木头，不是自己的脑壳。回头看，大佬搂着的木头也撞礁，他松开手，人在江中沉浮。就见到彭叔游去救他，哪找得到人，彭叔也被浪卷走。娃儿哇地喊叫，号啕。狂风猛烈，浊浪汹涌，他如鸟崽发出凄叫……

一百年后说起上述这幕，我的脑壳里离不开木排、礁石，风暴、水难。

我在挪威峡湾，眼前是维京人的“龙船”，背后是风平浪静的海湾。“龙船”的船头造型像提起一端后卷曲的钢丝琴弦。船旁边是维京武士的造像：头顶头盔，盔上长兽角，凶神恶煞，随身不离大刀、巨斧、狼牙棒。导游不厌其烦地介绍维京海盗乘坐“龙船”，出没北海、挪威海和波罗的海。船无遮盖，吃水浅，稍遇风浪，船倾人亡。再有，这种船不为运输而生成，为的是烧杀抢掠。“龙船”，海盗船，印证四个字：野蛮征服。

我后来参观瑞典的瓦萨沉船博物馆。三百年前瓦萨号开始“处女航”，闹剧的开头，悲剧的结局，在离海岸不到几百米的海面倾斜，沉没。瑞典人花费很长时间，在首都斯德哥尔摩市的近郊建了这个沉船博物馆，铭记沉船的深刻教训。

将海难事件搬上油画的有法国人席里柯的画作《梅杜萨之筏》。巡洋舰“梅杜萨号”在毛里塔尼亚搁浅，船长逃走，一百五十多名乘客被丢弃在临时搭建的木筏上，在大海漂泊，酗酒，暴乱，相互残杀，仿佛末日降临。席里柯得知实情，以画笔真实反映了筏上的恐怖和绝望。

此外，还有俄罗斯画家列宾的《伏尔加河上的纤夫》，不是画海难，也不画人在水中挣扎求存，只是画出纤夫的苦难生活。

当膨胀到上触天、下连水的野心被摹写，当灾难和苦难被记录，我被震撼；但是，突然感到有种缺失，缺少我家乡船工、纤夫和排客的生存搏斗的记录。曾经有风靡一时的《纤夫的爱》，将人与恶劣环境的抗争付之一笑，调制成桃色的或浅黄色的戏谑，你听：

……我俩的情我俩的爱
在纤绳上荡悠悠
……
只盼日头它落西山沟哇
让你亲个够
……

去“荡”吧，去“亲”吧，当年的兑生娃儿、彭叔、大佬和二佬没有这样的福分。

茶壶·鞋底抽嘴巴·倒瓤瓜

娃儿成了一只鸡，一只落汤鸡。他醒来，连人带木头被冲到河滩上，有人围观，也有人相中他紧抱着的木头。他睁开眼，见着灰军装大头兵驱赶围观的人。有人发话：人没死，有什么好看？

有人说：抱的大木头好作用场。

又有人说：不要打这根木头的冤枉主意，娃儿的手指甲都抠到木缝中。

众人议论，先弄醒娃儿。如何得醒？灌水？灌酒？灌米汤？都不好。有个大头兵说：看我的。

他飞快地就近找家米粉店，端来米粉。夹一箸，塞到娃儿嘴里，娃儿沾到油盐味，嘴巴微动。只管喂，只管接，眼也不睁。娃儿呼噜呼噜吃得不剩，这才支起身子睁眼。他看到片河埠，河中挤挤挨挨的敞篷船，船与船之间漂着烂菜叶子和垃圾。那边有灰军装在沿江砌石阶。又听到有人说，他抱的这根木头卅锯后好做跳板。

有人说话：开锯，晓得娃儿肯不肯？好不容易抱根木头漂上岸。

娃儿晓得是说自己，他这时想到，只要再来两碗米粉，命都可以舍弃。边想边吧嗒嘴巴。

有人心疼他，说：看娃儿饿的，再搞碗米粉来。

灰军装又跑去，这次不用碗，用面盆般大的瓜瓢盛米粉。娃儿已经是喉咙里生出手，呼哧呼哧一扫而光。饱了，有了元气，有了理智，有了感恩之心，指着那根木头说：我不要了，给你们。

灰军装们商量一阵，带他去见冯长官。

路上，操湖北腔的灰军装告诉他，冯长官就是冯玉祥，驻常德镇守使。娃儿从三先生口里听说过冯玉祥，但搞不清镇守使是什么官。后来明白了：冯长官以为常德人喝的江水极不卫生，就调拨人修建河埠码头。准备从码头搭跳板，搭到河心，让人们取干净水，只是做跳板的木材难找。

娃儿说：我抱的木头拿去开锯就是。

灰军装说：使不得。冯长官的条例极严，弄不好说我们强夺民财，会用鞋底抽嘴巴。

娃儿想，莫说鞋底抽嘴巴，就是袜底子抽嘴巴也不好受，就跟着人去军营。

冯长官不在，见到姓宋的营长，搞清楚情况后，叫人拿来几十个钱，算是买下木头。

娃儿出门，在常德的街上转。转来转去，口袋里钱作怪，想到自己还光着脚，身上衣裤成条成缕：娘的，换一身。

走进一间铺子，看中一套，还没开腔就被店老板赶，骂他是小叫花子，想打抽丰[1]。娃儿说：打什么抽丰，我有钱，买！

掏出那捧钱，老板立马殷勤地一旁伺候：拿衣拿裤拿鞋。钱用了一小半，娃儿买了一件对襟褂子，一条撒腿裤，裤腰虽高，扎进腰带倒也合身。再买双黑帮球鞋，脚底板有腾云驾雾的感觉，当了一回“上帝”。

临近夜晚，娃儿甩手甩脚走在常德街上，感受热闹、繁华、嘈杂、光怪陆离。听到沿街叫卖声，也听到常德丝弦子的咿咿呀呀。看到三三五五女人走过，一阵脂粉气袭来，他“咯噔”一下心跳，脸羞红。那些女子眼睛泛秋波，腰肢如春柳，只是脸上描画有失轻重，红红粉粉争着上，不晓得洗过脸后会不会是麻子婆娘。比不得，比不得，还是家乡的菊心好看。菊心没有妖精气，不像这群婆娘，嘴巴皮涂血。这时，他被一个女人拦住，要同他做生意。娃儿说没有本钱。那女人说他一身打扮就是本钱，硬拽，软磨。娃儿只觉得，成熟肥硕的胸前两团在他手拐子上磨来磨去。他想跑，上来几个体体面面的年轻人，在他面前扎脚捋手，有个戴瓜皮帽的当胸揪住他，“咔嚓”一声，他的对襟褂子被撕开。娃儿哪肯认栽，就动拳头，反正会打的不如乱打的，神拳不如窑砖。四对一，纠缠一团。听到有人喝道：干什么的！

娃儿回头看，原来是那姓宋的营长带队巡逻。宋营长

① 打抽丰：旧时利用各种关系和借口向人索取财物。

让手下将这几个人拿下问话。那几个人申辩，说自己不是坏人，只是“茶壶”。

常德人将妓院中帮闲、打杂的叫“茶壶”。

有当兵的骂：“茶壶”？还当你是尿壶呢！

宋营长说：年轻力壮不学好，什么事情不好做要当“茶壶”，送去劝业所。

娃儿心疼自己的对襟褂子被撕开，气不过，上前摘下那个“茶壶”的瓜皮帽，扔在地上。

宋营长喝问：凭什么摘人家帽子？

娃儿理直气壮地回答：他撕坏我的对襟褂子，我就要扔掉他的茶壶盖子。

宋营长说：不要再闹！

让一位灰军装送他回家。他又是那句老话——四海为家。灰军装告诉他，不找地方住会送往劝业所。娃儿怕了，说出自己死里逃生来常德。灰军装见他说话诚实，帮他找住处。找到一处教堂，叫开门。守门的是位老教民，不肯收容娃儿。灰军装说：主说有一尺之地，要容人立足，有一丈之地，要容人存身。你教堂空处多，为何不容娃儿借宿一晚？

那位教民说：主啊！到底是冯旅长的队伍，对我主的仁慈领会得深。

娃儿被领到间空房，在地毯上将就一夜。他想不明白的是“主啊，主啊”的这位“主”是哪个。

第二天一早，娃儿被教民叫醒，出门。街上转，将咸咸甜甜的挨着品尝，吃米豆腐、桂花糖、蒿子粑粑，酢粑肉，将在余五学问家里吃饭受到的限制，将行排时挨饿受到的煎熬，统统放大为四个字：穷吃饿吃。他又听到娃儿糕的叫卖声：娃儿糕，娃儿糕，娃儿吃了长得高。就买一捧娃儿糕，一口一个。想到木排上饿得吐清水，丢一个到口中；想到大佬、二佬捞鼎锅中的剩饭吃，又吃一个。陡然想到罗疤的缩肠法，骂，人肮脏，说出的话也肮脏。只是，同一木排的几个人现在死生如何？还能见到彭叔吗？正埋头走路，突然有人从他手中抓走一块娃儿糕，抬头望，大喜，是彭叔。娃儿糕全给彭叔，问起如何到得常德。彭叔告诉他，想救起大佬，不成，二佬也不知去向。亏得自己水性好，游上岸。说起现在去码头会朋友。

两人来到江边码头，寻找大木船。莫说大船，小船和舢板都看不到，渔划子躲得更远。眼前只有军舰，大黑烟筒。走出一截，终于看到几只货船，有桅有帆，载得货多。彭叔冲大船上喊：有哪个在？

船上有人应话：当家三爷在。

就看到船舷边站几个人。跳板放下，邀他们上船说话。

彭叔问：怎么把货船挤出码头？

那位当家三爷姓周，指着军舰讲：说出来气人，那是日本人的军舰。

娃儿指着舰上的旗说：日本人？不挂膏药旗？

周三爷说：那是日本人的海军旗。

娃儿口敞，说：这算什么旗，横看竖看都是一拳砸开个倒瓤瓜，红水子四溅。

周三爷大笑，说：倒瓤瓜，小兄弟话说得好，解气。

一起上船，周三爷自称弟兄，称彭叔为兄弟，舱内喝茶。娃儿看到，周三爷礼节周到，很能说，晓得的事多。老规矩，递茶谢茶都是中指、食指、无名指三指伸出，“出指不离三”，晓得周三爷是会党中人。

喝茶，说话。周三爷就从“倒瓤瓜”说起。

……早一阵舰上日本人神气得很，也怪常德的生意人是软壳子蛋，怕乱兵，怕土匪，门前都挂起日本旗，点旺了日本人气焰。

娃儿想到昨天买衫裤的遭遇，从心里骂这些商家势利。

……日本人在常德放肆惯了，那天军舰上下来几个水兵，从南门入城，守城的士兵要盘查。日本水兵不服，打了一个士兵一巴掌，冯玉祥旅长的兵哪肯示弱，端起刺刀，挑伤他三个。当天，日本居留民会会长高桥新二同日本舰的舰长找到冯旅长，要求将中国士兵监禁。冯旅长问凭什么？日本舰长摸出本册子，说根据哪条哪款行事。问那是本什么书？高桥说是“日本海陆军刑法”。

娃儿问：后来呢？

……冯旅长脱鞋子。高桥问什么意思？冯旅长说，用日本刑法处理中国士兵，这是侮辱中国人，我要用鞋底教训教训他。

娃儿听得兴起，再问：后来呢？

……后来日本人成了倒瓤瓜，再也神气不起来。冯旅长又召集全城商民，要求他们都拿出中国人的国格，不挂日本旗。查出卖日本旗的是鲁东洋行，找到洋行，没收卖旗所得的赃款，用作修路的经费。

娃儿说：嘻嘻，鞋底抽嘴巴，解气。

周三爷说得兴起，问：还想听鞋底抽嘴巴？

娃儿点头。周三爷又讲。

……常德城里教堂多，有教民仗势欺人。有一人家，两个儿，大儿入天主教，不学好，吃喝嫖赌抽，二儿老实巴交。当爹的料到大儿迟早将家产败光，就分家。大儿子花光自己那份家产，定要二儿子名下的，两兄弟打架，老人劝解，大儿子连老人一起打。这事告到冯玉祥那儿，他亲自问话，取证，大儿子倚仗自己入了教，就狡辩。说他忤逆，他反说，这事只能天主堂问他，别人不能问他。大吵大闹。

后来呢？

……后来冯长官让手枪队用鞋底子抽他的耳光，立马服服帖帖认错，抽自己的耳光，说误以为入了教，哪个也奈何不得他。

众人一番笑闹，都说鞋底子抽嘴巴的办法好。说话间，周三爷叫人拿来个绿皮西瓜，说：断不会是倒瓤瓜！

切开，吃来又甜又爽。彭叔说：该说正事了。想在你船上混饭吃，使得？

周三爷说：船上装的是棉花，这一两天就要起航。都是帮会上的兄弟，有盐同咸，无盐同淡，兄弟能上船共事当然好。只是这事还得冒壳子大爷[①]点头。他肯了，我当然是船过得，舵也过得。

彭叔说：还要照顾这娃儿。

周三爷说：这娃儿逗人喜欢，“倒瓤瓜”，说得好痛快。

正在这时，几个灰军装上船。指着彭叔说：有人告你拐款潜逃，将卖木材的钱私吞了。

彭叔有口难辩。灰军装又说：冯长官发话，先将你带去问个明白。

彭叔说：去就去！道理讲得清，牛肉敬得神。

彭叔伸出手，接受捆绑。灰军装说：只是问话，不绑你。

周三爷也说：想必冯长官不会冤枉好人。

彭叔对周三爷说：我不怕的。烦你弟兄照顾这个娃儿。他是个老幺[②]。

彭叔同灰军装下船。娃儿暗祷：彭叔莫被鞋底子抽嘴巴。

---

① 冒壳子大爷：帮会中的头。

② 老幺：指特定的一群人中最小的那一个。

民国旅社·爱国牌香烟·圣人不死

讲起来是段古。

过完年，余三先生去长沙。临动身，余五学问从桐石村口窜出，揪住他说：在此守候多时。问有什么事？五学问说：还不是为了那弃家不顾的小畜生。

说起有人在长沙看到兑生娃儿，在湘江边堤上驮货。

三先生说：湘江堤岸几十里，哪处码头？

五学问说：码头挨近一间纱厂，纱厂有黄色门楼子。

三先生问：见到娃儿劝他不醒，不肯回家，如何办？

五学问说：老子不怕断后，不回来从此不认他，我找个小老婆，生一串娃儿，家产没他的份。

话说得咬牙切齿。

三先生笑他：五六十岁的人了，当你是条脚猪子[1]，生得出一串娃儿？

五学问说：余家祠堂屋的香火不会冷清。

说到香火，余三有些失落，自己没有子息。

跟着，四矮和六结巴的轿子到了。五学问拿出满满一布袋物事做礼品，塞进轿子。

轿子到常德。下轿后给过轿子钱，布袋子也交给两人。

---

① 脚猪子：公种猪。

四矮打开布袋，一半炒米一半核桃。三先生摇头。四矮说：五学问行事历来如此，只怕核桃还是空壳。

两位轿夫空轿子打转，三先生搭船，顺风顺水到长沙。

小西门下船。找到潮宗街梓园巷民国旅社，旅社在长沙称得上数一数二，四合院的公馆，早年间是清末布政使街道员张自牧的宅园，有戏台，有回廊，梧桐撑天，绿竹荫地，几十间客房明净敞阔。若有朋友来访，显格局。

已入秋，天气燥热。晚上，蚊阵扑脸，放下蚊帐难入睡，干脆起床。出门，倚栏杆人看星星，星星看人。听到男声学唱坤腔，咿咿呀呀，西皮二黄，不地道。三先生听过四大名旦，醉心于程砚秋唱腔上的“声、情、美、永”，那一声拖腔，如水墨画中的一笔勾描的逶迤山脊，到收笔时却是若有若无。画要入幻境，声要入幻境，人要入幻境，这才叫过瘾。这男子的唱法，却如猫崽子被踩了尾巴，叫声尖厉，只显乖巧。后来又有女人学唱“铜锤花脸”，声音像是深瓮中发出来的，只是瓮开裂，裂缝中漏气。三先生被男声女嗓一通吵，气不过，下楼，找管事的，说：开旅馆还是开戏园？深更半夜闹不停，又不是死了人唱夜歌子，唱什么唱？

那管事的立马堵他的嘴，说：先生禁言，唱戏的这帮人惹不起。

三先生问：什么人？

管事细声说：晓得不，“弯弓长，长弯弓，禁忌多，鬼拍门”。

问：哪些禁忌？

答：签筒漏底，AKQJ，晾晒衣被，急火炼油？

问：哪来的口诀，奇里古怪？

管事的偷笑，说：可见先生不是长沙人。

接着解释：庙里摇签，签筒漏底，“摇不得”。扑克牌中，“AKQJ10”五张牌，一手“同花顺”，可惜少张牌，“顺不得”；晾晒衣被怕下雨，所以“雨不得”；急火炼油不能加水，所以“汤不得”。

三先生听出个“弯弓长”，又听出“摇”“顺”“雨”“汤”，猜到说的是湖南督军张敬尧[1]和他的兄弟张敬舜、张敬禹、张敬汤，四个人统统要不得。便说：我倒是听说更上口的，“堂堂乎张，尧舜禹汤，一二三四，虎豹豺狼”。

管事说：先生，这四句被长沙人唱得滚瓜烂熟，早已经传到督军府，现在只要有人唱这四句，捉去关笼子。笼子里老鼠快活，蟑螂快活，人关在里面要死不得活，哪个都怕关，才换说法。在这里唱戏的，正是张家第四位恶哥，张敬汤一伙。

三先生说：虎豹豺狼，可恶可恶。

① 张敬尧：安徽省霍邱县人，北洋皖系军阀骨干。1918 年 3 月至 1920 年 6 月任湖南省督军，因贪婪成性，遭到当地人民的强烈反对被迫辞职，其弟张敬汤被杀。

管事的说：可恶之人，也有可嘉之勇。望城乌龙港出了吆喝队，姓黄的为头，逢人就抢，抢钱抢粮抢堂客。草鞋没脱底，都要抢去套在自己脚上。倒是这位张督军出动队伍，包围吆喝队，打死百多人。有人说他是为民除害，也有人说冤枉打死不少人。

三先生说：吆喝队，新奇。

管事的说：这些人就喜欢打吆喝，起哄子，生性如此。

先生默念：打吆喝，起哄子。

上楼睡觉，想不明白：长沙人说话套路多，可以明诏大号骂张氏兄弟是虎豹豺狼；也可以曲里拐弯，说出“签筒漏底，AKQJ”。横竖嘴巴两块皮，说话无高低。

余三先生睡在床上，想到这次来长沙要做的事有三桩：访友，寻人，找商机，于是起床。头桩事是长沙城里走麻石街。长沙街道都是麻石铺就，尤其是热闹地方。麻石路面好哇，天晴不起灰，落雨不沾泥，还有一宗，木屐、油鞋踏上路面发出的响声好听。这天没有落雨，只听到擦着街面的嚓嚓声，一群人蓬头垢面，提竹筒捧饭碗从眼前冲过，跟着听到啪哒啪哒的脚板踩地声。做什么？打吆喝还是起哄子？问路人，告诉他，都是奔施粥厂去的灾民。再问，人家回答得更详细：洋教遵道会在潮宗街办粥厂，去得早的有粥水子喝。三先生感叹，哪来的这么多灾民？想到早些年各乡有常平仓，逢到灾年乡下人可以粜平价谷。到了民国，常平仓的谷米都被军人占为军饷，灾民跑到城里抢粥水子喝还要靠洋人救济，这是什么世道？跟着见到一群人转回头，有人沮丧地说：去迟了，木桶底子都刮干净了。

有好心人说：太平街口子上有乾益升粮栈，逢灾年施粥，何不去那里看看？

有人说：那是早年间的事。乾益升的老板朱昌琳[1]死了六七年，还施粥？

又有人说：朱老太爷的子孙胆子小，恐怕被人谋算，做事不张扬。不过，善事继续在做。快去快去。

呼啸一声，灾民又是啪哒啪哒脚板跺地，跑太平街。

三先生出了潮宗街，想雇黄包车代步，一路走来，一辆也看不到。问过人才知道，全城车夫罢工。为何？告知，要增加薪水。又听说，不只是黄包车夫，就连泥木行的工匠最近也罢工。

沿街日本人店铺多，推出“大贱卖”的广告。像“大石”“三井”“小岭”等日本洋行，招牌都被浓墨涂抹。原来是城里学生发号召：维持国货，不买仇货。走一路，腿乏，烟瘾犯了，一摸，没有带烟匣子。走到附近纸烟店，买包“爱国牌”，拆封，抽出一支，点上火，一股霉味冲鼻孔。他掐灭烟头，对老板说：纸烟发霉，换一包。

---

① 朱昌琳：当时长沙的首富，大慈善家。

老板又丢过一包。又抽出一支，点火，吸来又是一股霉味。三先生说：烟要防潮，莫让起霉。

老板指着墙上“哈德门”的香烟广告说：先生何不换抽“哈德门”？

三先生说：抽惯了“爱国牌”，再说，我不抽洋人出产的烟。

老板说：你通城去转一圈，如果买来的“爱国牌”没有霉味，回头砸我的铺子。

三先生说：那这两包烟如何办？

店老板说话冷漠：你烟走人，钱照付。一个愿打，一个愿挨。

两人都起高腔。有争吵，就有人围观，有人鼓噪，有人起哄。小小纸烟店，里外围上几层人。三先生正待同老板见官，有人按住他肩膀，回头一看，是罗夫子。正是自己要访的老朋友。罗夫子相劝，同店老板息了争吵。老板让步，送他一包“哈德门”。

罗夫子是《长沙日报》的撰稿人。早在长沙光复时，两人就相识，已是多年老朋友，见面自是一番寒暄。相约一同吃饭。三先生说出这次来长沙要办的几件事，罗夫子说：访友一桩，今天你我见面，自是高兴。寻人？你那亲戚在黄色门楼子的码头搞搬运，我寻思，湘江边有黄色门楼子的只怕指的是湖南第一纱厂。我倒推荐一个人同你认识。

说起湖南第一纱厂最早叫作经华纱厂，经办人是省议会的伍先生。

罗夫子说：伍先生是热心人，可以帮你找人。再有，他故事多，凑在一起，热闹。

三先生说：那好，那好。去省议会找伍先生。

三人选定省议会附近的挹爽楼吃饭。

上楼，落座，伍先生是常客，由他点菜：蛋黄熘鳝鱼泥、菌油烧豆苗、姜片炒菜生子末、堤蒿炒腊肉丝。罗夫子要个小菜，伍先生又点个炒乌金白。

酒菜上桌，伍先生筷子点着那盘鳝鱼泥，说：店里晓得我品菜的规矩，非得是杆子鳝鱼才做这道菜。

三先生想，口味真刁。他记起桐石村旧事。做小娃儿时，逢春上，点盏松明灯下田，看到水田中鳝鱼一动不动，持剪刀夹，秤杆子大小的味道最好。伍先生懂得杆子鳝鱼，可见是个吃货。

又上一盘菌油炒豆苗。跑堂的对伍先生说：这道菜可是精心炮制，你看，是不是合您的标准？“苗不过三”，每根豆苗都是三寸。

伍先生说：你呀，假里手。所说的“苗不过三”，是说豆苗要吃春三月之前的，才鲜，才嫩。过了这时节就不是豆苗，是豆子藤，掐得再整齐也失口味。

一番话说得跑堂的脸臊。边吃饭，边说东说西，南京城隍、北京土地一并说起。三先生就提到爱国牌香烟变了味。罗夫子说：其实，都是英、美烟草公司搞的鬼，大量收购南洋兄弟烟草公司生产的爱国牌烟，喷水，让其生霉，再以低价发售到长沙市面，搞坏国产烟的信誉，好垄断长沙市场。

三先生恍然大悟，说：有这等事，洋人真做得出。

伍先生说：这不是？日本人又要收购湖南第一纱厂，好不容易争取来的湖南人的实业，又要落在东洋人手中。

三先生试着问：听说湖南第一纱厂是伍先生一手一脚打下的江山，是不是？

伍先生说：出得些力。长沙光复后，我也是一腔激愤，叫作“痛外货之充斥，生民之穷困”，想振兴实业，向财政司借得银子六十万，用这笔数目在银盆岭购买土地兴建厂房，并订购了安利洋行的纺纱机、德国商人的发电机、电动机。当时想的是官督商办，为纱厂取名“经华纱厂”，后改为湖南第一纺织厂，但现在要被“弓长”拍卖。

罗夫子说：“弓长”为什么要拍卖纱厂？

伍先生说：还不是想借此捞钱？听说这姓张的在老家霍丘买了不少地，盖了不少房，钱从哪里来？还不是湖南人喂饱了他？他一屋人名字取得中听，尧、舜、禹、汤，称圣称贤，只是做的事没一件不是丧尽天良。

罗夫子说：倒应了古人一句话，“圣人不死，大盗不止”。

三先生留意到，邻桌的几个人竖起耳朵听他们说话，彼此还使眼色。伍先生和罗夫子说得兴起，又不好打断他们的兴致，暗暗着急。只见那几个人起身，着的便装，朝这桌走来，喝问：刚才你们胡说什么？

听到这些人一口安徽话，晓得来者不善。伍先生站起来说：说什么？说圣贤，说不得？

其中一人说：明明在议论张督军，还敢不认？

跑堂的见事情不妙，慌忙找店老板。老板急忙过来“和糯米粉子”[①]，说：这几位都是省议会的议员，不会对督军有什么议论的。

伍先生说：张督军同议员们亲热不过，他满四十岁，做大寿，还分请我们吃饭。大庆筹备处发了请帖，像我们这些一等宾客，贺礼都在一千元以上。

那几个人大概耳闻过张敬尧要借四十岁生日摆酒席，至于说贺礼在一千元以上，有些拿不准。其中一个指着罗夫子说：你说的“圣人不死，盗贼不止”，是何居心？

罗夫子哈哈一笑，说：这位弟兄应该读过书，我说的“圣贤不死，大盗不止”出自《庄子·胠箧》篇，有本子对的，不信可以翻书。若不是，取我的脑袋。

这几人见捞不到油水，找到店老板，问：你看这件事如何办？

① “和糯米粉子”：做和事佬，和稀泥。

店老板只能赔笑脸，说：你几位今天这顿饭菜，我免单。

这几个人占到便宜，叽呱几声，下楼了。

一场虚惊。罗夫子叫住店老板，说：刚才那桌人的开销算我的账上，不能让你的生意蚀本。

店老板说：你先生大人大量，受之有愧，受之有愧。

这伙人走了，罗夫子问伍先生：“圣贤”真要开神仙会，做四十大寿？

伍先生说：确实，专设“大庆筹备处”，任命张敬汤为筹备处主任。寿宴的规模定为400席，其规格按福禄寿喜分为四个等级，分别是1000元、500元、300元、200元的标准，伙头师傅按席配备，指名分配给各大饭店。

店老板说：伍先生说得没有错，饭店还要备好上等食材。

罗夫子说：开饭店的不会赔得呜呼哀哉？

店老板说：亏本是一定的，只看亏多亏少。不过他有钟馗尺，我有鬼算盘。再亏，也不会呜呼哀哉。

伍先生说：有什么鬼算盘？说来听听。

店老板说：用什么食材，我们比这些家伙精明。譬如说海味中最贵的是鱼翅，鱼翅分三等：荷包翅、天九翅和杂翅。100斤荷包翅开价1000多，天九翅300不到。我用天九翅代替荷包翅，哪个辨得出？世上有几个人是天天吃鱼翅的谭延闿[1]？

众人大笑。夫子对伍先生说：只是坑了你们出 1000 元吃寿宴的头面人物。

伍先生说：呸！老子也赖，赖着不出钱。犟不过，大不了只出钱不吃饭就是。再说到谭祖庵，他在广东，时刻会抄姓张的后路，姓张的恶不了几天。

罗夫子说：尤其是这批学生，个个是一铳药，对姓张的不会再忍。

饭快吃完，夫子说出三先生寻人的事。伍先生爽快，应允陪三先生去湖南第一纱厂。

---

① 谭祖庵：即谭延闿（1880—1930），字祖庵，湖南茶陵人。曾任两广督军，三次出任湖南督军、省长兼湘军总司令。曾任南京国民政府主席、行政院院长。大书法家，美食家。

第一纱厂·足球赛·摘牌子

兑生娃儿在湘江边忙碌大半年。

开始，扛棉花包。运货的木船驶到码头，搬运工系缆，搭跳板，扛包，过跳板，进库房。一件货两百多斤，扛在肩上不容易。

当初在常德坐上运棉花的货船，姓周的当家三爷发过话，娃儿在船上有吃有喝。几天后船到长沙泊岸。见到一群人，货到了，从船上扛包。搬运工中有个年龄比他大些的后生子叫运宝，新搬运工。运宝扛上一包棉花，身子闪闪晃晃，上跳板脚杆子打跪。到得堤岸，脸煞白，扔下棉花包喘粗气。厂里的刘监工脸一沉，脸拧得如毛巾把子，伸手给运宝一巴掌，骂：亏得我是你的铺保，不争面子。

娃儿看不得人欺人，上前说：不就是包棉花，掉在地上摔不烂、碰不碎，我替你扛到库房就是。

刘监工将他从上到下打量，说：蚂蚁子打哈欠，好大的口气。你扛一件试试。不过，说明白，从跳板上摔下来是你的私家事。

娃儿不想输志气，就扛。先前有过“踩厢”的历练，脚步踏踏实实。上岸，再抖擞一把，稳稳当当地将棉花包送进库房。众人都叫好。只有运宝站一边嘟囔：他穿球鞋，我是光脚。

娃儿马上脱鞋，说：光脚就光脚。

又扛起一件，不费力气送到库房。

刘监工脸色由阴转晴，朝运宝说：看到了？人比人气死人。

又问娃儿：愿意在我手下干搬运？

娃儿点头。同船来的伙计说：这娃儿是我们当家三爷的至亲，上头的冒壳子大爷也看好他，不能亏待。

刘监工说：那是，那是。

空船回常德，留下娃儿在纱厂干搬运。那晚，刘监工拖他去江边饭铺，也叫上运宝。送茶递饭时，娃儿试着用帮会的手势“出指不离三”，刘监工看得发呆，以为他是会党，连忙问：你是哪个堂的？

娃儿不语。刘监工筷子指向运宝的鼻子尖，说：见样学样，人家做事有规矩，你做事猫弹鬼跳。

运宝不服气，他骨子里看不起这个乡下人，后来看到娃儿事事帮他，才将城里人的傲气收敛一些。晚上两人并头睡，运宝问娃儿，你那边乡下能有什么？

娃儿就说起桐石村：山上有鸟，水中有鱼。山上有驴蜂窝，打下蜂窝有蜜吃。

还有吗？

娃儿说起闹春社舞草龙。后来又说起“踩厢”如何惊险，放排儿多磨难。

运宝在城里一碗饭长大，城里的麻石街上不生鱼虾，屋顶上虽有麻雀子，算不得野鸟。偶尔有只乌鸦叫，吵人。越听娃儿说事，越感觉自己失去了话语优势。

运宝讲：城里白沙井的水甜，只是要钱买。

娃儿说：桐石村溪河里的水不算甜，不要钱，想喝就喝。

运宝说：城里也有甜的，扯麻糖。

就唱：扯麻糖，扯麻糖，扯得同你一样长。还是要钱买。

娃儿说：我那边有八月瓜，甜得粘口，满山都有。

又问：长沙城里有什么不要钱买？

运宝说：看球赛不花钱，潇湘健儿队同英国水兵踢足球，好大的场面。好看。

娃儿说：足球是什么？没有听说过。

运宝说：乡里宝。球鞋穿在脚上，竟没有看过足球？

娃儿摇头。运宝说：我看得多，还会踢两脚，哪天教你。

娃儿说：穿球鞋踢球？糟蹋鞋子。

运宝说：先带你看足球赛吧。

这些天，码头照样是运棉船频繁靠岸，众人忙得黑汗水狂流。娃儿早将球鞋收起，赤脚上阵。众人歇气时，运宝拉他到厂里，看招募女工。一长串乡下妹子排长队。众人目光如扫帚，扫得妹子们不自在，个个低着头，背着手。娃儿看到有个穿蓝衣的细妹子，猛地一惊，脸模子好像菊心，像是哭过，眼睫毛好长，她光着脚，脚指头在地上划。厂里管事的拿根长尺，先从队伍中将矮的、瘦的拨到一边，长尺伸到她身边，她一扭腰，没有被拨走，以为能留下来过二关。没料到管事的一回头，仍把她拨到一边。蓝衣妹子好失落，泪水掉到她的赤脚上。老工人说宽心话：妹子莫哭，吃两年饱饭再来就是。

妹子哇哇地哭说：饱饭？饭都吃不上，才想在这里找碗饭吃。

也有年轻人不怀好意地说：何不早嫁人，到夫家吃饱饭？

妹子说：嫁人？我还要赚钱养活一屋人。

有女工说：不来也好。我们进厂一两年，有苦说不出。

又有女工赞同，说纺织工的饭碗不好端。众人陪着叹气。

又见到楼上有长褂子先生朝下喊：人要多招几个。

管事的叫回蓝衣妹子。

跟着走到一张桌子前，挨个将手摆桌上，有个老女人看手指，手指细长的留下，粗短的被筛掉。有个被筛掉的女子说：我手巧呢，月光下穿得针。

老女人说：手指擂槌一样，碍事。

那女子被呛得泪水直流。这一关蓝衣妹子总算过了。

跟着测视力。娃儿看到一幅纸上，不按倒顺，大大小小印几排“笔架子”，让女子们隔几丈远指认“笔架子”朝向哪一方。娃儿一目了然。蓝衣妹子却被难住了，又淌泪水。娃儿轻声问：为何？

妹子细声细气说：哥哥，我搞不清楚。

娃儿灵机一动，说：我挨着你站，你看我的脸，左耳朵动，你指左；右耳朵动，你指右。我若是咬嘴巴皮，你就指下。记住。

妹子听话，轮到她检测，她盯着娃儿脸上看，娃儿耳朵发“口令”，妹子算是蒙混过关。运宝垂涎妹子姿色，说：这个妹子长得乖巧，只是不懂，她为什么总朝你看？

娃儿说：她数我脸上长的阴麻子。

最后还有一关，被选上的妹子要光着脚从煤灰地上走过。两个管事的鼻尖凑到地面，看走过的足迹，一边报告：弓足，过！

或者报：平足，过不了。

被选落的妹子不解，问是为何。答她：平脚板，吃不得纺织这碗饭。

娃儿问：平脚板碍事？

一旁人说：平脚板走不得远路。

娃儿说：纺纱要走远路？

那人说：嗤，你没有进过车间，尽说外行话。一天几十里，还要一路小跑，脑壳会晕。

娃儿挨了一通“楦头”，好恼火，私下约定运宝，去看纺织车间。

隔了几天在厂门口，蓝衣妹子红着脸走到娃儿跟前，说：哥哥，搭帮你。

又说：我叫细妹。

这天，众人歇气，吧烟，喝酽茶，聊天；要不就下五子棋，搞七搞八挨时间，从口袋掏出些铁蚕豆或炒玉米籽，往口里塞，当是吃中饭。刘监工从人丛中点到娃儿同运宝，让他们扛包到纺纱车间。运宝不情愿，说：我头上长了癞子？

一旁有人打趣，说：只有嫩伢崽去得。

其他人哈哈笑。

娃儿、运宝同抬一件货，走近车间耳朵就发嗡，只听到哐啷响，如冰雹子落在扮桶中，落在门板上，落在搪瓷脸盆上；又有轰轰声，如狂风穿堂入户。讲话的声音都听不到。

运宝说：轰轰的是锅炉间发出的声音，哐啷的是车间的纺纱声。

娃儿说：噪人。耳朵要震聋。

货扛进车间，娃儿燥热，周身湿透。车间上下，纷纷扬扬全是棉花毛子，粘在身上奇痒。见好多头戴白帽的纺织女工，这边跑那边，又从那边跑这边，忙着接线头。雾气蒙蒙，女工穿着少，单褂子汗湿，贴身上显出女人轮廓。娃儿看来看去，没有看到细妹。两人放下那件货，却见角落有两个女人热得褪去上衣，偷着吃中午饭。饭自带，碗里的冷饭放在蒸纱的废热水中沾些热气，就着几片咸萝卜，扒一两口饭，又要抢去接线头。两个女人露出年轻但不健壮的身体，胸不丰，紫奶头，全身汗。娃儿看到，像做了坏事，脸发红，担心被人识破，就想走。运宝拖住他，说：

高的那个奶子翘绷绷。今天算是开眼界。

只见高的那个衣襟敞开，拿毛巾擦汗，扇风，说：想呕。

另一个女工问：是不是有了？

高的说：莫高声，有三个月了，厂方晓得了会停我的工。

娃儿不想再听壁角，要撤。撤出来，运宝抱怨：那么好看的景致不看，你是不是男人？

娃儿不想争辩。出车间，顿时感觉凉爽，问：女工衣服可以不穿，为什么要戴帽子？

运宝说：衣不穿是送给你看，不戴帽子会送命。有个妹子忘戴帽子，长头发卷到机子里面，扯去半边脑壳皮。

好吓人，真如女工们说的，纺织工的饭碗不好端。

隔几天，厂门口见到细妹，见她摘下工作帽，抖散头发，冲娃儿笑，说：真不想戴这顶孝帽子。

娃儿说：头发绞进机器里，绞脱你一层皮。

细妹说：不怕的，进车间我才戴。哥哥！

见她抬头总是朝自己看，娃儿说：看什么？莫非我脸上真有阴麻子？

娃儿突然想到菊心，细妹同菊心好相像，只是细妹的身板瘦弱些。细妹说：哥哥，我有些怕。

娃儿说：刚才还说不怕，现在又怕什么？

细妹红着脸说：怕你身边那位兄弟，总缠我，说要讨我做堂客。还说他的表叔是监工，我要不依就敲我的饭碗。

娃儿心上一震，仍是安慰细妹，说：不会的。运宝是我的兄弟，不会难为你。

细妹说：他的表叔是不是监工？

娃儿点头。

细妹说：同一起的姐妹说，监工有势力，两根手指能把人像蚂蚁一样捏死。

娃儿说：还不至于，运宝那边我会说服他。

细妹深情地望着娃儿，说：哥哥，还有件事拜托你。我们十几个人住一间工棚，想搭个棚子洗澡。只是要材料，没材料；要人工，没有哪个帮得手。

娃儿说：容我想想。

按说，娃儿对足球比赛不会有兴趣，见都没有见过。说起比赛，脑壳里只有乡下迎神赛会时的斗牛、舞板凳龙和拧扁担。球，听三先生说起《水浒》中有个高俅，球踢得好，就当上了太尉。娃儿将足球看作绣球般玲珑精巧，踢球是耍花样，讨彩头。这天一早，他被运宝叫醒，催促动身。娃儿摸出球鞋套脚上。

从黄色门楼子经过，见一群工人围住写字楼，不晓得出什么事。运宝说看球要紧，两人坐划子过江，赶往雅礼中学。老远听到锣鼓声，娃儿仍当是看迎神赛会。

运宝说：开始助威了。

娃儿先是惊诧，好大个场子，四角插旗，画上石灰线。

场外一面白色镶红色锯齿的三角旗扬起，旗上五个大字：潇湘健儿队。上千人站场子外等开赛，身边站穿学生制服的年轻人。甚至有女学生，白上衣青裙的一群，很清秀的。娃儿暗叹：看热闹的人多。

头顶突然飞纸片，运宝抓到一张，交给认字的娃儿，读出，湖南第一纱厂将要卖给外商。一边的学生也接到传单，说：还不是张敬尧搞鬼，第一纱厂是湖南人挤出银子办的，跟他这个丘八有什么关系？

又有学生说：不榨干湖南人的血汗，他不罢休。非抗争不可。

正想听，场中一声长哨，就见到潇湘健儿队出场，白球服，胸前印“潇湘”两字。对手黑衫子上印洋文。这群洋人，夹黑夹白，其中的黑人咧嘴笑，露出白瓷瓷的牙齿。这阵势让娃儿感受庄严、隆重。他眼尖，发现潇湘健儿队中也有三个洋人，不解。一边的学生告诉他，那三个洋人是湘雅医科学校的职员，志愿加入健儿队。

开始比赛。看球的都是长沙人，鼓噪声、助威声一边倒。场上两队人争一个球，不是单人作秀也不是讨彩头。学生中懂行的多，喊话有招数：冲哪！沉底传中！

好呀，临门一脚，打死角！

运宝只顾自己过眼瘾，哪肯解说？倒是旁边的学生有一句没一句地说出踢球的章法。

眼见健儿队员漂亮一脚，球被捅进球门。一片喝彩声。

跟着两队围着皮球你争我夺，滚一身烂泥巴，爬起来继续踢。黑衫队员动作粗鲁，一脚踢在小个子的健儿队员腿上，小个队员捧着腿在场上滚。周围吼声响起来：洋猪，踢球还是踢人？

判他个十二码！

十二码！

十二码！

娃儿跟着喊：十二码！

球证响哨：十二码。洋人一嗡而上，围攻球证。狂吼。球证坚持原判，由小个子健儿队员开出十二码球，球像个狂风吹落的柚子，砸进球门。众人欢腾，娃儿看得周身热血沸腾，运宝本是急着拉尿，顾不得了，哪怕尿在裤裆里，也要看健儿队赢球。

继续开球，健儿队越踢越勇，场上只见几团白点散成扇形，队员互相呼应，刚才射门的小个子盘球晃过一个红脸块的黑衫队员，看球的又在喊：好呀，灵猴戏白猪，过他！

过他！

果真一个穿裆，再一挑，球又进了。场上立起的记分牌上显示 3∶0。场外人群暴吼：踢他个四比零，踢赢了天然台吃酒席不要钱。娃儿暗想，果真有彩头：吃酒席不要钱。

那时候足球场上没有“马赛回旋”“贝氏弧线”“钟摆式过人”“踩单车”等技术展现，有的是“灵猴戏猪”“黑狗蹿裆”等土法上马的绝招，但管用，健儿队队员将这些玩得烂熟。又见到，黑队不甘示弱，奔抢越来越猛，健儿队的球被截获，截到球的是条黑汉子，鼓鼓墩墩，一脚踢得干脆，球飞向记分牌，将大大的“0”打得翻边，显示出3 ∶ 9。众人捧肚子笑。有人说：就会打牌子。

运宝说：笑得我尿都拉到裤上。

果然闻到一股热臊。

球继续踢。相互冲撞更厉害，洋人动作大，五凶十恶。长沙人历来扶弱不扶强，更何况乡土人情都在健儿队一方。平日洋人居高临下的傲气、巧取豪夺的痞气，长沙人早有怨气，此时情绪上更是“非我族类，其心必异”。看到黑衫队犯规，必报以抗议声和嘘唏声。娃儿杂在人群中，看到健儿队赢球，兴奋不已。

糟了，健儿队禁区前犯规，罚任意球。洋人脚下硬，必进球，在劫难逃啊。只见健儿队七八人你挨我，我挨你，并肩站一排。队中的洋人也在同一战线，八九个人个个目光坚定。气氛顿时紧张，全场鸦雀无声。场外学生们也并肩挽手，高喊“健儿不屈”！娃儿、运宝同学生肩相并，手相牵，等待这关键的一瞬。娃儿触电一般，有“踩厢”时的紧张，有风暴中行排的热血沸腾，受周围人情绪的感染，他想排在场上的人墙中。这时只见一个洋人摆动大腿，啪的一声将皮球踢向球门，球击到一名健儿队员眼角上，顿时流血，白衫染红。但是，球没进，流血队员包扎后继续参战。

不少人点赞：英雄气概！

娃儿羡慕这种英雄气概。

又是几个回合，拼斗更频繁，双方犯规更多。一名洋人脚下的球被拦截后，竟动手打人，健儿队员自不示弱，黑白双方缠斗在一起，抡拳头，使黑脚，“下三路”的动作一齐上。场外的也冲进场内。娃儿好想加入打斗，但被旁边的学生拦住。学生说：只是一场比赛，没必要起哄子。

终场哨响，长沙队以 5 ∶ 0 大胜。锣鼓响起，鞭炮响起，热烈庆功。那场面娃儿从来没见过，陌生人也会彼此拥抱，女学生也同大家抱在一起。有学生说：过瘾！出了一口恶气。

又有学生说：比打赢了鸦片战争还过瘾。

那边场上，双方队员还握手。毕竟只是一场足球赛。

回厂路上，运宝问：如何？看球赛过瘾吗？

娃儿点头。球赛他只能看懂七八分，但同仇敌忾，众志成城的场面让他感受到一种伟力，那是奔泻的潮流，他渴望成为洪波中的弄潮儿。

只是那天太兴奋，娃儿忘记了细妹拜托的事。

我问鱼钩：你是足球迷？

他说：我喜欢看球场上打架。

我责怪他白天只盼牛斗架，半夜梦到火烧天。

他大笑，振振有词：你懂个鬼。人都有好胜之心。全球都搞体育比赛。竞技在其次，对抗才过瘾。你看足球比赛，场上打，场下球迷打得更起劲。要不，怎么会有足球流氓？你看看“欧冠”赛事，不是？

他就这副德行，正理歪理，反正有理。正好这年的“欧冠”赛，英、俄两国足球流氓大打出手，英国球员统一服装，统一行动，文身如菜花蛇，还要学《水浒传》中的洪教头喝一声“来来来”，一通乱打；俄罗斯的球员久经考验，拳脚功夫扎实，出其不意，下手又狠，以少胜多，打得英国人满地找牙。俄罗斯球员后来有言：从不装B，更不扮酷。

找不到由头时都能好勇斗狠，找得到正当理由，更会劲鼓子擂起。哈哈。

一晚上，娃儿阖眼就是球场上的冲锋陷阵。第二天，去上工，黄色门楼子前人比昨天更多。有两个人带领众人喊口号：不许拍卖第一纱厂！

湖南人的纱厂不容拍卖！

众人议论：卖厂就是断我们的生计。

军阀有什么理由拍卖我们湖南人的厂！

又是热闹场面。刘监工本想劝阻众人莫将事情闹大，有人告诉他，厂被卖了，你的饭碗也被敲碎。他顿时醒悟，对运宝说：闹出点动静也好。

娃儿同运宝加入抗争的队伍。写字楼已经有士兵端枪守护，不准上楼。楼下的人喊：管事的出来讲清楚，凭什么卖厂？

人群想冲上楼论理，当兵的枪托子砸人，枪托子是木的，皮肉顶不住。众人被迫从楼梯上退下来。撤退下来的自嘲自解：莫被鬼打了。

人群又在楼下喊：上面的死绝了？经理出来说清楚！

出来！

出来！

就是不应，乌龟不出头。有黄、庞两位技师说：不出来，摘他“总经理室”的牌子。

众人说：要得。

又往楼上冲？又被当兵的推下楼梯，有几个人被推得滚跟斗。娃儿看不过去，身上猛劲冲闸，想有作为，如何办？

工人们说：厂方当缩头乌龟，我们不能当缩头乌龟。

人群再一次往楼上冲，当兵的上刺刀，挤到楼道阻人。娃儿叫上运宝，让运宝托着他的脚，他从门楼柱子上三纵两纵，手扒得紧，脚尖踩着砖缝，如“踩厢”一样稳住身体，憋足劲，终于爬上楼。翻过栏杆，他摘下总经理室门口的牌子，扔到楼下。楼下的工人发出一片欢呼声。当兵的感觉不对，手忙脚乱退回楼上，抓到娃儿，要将他捆绑。刺刀又向工人逼来，女工们向后退，细妹从人群中冲出，身旁有人说：你一个细妹子凑什么热闹？

拉住她，细妹挣脱开，说：捆的是我哥哥！

她冲到当兵的跟前，又打又抓。楼下众人一齐喝：不许抓人！

正在此时，三先生、罗夫子和伍先生赶到，看到此种情景，由伍先生出面交涉，让放人。楼上也有管事的怕将事情闹大，吩咐放人。娃儿重新回到工人群中。众人都说：小小年纪这样勇敢，将来定能做出番事业。

伍先生向众人传递一个信息：第一纱厂不再拍卖。

众人欢呼。伍先生说：我们议员不是吃冤枉的，征集各界意见，坚决反对卖厂，督军也要倾听民声。再说，请大家看今天的《长沙日报》。

伍先生带来一沓报纸，分发给众人。众人看到头版有湖南第一纱厂的照片，识字的读出报上的大标题：

湘人膏脂，岂容他人染指？

武夫私计，莫忤民意公权？

再读文章，读几句，众人叫好；再读，都说难得社会各界一致抗争，拍卖一事终于泡汤。罗夫子听到自己的文章受人热捧，暗笑。

说起纺织厂，鱼钩以为是宿命。

他又说出莫名其妙的话：我爹当年将厂里“总经理室”的牌子摘下来，半个世纪后，同一地点，“文攻武卫”在长沙纺织厂的那一次。摘旗的是你，丢枪的是我，我无地自容，羡慕忌妒恨。

宿命，宿命。

由宿命的人生奥义，说到佛刹道观、神踪鬼迹；再从溟溟说到冥冥，老庄、周易、鬼谷子。他问我：认同宿命?

我舌头打结，告诉他半信不信。

年轻时我们哪会相信宿命呢?那时我们读《不怕鬼的故事》，以为“好大世界，无边无碍；死去生来，有何替代”。我们将“天不要怕。鬼不要怕。死人不要怕。官僚不要怕。军阀不要怕。资本家不要怕”的这段话背得滚瓜烂熟。如今的我们是否还在被宿命论绑架呢?我老婆禁止我在庙宇讲菩萨的坏话，嘱咐我入宝殿不走正门，要走侧门，我敬受命，从不给神佛以差评，入庙时也恪守“虽非左道，必走旁门”。

鱼钩更认同宿命，并且以他爹身上发生的事为印证。

黑麂峰之谶

有个晚上响炸雷，下暴雨，娃儿难入睡。合眼就站在木排上，见到恶浪张牙舞爪，闪电像木头被斧头劈开撑出的裂纹。又看到三先生郑重其事告诉他，不再叫他娃儿，叫他大名兑生。

迷迷糊糊睁开眼，有雨点子打在脸上，风尖叫，撕破糊窗户的油纸。娃儿急忙卷起铺盖，莫让淋湿了。想起有事不能耽误，急忙起身。身边运宝睡得熟，梦涎子湿一片。

这天有事。有人捎口信，让他这天上午去桥驿渡口。请假。刘监工晓得他有些来头，同意。兑生一早赶桥驿。

暴雨后江水涨几尺，坐渡船的不多，到岸，啃过两张烧饼，灌一肚子水，远处来三乘轿子，看到三先生、伍先生和罗夫子下轿。四人缓步上黑麋峰。

一路上，伍先生说起长沙城里学校停学了，经费没着落，九位校长辞职，学校成了军营，操场成了军马场，说：张敬尧真是践踏斯文。

罗夫子说：姓张的天怒人怨，又支使裕湘银行发行“惠民奖票”。压着众人买。

伍先生说：我硬着头皮买了两千元，算是给他烧灵屋子。他在同日本国东亚兴业公司借款，晓得？

夫子说：有所耳闻，借款400万日元，以长沙商埠全部财产作为抵押。

伍先生说：是呀，他拿到借款，西瓜皮打掌子——开溜，长沙的生意人岂不是焦头烂额？三先生听得头皮发炸，暗自庆幸自己没有生意在长沙。

兑生一边听，一边看四周景致，像是又回到桐石村：暴雨洗过的山体清朗，林间有条众人踩出的湿路，周山竹子多，竹枝横展，青笋子从枯黄的竹叶间冒出，有的长到一人多高。高树上有蜘蛛结的亮网，草丛间有斑斓的四脚蛇窜过。走出一段路，树多起来，红椿树挂树豆，青冈树挺得直，红豆杉秀出珊瑚珠般的颗粒，银杉、水杉让人感受原初混沌。上得高处朝下看，有片汪汪水泊。正贪看山景，刺丛中钻出只活物，像鹿，身躯粗壮，见人掉头奔走。

罗夫子欣喜，嚷：麂子，是黑麂。

走一段，罗夫子又指着草丛，嚷：麂子，好几只。

伍先生镜片子上有一层水汽，摘下眼镜，眯眼看，什么也没看到。三先生见草莽人多深，有些胆虚，问是不是有虎、豹。罗夫子告诉他：没有的，豺狗子倒有几只。

四人继续登山。罗夫子说起山上有洞阳寺，寺上长老气度不凡。其实，那天三先生见到兑生仍是莽撞行事，有些担心；说起过余五学问让他回家，他头一扭，说出的话硬：打死不见五学问！

事情棘手，罗夫子有主意，莫如领上黑麂峰，见过洞阳寺长老，由长老点化。

走到半山腰，前面倒下一株树，半边枯焦，被雷劈倒的。路边围几个人，其中有位撩起衣袍的胖大和尚。夫子说这就是长老。兑生见长老不显老态，眉浓嘴阔，正捋衣卷袖，呼喝众人将断树抬起。众人合力抬树，树下压着只褐黄颜色的小动物，是只麂子。

胖大和尚抱着这只麂子，看到它腿上有伤，渗血，弯腰找些野草，口中嚼过，敷在麂子的伤口，将它放下，双手合十，祷念阿弥陀佛。落地的麂子神奇般瘸着腿蹦到林间。又有人喊：这边也有一只！

和尚过去看过，不是麂子是獐子，被雷劈死。

有人问：为何不是麂子？

和尚说：獐子尾巴短。俗话说“獐子莫笑兔子没尾巴”；再看，这野物有獠牙，翻白眼，死得不服气，不要理会它。

众人纳闷：为何？

和尚快人快语：獐啊张，张啊獐，听到这个字就来气。哈哈，雷打獐，张要倒，天意。

看到夫子几位，和尚急忙施礼，说起昨晚暴雨，一早领人山上转，采些蘑菇，掰些竹笋，没料到救下一头麂子。言罢，邀请同去寺中说话。说到獐子，和尚仍愤愤，说：物恶天不容。

到寺庙，庙门有联：麋峰凌日月，古寺历春秋。

入庙，谈天说地。夫子笑着说：麂子、獐子同属鹿科，长老为何怜此而厌彼？

和尚说：莫提，说起来就来气。我将姓张的督军看得比獐子还不如。身为督军，竟让人来庙里推行什么惠民奖票，我佛清贫一生，众僧粒米度三关，哪有浮财买奖票？这都犹自可，又看上寺中的金佛，说要借到督军府供养，佛一去，何时返寺？

伍先生问：借给他了？

和尚说：抵死不从！

又说：劫数，劫数，都是劫数。张敬尧是湘人的劫数。

众人喝茶，和尚数点长沙光复以来的几番劫数……先是二次革命失败，来个汤芗茗，两三年将湖南人杀了两三万……跟着是护国运动，湘西蒙受血光之灾……袁“皇帝”死了，又有护法运动，更以湖南作为战场，北军南下，曹锟、吴佩孚、张敬尧三路开杀戒，死好多人。北方政府又以张敬尧为督军，这倒好，雇只老鼠守粮仓，什么钱都要……

兑生听几位说话，受益很多。至少听到个二次革命、护国运动、护法运动。

夫子笑问：长老，本以为你隐遁深山，看破红尘，没料到仍是心系国事，什么话都敢说。

和尚说：空山不绝音，是音惹凡尘，躲不开的。我为自己算过，有十六字诀，“口不择言，无妄无灾；宅心仁厚，明镜为台”。

夫子就势而入，指着兑生说：长老既承天算，何不为这位后生子做个推测?

陡然说到自己，兑生本想推脱，但见这个和尚快人快语，想必有见地，倒要听说些什么。和尚问：叫什么名?

三先生代答：叫兑生。

一边蘸着茶水，在茶几上写出“兑”字。

和尚又问三先生：名字是你取的?

三先生点头。问和尚：要不要生辰八字?

和尚笑着说：不用。我就着这“兑”字，胡诌一通，莫见笑。

众人忙说：不会，只管说。

和尚打量兑生，表情诡谲，说：后生子命硬，这一“兑”字，叫作逢金而锐，不避刀兵；遇心而悦，愿结良朋；逢月而脱，脱胎换骨……

三先生连连点头，说：不差不差，就是如此。他好练个武功，若上战场，冲锋陷阵，或许是个角色，也愿为人两肋插刀。

兑生听罢，想，看来，要有作为非上战场不可。

三先生说：这“逢月而脱”不知什么意思?

和尚说：会有应验。后面还有两句，不讲算了。

众人催他讲，他望着兑生，老半天后说：附虫而蜕，另辟乾坤。

说什么呢?众人纳闷，兑生更是莫名其妙。

三先生联想到兑生满周岁“抓周”抓了自己的打火机，

打火机是铁皮镀镍的，似与和尚说的“逢金而锐”合得上，便将这几句抄下，等应验。罗夫子戏说：听这一说，这伢子命硬，命硬好，豆腐干好过豆腐脑。

当天在寺中用过斋饭，下山。

下山路上，伍先生说起，南北一役，北军来犯的三路人马中，有比较。吴佩孚秀才出身，书读得多，称得上文韬武略，加之注重修身，廉洁有加。曹锟不说，张敬尧从小打流，哪进过什么学校，有什么功名？二流子一个。所以行事乖张。

三先生对兑生说：你记住，有学问同没有学问大不一样。你呀，差了学问底子，成龙成虫，学问最紧要。

话说出口，三先生突然想到兑生他爹，又提醒：要恶补，只是莫补成余五学问。

兑生问：如何补？

伍先生告诉他，开卷有益，书读得多不会撑开脑壳。兑生记下。

鱼钩说：我爹后来补了些经天纬地的大学问。

我戏说：补的是不是“和渣”学问？

他说：莫打岔。的确是经天纬地的大学问——马列主义。

呵！

运宝·胡子叔叔

三位前辈并没有说出哪些是可读之书，兑生放任自流，几乎误入歧途。

兑生回厂，问运宝，哪儿找得到书。运宝告诉他，滦湾镇有租书摊子。将他带到镇上。镇上，酱园隔壁有个租书摊子，摆些封面花花绿绿的书，任他挑选。兑生一眼看去，有《江湖奇侠传》《火烧红莲寺》《飞仙天豹图》等，租两本，读来不费力，蘸口水一页页翻，于是仙人指路、奇门遁甲、口吐白光、祭起暗器、金钟罩铁布衫，热闹不说，还精彩。看过后说起书中“铜山塘，铁虎丘，比不上莲花蔸，莲花蔸有个周炳亮，一生杀人不用手”，运宝听得流涎滴水，连洗脚水也愿给他倒。

那些天，兑生抽时间就往江边跑，打捞冲到江岸边的木板和树棍子、废油毡。他见到有运棉的货船靠岸，正待上船搬运棉花包，听到有人叫他，原来是在常德船上见过的周三爷。彼此问候一番，登船。兑生见到，船头煮饭的伙计正将一块块木板塞进柴火灶，又看到灶边有一堆木板、木条，有了主意。他向周三爷开口，要下柴火堆中作得用的木板和木条，叫来运宝，高兴地将这堆材料搬上岸。后来等到细妹下工，三个人将木料搬到细妹住的工棚外。

运宝进工棚，问：住这里，挤不？

细妹说：你自己看。

兑生和运宝看一眼工棚里面，床有，地上铺砖，砖上搁薄木板，通铺，一张铺上睡十几个人，挤。细妹说：挤不怕，就怕老鼠，有次睡下后一只老鼠从我们头顶爬过，好恶心。

又说：还怕虫、蚁。那次通铺上有条两寸多长的蓑衣虫，以为是蜈蚣，众人吓得尖叫。

兑生看地上，潮湿，地砖长青苔，说：湿气重，逗虫蚁。

细妹说：洗澡在棚子里，何得不湿？

兑生说：材料备齐了，明天动手搭洗澡棚子。

运宝眼睛朝上看，看晾挂的短裤子、奶罩子和带带子。细妹难为情，说：女子的衣物，有什么好看？

运宝又来荤的，说：又不是看你们光屁股，有什么看不得？

细妹不客气，将他推出门。

第二天抽个时间，兑生借来木匠工具，叫上运宝，搭个一人多高的棚子。棚子外挖条排水沟。正是女工下班时候，细妹和工友见到棚子，好欢喜，连声道谢。有位女工友从里看到外，说：都好，只是有缝隙，外面能偷看。

运宝嬉皮笑脸说：正想看白屁屁。

那女工说：找块镜子照自己的脸，算是看屁屁，可惜不白。

一番哄笑。

运宝又催促去滦湾镇，拗不过他，同行。路上运宝借钱，刚发饷，钱借给他几个。问他，要钱做什么？运宝诡异地说：买好东西，你不懂。

到了镇上，运宝找到酱园附近的窄门子屋，掀开布帘子，冲兑生一笑，约好半个时辰后碰面。兑生租书，武侠书看得差不多，要看新书。老板冲他眨眼睛，说有些书更有味，推荐他看《飞燕外传》《痴婆子》[1]，租这些书的价码要高些。租了两本，又翻看了几本，看得面红耳热。到时辰了，找运宝。揣着书，心跳，像做了错事。走过窄门子屋，朝里张望，布帘子被掀开，一个老女人走出来，奸笑，拉他进屋。说：你兄弟在贪快活，你不试一试？

兑生弄不明白，老女人将他推向里间。下午的一隙阳光投射靠墙的床上，一个肥肥胖胖的女人骑在运宝身上。那女人三十多了，身上的兜肚遮不住一身颤肉，在生人面前女人无所顾忌，两手抱头哼哼叫。兑生想，这么肥的婆娘压在身上，不被压瘪？那婆娘回过头傻笑。她一回头，肚脐眼，腿间的草丛都毕露无遮。兑生只感觉屋子里有凉发糕发酵的气味，一块体积巨大的凉发糕。受压榨的运宝突然一声哀叫，兑生意识到自己不该看，赶紧退出。

在门外又等一阵，运宝终于脸色苍白地出了窄门子。两人回厂，兑生想，自己看那些书也见不得人，獐子莫笑兔子没尾巴，借的书藏着掖着没有让运宝看到。

---

① 《飞燕外传》《痴婆子》：古典色情小说。

累死累活做完一天的事，回到工房，兑生巴不得运宝尽早出去，盼他去赌，去听瞎子唱的隔壁戏“十八摸”。即使老瞎子牙口不全，嘴里吐出的淫词荡语也能满足男人那方面的饥渴。运宝走了，他带上门，看租来的书。半大人了，男女之间的欲念倾泄、肉帛之交的文字，让他心跳耳热。女人啊女人，他只感受过菊心的暖胸，还隔着一层衣物；只在行排时看到过女人的白腿，还隔着朦胧的水汽。而书中放肆、夸张的对女性胴体、生理器官的描写，激发了他的生理渴望。他想到菊心，想到细妹。两人脸模子像，只是菊心的骨架子大，胸饱满，体围丰熟，再有，她绞过脸，脸上光洁；细妹瘦弱，秀气，脸有细细的茸毛，身量还没发育全，那双眼睛好动人，像是水葡萄。他没敢再往下想，不敢想象衣服下面的身体，以为那是亵渎。但是，更让他欲火燃烧的是窄门子屋里的胖女人，胖奶头，窄兜肚下的肚脐眼，还有脐下的阴影。唉，那是块凉发糕，可以毫无顾忌地大口吞食。他翻书，要止渴，翻读刺激感官的情节，边读，边演练男人自渎时的“二指禅”。正入幻境，门被运宝一脚蹬开，他慌忙藏书，运宝乜斜着眼倒在床上，说大家都在寻快活。运宝是真醉还是假醉?

折腾一夜，早起懒洋洋，人像抽去芯子的枕头袋子，瘪沓沓，扛包时脚杆子打软，算好，没有摔下跳板。运宝更是没有精神，扛包直不起腰。刘监工骂他元气让鬼吸干。

挨到收工，头晕，想阖眼睡觉。突然有人敲门，是细妹。细妹说：哥哥，运宝欺负人。

问清楚，收工后细妹回工棚，在工棚外的棚子里洗澡，棚子矮，没有填塞缝隙，刚褪下衣裤，见有只眼睛堵在缝隙上。棚子外有女工喊：有人偷看洗澡！细妹吓得赶紧穿衣服，出门看到运宝的背影。细妹说：什么都被他看见了。哥哥，他好不要脸。

兑生气不过，出门找运宝，问他为什么要偷看细妹洗澡。

运宝发恶，说看了就看了。反问兑生：你算她的什么人？

兑生当胸揪住运宝说：缺德的事不要做！

运宝挣脱，跑，边跑边说：倒要让众人晓得哪个缺德。

吵闹声惊动来往工友，晓得事情原委，有的骂运宝是条脚猪子，有的说只是想过眼瘾，一阵哄笑。运宝又跑回来，拿着兑生压在床席下的书嚷：都来看，有人装假正经，边看这样的书边脱下裤子打高射炮！

兑生被捅着痛处，臊得脸膛发紫，追人抢书。运宝举着书跑，兑生在厂门口追上他，两人扭成一团，引人围观，那本惹出事来的《痴婆子》被扔在地上。那边，一尾舢板拢岸，有个留胡子的中年人撩起长衫登上码头，也朝这边走。兑生同运宝仍在缠斗，打架，运宝不是兑生的对手，连挨拳脚。几位工友一人抱一个息了争斗。胡子笑问：什么事引得“自相残杀”？

运宝指着兑生说：他看的书见不得人，做的事也见不得人。

胡子从地下捡起书，说：好读书总是好的。

有工友说：这个后生子敢出头，胆子大。

运宝哎哟喧天，揉伤，走了；人散了。只有细妹，怯生生地走来，指着兑生，对胡子说：叔叔，他是为我打抱不平。

胡子叔叔牵过兑生，说：喜爱读书，过几天带几本给你。

胡子进了厂门。

几天后，胡子叔叔托人给兑生带来书。翻书，从第一页开始，看得不肯放手。

……我来到人间，在城里大街上一家“时式鞋店”里当学徒。

我的老板是个矮胖子，他的栗色脸是粗糙的，牙齿是青绿色的，湿漉漉的眼睛长满眼屎。我觉得他是个瞎子，为了证实这一点，我就做起鬼脸来。

“不要出怪相。”他低声严厉地说……

有味，开头就吸引人，兑生以为这是写身边的生活，写自己，写菊心、细妹、大佬、二佬甚至有运宝，一点不像租书摊子上的书抽饿肚胡说。读下去，自己仿佛身在作坊，在帮助外祖母摘野果卖钱糊口，在船上当洗碗工……虽然书中没有 “踩厢”，没有行排，没有扛棉花包，但是，挣面包和赚糙米的生活都是半饥半饱，俄罗斯城乡的泥泞同自己脚下的烂泥洿水没有两样，长栗色脸的老板同刘监工的刀疤脸同样不怀好意，仿佛自己就是痛苦的马克辛。运宝又来讨好他，想听故事。将《在人间》读给运宝听，听到动人章节，运宝眼眶子湿了，跟着读《童年》。他急于找胡子叔叔要新书。

北京的学生游行示威，外争国权，内惩国贼。胡子叔叔近来忙，好多事要做，问兑生敢不敢做有血性的事情。

兑生说：敢咧，潇湘健儿队都踢赢了英国人的水兵队。

胡子说：现在要做的事是爱国。

兑生接话：学岳鹏举痛捣黄龙府。

胡子说：好！过几天带你参加活动。

国货和洋货·刘家台子

五月长沙，树上挂槐花，李子涩口，桃子蒙茸。街头有些闷热，依旧热闹。八角亭、青石桥一带，一早，店铺伙计开板子营业。何谓开板子？店铺为扩大门面，不设门扇，门槛有槽，一块块木板嵌在槽中。一早开市，挨次取下木板；木板上标记壹、贰、叁、肆……至拾几；到晚上，木板推入槽中，将店面遮个严实，插上门栓即是。开板子、关板子，工序虽繁，防盗贼的效果却好，远不是100年后的卷闸门可比。“开板子”后，各家店铺经营上各出奇招。“大盛”绸庄从扬州十二圩进货，进价便宜；又设厅堂，进到铺面最里面，有池沼、假山，青龙、黄龙将龙脑壳伸出太湖石吐水。店门外贴满广告画，画上电影明星殷明珠抿着口笑，身上的衣服华丽。这边，店伙计招揽生意：快买，本店新到绸料，做出的衣服就是殷明珠身上穿的那种。

生活在100年前的少女、少妇，有几个不是电影女明星的粉丝？于是钱多的、钱少的都拥进店中买绸料。

那边，裕源绸缎庄推出云锦。店伙计扯开嗓子喊：本店从南京进得新云锦，寸锦寸金，提花木机织造，完全国粹，中华一绝，购买从速！

钱清汉楼卖化妆品，推出香粉，注册商标“双妹子”。大门外墙上有大幅广告：本店自产胰子油，正宗国货，一经使用，污清立除。伙计不厌其烦地告诉众人：一点也不比日本国的肥皂“都艺王”差。

店铺“开板子”，洋货也“开板子”，涌进来的东洋货，大到布匹、纺织品，小到雨伞、毛巾、搪瓷脸盆、牙刷、牙粉、饭盒，倾其所有。大西门、下河街一带，日本人开的店铺多，统称作洋行，卖针织品、小百货，也卖日本“旭日”牌香烟、日本酱油、辣根和黄萝卜，卖得最多的是袜子。你进店挑三拣四，穿和服的日本男人或女人恶形恶相；你若是多买几双日本袜，日本女人会送出你十几步远，低头鞠躬到90度，还要“沙扬娜拉”。

走街串巷的小菜担子不受“开板子”“关板子”的限制，春上雨水多，上市的青菜不多。殷实些的人家桌上有香椿煎蛋、酸菜炒螺蛳肉，家境差些的用水泡栀枝花、地菜子、水苡子下饭。卖菜分两浪，一浪是清早，菜水灵，卖得起价；另一浪在半下午，菜已蔫萎，但卖得便宜。有人在菜担子前翻来拣去，嫌菜不新鲜，不肯买。卖菜的愤愤：你当老子的菜是日本产的，要抵制？

兑生去渫湾镇还书，赶在半下午，从租书摊子走出，看到一个熟悉的背影——是胡子叔叔。见到胡子叔叔从小菜担子上拣走一把莴笋，急急赶路。穿过菜地，兑生追到菜地。远远见他走进江堤之下一栋房屋，房屋正对着湘江。

江上，江水猛涨，水势滔滔。从古到今，湘江水独领风骚，清末名士王闿运有联：吾道南来，原是濂溪一脉；大江东去，无非湘水余波。连长江都算作湘江的水尾子，王名士口气好大。说到“濂溪”，大理学家周敦颐叫濂溪老人，老先生爱荷花，写《爱莲说》；参透天地万物、人生奥义，构思“太极图”。从此“天人合一”的理念有了生发。之后，他的学问传人有王船山，有魏源，都在“经世致用”下功夫……时已远矣，一千多年前先哲、先贤的思想之泉，淌出的清流汇聚春江大潮。而今又是春上，兑生的目光追踪胡子叔叔，见他入了矮门楼，门楼上悬挂“伪痴寄庐”匾额。他本想追进屋，感觉太唐突，缩回脚步。屋门外站一阵，打转身。

鱼钩突然问：你说，若是我那叫兑生的爹，跨门槛进了“伪痴寄庐”，会如何？

我不知怎么说。

鱼钩说：说不定他会跟屋里的人一起，成就一番大事业。若是这样，说不定我能捞个“红二代”做做。唉，可惜他没有，这就是宿命。

跨过门槛又如何？

鱼钩幻想其父跨入“伪痴寄庐”，我以为这是虚无主义，是意淫历史。我说：搞清楚，那是“伪痴寄庐”，你不是“伪痴”是真痴，是痴人说梦。你充其量是个伪“红二代”。

鱼钩居然忍受我的奚落，连声说：那是那是。

故事在继续……

当年溁湾镇这片“伪痴寄庐”的房屋叫刘家台子，是一位双峰人在长沙的寓所。这个双峰人是中国革命史上叱咤风云的人物，他同第一师范的几个同学都是中国革命史上目营四海，心雄万夫的人物。他最尊敬的学友兼兄长曾将母亲接到长沙治病，就住在刘家台子。值得大书特书的有蔡和森的母亲葛健豪老太太，五十多岁同儿子、女儿一起，海上漂泊 35 天，到法国蒙达尼。当年出入刘家台子的青年学生有 13 人，大都是第一师范的青年学生。1918 年 4 月 14 日，他们在这里召开新民学会成立大会。当时，学会的宗旨是“砥砺品行，革新学术，改良人心风俗”。湖湘子弟有以天下为己任的传统，与时俱进，同时也注重自我修养。学会成立时规定，会员一不虚伪，二不懒惰，三不浪费，四不赌博，五不狎妓。新民学会成立了，正可谓“万物招苏天地曙，要凭南岳一声雷”。

100 年后，刘家台子辟为湖南省文物保护单位。因为有过新民学会，前面的路改为新民路，常有旅游车停路边。人们出入刘家台子，是景仰，是学习，是继承发扬传统。

传统，古今中外，能发扬光大不容易。

我到过比利时布鲁塞尔大广场，广场是有传统的。它四周的建筑都有哥特式的尖顶，二楼以上并排开窗，一楼并排立拱门。广场用方砖铺就，西侧是市政厅，簇拥高高尖塔的一座大楼，宛如尖盔武士守卫城市。周边有几个博物馆，屋顶不尖，仍像头盔，像平顶盔。以前，广场是多家行会所在地。南边，也是一排哥特式的楼房，开间不大，楼层不高，四五层，其中有天鹅咖啡馆，位置不突出，装饰一般，二楼檐下有一只振翅欲飞的天鹅。恰是这栋以天鹅命名的楼房中，成就了为马克思主义奠基的著作《共产党宣言》。我默诵《共产党宣言》的开头：一个幽灵，共产主义的幽灵，在欧洲的上空徘徊。旧世界的一切势力，无论教皇或沙皇，梅特涅或基佐，法国的激进党人和德国的共和党人都为驱除这个幽灵而结成了神圣同盟……

冥想中，1848 年那个早上，马克思同恩格斯看过搁在桌上《共产党宣言》打字稿，两人会心一笑。他们推开窗户，见到广场上摆放的一盆盆郁金香开得热烈；他们见到，行会门口是熙来攘往的人流；目光更远处是森纳河畔，那里是一片密集的桅杆，商船即将起航。一个资本运作的经济世界已经替代城邦式的封建土地经济，一种新人类——无产阶级将把握社会进步的杠杆。他们笑了。

天鹅咖啡馆左边是雨果居住三年的鸽子旅馆，这位伟大的人道主义者也钟情于大广场。

信步街头，转角处有处小雕塑——小孩于廉拉尿的雕塑，一泡童子尿熄灭了燃烧的炸药引线，拯救了全城，在雕塑前拍照的游客比肩接踵。

天鹅咖啡馆、鸽子旅馆和小于廉的雕塑都是传统的物化，可见传统的普世意义。

又想到芬兰坦佩雷的列宁博物馆。这是俄罗斯都不曾有的、世界上唯一的列宁博物馆。我去三次，前两次闭馆。第三次幸运，开馆了。馆内工作人员比参观的人多，我登上二楼，读些照片，看些铁锹、木桶和蜡烛台，感受九十多年前列宁用过的工具。列宁在坦佩雷留下的伟大痕迹是写作《国家与革命》，文章写于1917年八九月，一个月后，他登上去圣彼得堡的火车，领导了十月革命。于是史诗般的电影《列宁在十月》风靡世界。

怎么说呢？列宁在芬兰坦佩雷写作《国家与革命》，二十二年后，苏联的大兵压境，希望芬兰人作刺刀下的屈服，结果适得其反。偷鸡不着蚀把米，斯大林愤怒了，他枪毙了负责后勤工作的一位将军，因为短时间内苏军的野战厨房被捣毁了54处。

芬兰人厚道，即使苏联曾让芬兰陷入战争灾难，但他们仍坚持历史的真实，在坦佩雷建立了世界上唯一的列宁博物馆。能不嘘唏？

之所以定来此拜谒，并非显示我们是无产阶级斗争学说的坚定信徒，而是对历史的尊重，对传统的尊重。六年前我们在莫斯科红场拜谒过列宁墓，当时有位女团友恭恭敬敬在墓前鞠三次躬，她的解释是代表一家三代鞠躬，她是位红三代。我们没有那样虔诚，但有必要尊重历史，尊重传统。

——刘家台子，“伪痴寄庐”。

那年从刘家台子走出的年轻人分散走往第一师范、修业学校、楚怡学校和落星田商业专门学校。住在修业学校的那位青年才俊，灯下，他胸胆开张，想到实现湖南学生的大联合，他欣慰，但以为，要坐实[1]，凡事要有规划，如果只是心血来潮，那叫发懵。

他懵懂过。两年前他同萧子升游学，往宁乡，沿着一条河走到天黑，瞌睡来袭，挺不住了，在河边露宿。半夜醒来不见萧子升，发现萧子升移到一棵小杉树下睡觉。他准备倒头再睡，突然发现一只虎蹲踞在前方。想，若是萧子升醒来时惊叫，定会遭老虎扑食。他于是慢慢挪到萧子升身边，守护他。天亮后看到，不是虎，是块石头，一场虚惊。两人起身，草地上突然窜出一条蛇，险哪，幸亏没被蛇咬。两人嘘唏，决定以后不在野外露宿，不再发懵。

唉，策划一场抵制日货的大行动，绝不能发懵。

要摆脱懵必须有规划，他的规划是：第一，要坚持反帝反封建的政治方向；第二，要有统一的组织，使力量集中，声势浩大；第三，要对斗争中存在的问题和困难有足够的估计。

这三条，条条要坐实，尤其是第二条。湖南人敢于特立独行，但更善于抱团取暖。当年曾国藩将湖南各地团练整合成湘军，就是“大联合”，后来借助了安徽本土力量，发展淮军，培养淮军首领李鸿章，也是“大联合”的扩大。

---

① 坐实：意思是落实、证实。

那个时代能人辈出，重要将领江忠源、胡林翼、左宗棠、杨载福、彭玉麟、刘长佑、李续宜，曾国藩将他们捆在一起，才形成湘军强大的势力，让朝廷也无可奈何。

若干年后湖南人还在唱：

一根那个竹竿容易弯
三缕哟麻纱呀扯脱难
猛虎哟落在呀平阳地
蛟龙无水困沙滩
梭那咿子啷当
啷当咿子哟
不怕力小 怕孤单
众人合伙金不换
众人合伙金不换

抵制日货·坐实·发懵

兑生请假，刘监工说：哪怕你后台硬，如果不服我点卯，缺一天工扣十天工钱。

兑生说：扣就扣，监工没一个好东西。

过江，找到教育会坪，一看，满目茫然：都是戴制帽、穿校服的学生，女生是白衫长裙。唯有自己是对襟褂子、扎头裤，幸好脚下球鞋撑门面，勉强像个学生。听到学生们仍在议论十几天前在雅礼中学开过的运动会，哪个学校入场最威武，哪个学校运动员跑得最快，哪个学校球打得好，哪个学校得奖牌最多。对这些，兑生一无所知。他想退出会场，这时见到胡子叔叔。问：今天发生什么事?

胡子说起北京学生上街游行，众志成城，抗议割让青岛。马队冲不散游行队伍，学生遭抓捕。

游行？队伍应当像足球场上排的人墙，团结、果决。

他问：为什么要抓捕学生?

胡子叔叔说：学生爱国。在巴黎和会上，中国吃了大亏，领土又被割让给日本，弱国无外交，学生挺身而出。

兑生愤愤。胡子又告诉他，日本公司想收买湖南第一纺织厂。兑生更激愤。胡子说，今天是湖南学生联合会开成立大会，马上号召所有学生罢课。兑生自惭，说：我又不是学生，能参会?

胡子说：虽不是学生，但你是爱国公民。天下兴亡，匹夫有责，是公民都要救国。再有，学联中有赞助会员，赞助会员每年付会费两角，我替你交，安心参会。

会场上空飘传单，兑生跳起脚接到几张，读出“外交失败，内政分歧，国家将亡，急需挽救。……学生之求学，以卫国也。国之不存，学于何有……”有人逼到跟前，抢走传单，喝道：兼省长有训令，听信浮言，荒废学业的是过激党，晓得不？

兑生扭起颈脖，说：只听说过煎粑粑，没听说过煎省长。再说，我不是学生，哪来得学业荒废、“过激党”？找错了人。我看你们才是过气党。

来人说：敢对抗警厅，绑你！

说着就抓人。兑生身子一扭，扑个空。有学生告诉他，兼省长就是张敬尧，他封锁新闻，北京发来的电报都被他扣押，想让湖南人蒙在鼓里。又说，警厅的人就是张敬尧派来的。兑生想，坏事都同张敬尧分不开。

开会，听会，会场上有个高高瘦瘦的人发言，他胸脯挺得高，说话的声音轰天震地。听他说话，兑生晓得要成立湖南学生联合会，分为评议部和执行部，马上要举行罢课，要求废止二十一条，惩国贼，争青岛，抗日货，做宣传。

会后，从人群中找到胡子叔叔，他同个女学生说话。兑生挨近胡子叔叔，说话吞吞吐吐。胡子猜到他的意思，说：

想参加抵制日货行动，是不是？

兑生点头。

胡子指着身旁女生说：她叫童童，周南学校的，学联的热心分子，可以找她联系，成为下线。

什么下线、上线，兑生搞不清楚。看那童童，虽是女生，生得浓眉大眼，有男儿一样的豪气。听她说：这几天就有行动，需要人手，来周南女中找我就是。我们这队女生多，但不会欺负你这个男生，放心就是。

说罢，还在他胸口捅了一拳。

胡子叔叔说：事情多，不陪你们，你们谈。

胡子走了，兑生头一遭同个男孩子一样的女孩子说很多话。

日货何其泛滥，“日本产”排山倒海般涌来，尤其是日用品，既耐用，又美观，比鬼子兵还坚挺，怎么办？只有抵制。

共同抵制日货，举国沸腾。天津学生出奇招，成立“跪哭团”，一队人披麻戴孝，手持哭丧棒，赶往偷卖日货的商家，排成人墙围住店铺，众人顿时跪下哭得呼天抢地，边哭边苦口婆心地劝告，直到商家决定不再涉及日货，才破涕为笑，鸣金收兵。

长沙人的血型因子偏重感性，口号喊得响崩崩。这不，街头，学生搭起凳子演讲，听众中有市民戴台湾草帽，误以为顶的是日本货，当即摘下草帽骂一声，东洋人的帽子戴不得！一跺脚，脚下草帽踏扁。艺芳女子学校是曾国藩的孙女曾宝荪办的女子寄宿学校，女生们将所用日货统统登记，盖戳子，一旦发现购买新的日货即行处理。

抄查日货难免同商家吵场合，学联同国货维持会取得联系。众商家历来主张和气生财，不赞成暴力行动，学联事先派出调查员，统一核定哪些商铺卖日货，有的放矢。学联发号召，成立救国十人团，抵制日货。十人团是这样的组织，由一名积极分子发展团员十人，十人中每人再各自发展十人，采用滚雪球的办法将组织扩大，渗透到社会各个阶层。救国十人团行动之前，有人问瘦高个子的负责人：军警抓人，如何办？

负责人厚嘴唇皮，胸脯挺得高，说：莫怕，他们是丘八，我们是丘九，正义的事业是不可抗拒的。

看那人说话的架势，确实气宇轩昂。

又有人说：凡事要坐实，拿得准，办事稳。防不良商家玩花样，你查抄日货，朝他伸出拳头，他反手接过，朝你拳头咬一口。

众人问：那如何办？

好办，你坐实，查有实据再出拳。

负责人说：让他打落牙齿肚里吞。

学生分头行动，先打“死狗子”，目标锁定大西门一带的日本杂货店。十人团才到街头，街上一片叽哩呱啦叫喊，跟着是噼里啪啦的木屐叩地。身着和服的男女慌忙关板子。有的店铺从木板缝中伸出个留本多髻的男人头，察看动静。只见日本老板像个缩头乌龟，在门上贴封条，盖上湖南学生联合会和国货维持会的戳子，最终“瓜瓤子烂在壳里头”。兑生入了童童的十人团，朝门板上刷米浆，贴封条。听到路边有人支持，也有人讲风凉话：这些日本人的小货铺子算什么，小鸡屎粒子，日本人真正的大公司是三井、三菱、三和、三洋，还有住友。兑生想：怪事，日本公司喜欢“三”字打头。

湘江水流至长沙一段，被水陆洲当中隔出东面大河、西面小河，东、西两岸，统称河东、河西。抵制日货在河东闹得烟尘满天。河西的第一纱厂要拍卖，没有进货，不用上工，兑生又过河东。运宝坐在码头发傻，鼓起腮帮嚼槟榔，拨开落叶看蚂蚁搬家。他想跟着兑生过河。兑生说：我有组织，是学联的赞助会员，去了有事做，你去做什么？

运宝说：跟着你看热闹场合。

兑生想到加入十人团的人越多越好，又怕运宝不服提调，说：跟我？怕你“洋五六”。

“洋五六”是长沙话“扬舞露尘”的省说。长沙话中，“扬舞露尘”“扬姿舞蹈”都有力求表现，哗众取宠的意思。

运宝说：不会，我只看，不动手。

兑生说：清查日货不动手？站在干岸上看热闹，要你做什么？

运宝说：我动手，动手，下力的事交给我。

周南女子中学门口，先到了几位女生，见到运宝，头扭到一边。童童说：同在一个十人团，有什么好怕？

她伸出手，说：鼓掌欢迎这位工友。我叫童童。

响掌声。头一回同女学生握手，运宝得意，忍不住“洋五六”，问：纸筒筒还是竹筒筒？

童童看到运宝腮帮子动，给他个下马威，说：吐掉口里的槟榔渣子！

运宝只得吐。童童交代任务，今天去红牌楼、八角亭，重点清查“吴大茂”“华泰长”。调查员两天前踩过点，认定这两家贩卖日货，要罚。不过，办事要坐实！

又是坐实。兑生反复想，如何才能“坐实”？

有女生问：一整天？中饭呢？

童童掏出钱荷包，说：办成事，中饭由我请。吃烤红薯！

到达红牌楼，进了“吴大茂”。老板操江西口音，见学生进店，龇牙咧嘴地说：我这店经营老牌钢针一百多年，在苏广业国货维持会备过案，清查什么？

童童说：你的店贩卖日货远近闻名，情况我们摸得一清二楚。

说罢，学生们翻检柜格子，兑生找出好多件日货，摆到一边。运宝粗手笨脚，碰倒一个烟灰缸，落地上一散两开。

店老板撑开喉咙喊：抢哪！趁火打劫哪！赔老子的货。

要赔钱？运宝的口袋掏不出，臊得满脸红。童童掏钱包，说：不用哭爹叫娘，我们赔。

继续查抄，店里的大部分货都是日本产的，要封存，要没收。运宝手脚勤快，将要没收的日货搬到一边。

店老板见势不妙，连呼晦气，急得朝柱子上砸脑门，砰——砰——砰，一下，两下，三下，又嚷叫：无的说得有，想偷，想抢？

有女学生见老板脑门砸肿了，慌了。运宝指着店老板说：你若识相，认你是江西老表；不然，当你是江西老婊子！

兑生瞪他一眼，运宝立马收声。童童说：奸商不认账？不用打、骂，揪去苏广业国货维持会论理！

兑生飞快地跑去国货维持会“搬兵”。

店老板抚着撞青的额头，翻白眼，背靠门头柱子，身体如一摊烂泥，往下坐。长沙城不大，片刻工夫国货维持会的主事人赶来，看到柜格子里琳琅满目的日本货，抹下脸面，说：打过招呼还惹出事，哪个救你不得。

当即宣布，将吴大茂百货店开除出苏广业维持会。

初战小胜，十人团赶往坡子街，奔“华泰长”。这一家门上大书“改洋货为国货”，店中卖的却全是日本货。诘问，店老板斜着眼，嘟起腮帮子“洋五六”：你们学生伢子能读洋书，操洋操，做生意的就不能卖洋货？

说罢捋袖子，摆出鱼死网破的架势，要同学生动手。运宝想立功，一头撞向老板的胖肚皮。店老板肚皮受顶撞，立马挥拳，双方缠斗，众人发吼。巡警闻声赶来，喝令：去苏广同业会论理。

又去苏广同业会，同业会现在多个国货维持会的头衔，多份劳碌。办事诸公忙得没时间喝清茶、剔牙缝，每天总有贩卖日货的无良商家被揪来，来一个是一宗“麻纱”，恼火。加之“华泰长”历来口碑差，这次又“狸猫换太子”，同人自然“侧目而视”，即令将店铺中日货搬到同业会中封存，并罚停业三天。兑生和运宝忙搞搬运，累得黑汗水流。

又是一胜。

打赢两仗，运宝手舞足蹈。到中午，童童犒赏烤红薯。从汽油桶改装的炉中取红薯，薯心软糯，入口甜心；薯皮焦黑，随手就扔。大家有说有笑。兑生抬眼看到对面“三友实业社”，想到：招牌“三”打头，这一家同“三井”“三洋”“住友”一样，是日本店铺。话说出，运宝得着风就是雨，捡起鸡毛当令箭，他横过马路，将手中的红薯皮掷向店中，骂一声：去你娘的日本店！

红薯皮不偏不倚击中一位店员脸颊，几位店员跑出来揪住运宝，骂他“扬姿舞蹈”[①]，运宝反抗，大嚷：你们卖

① 扬姿舞蹈：不正经的意思，还有扬舞露尘，都有力求表现，哗众取宠的意思。

日货，对你们就是不客气！

店员说：被鬼打蒙了，我们店专营国货。

兑生替运宝说话：那你们店为什么叫“三友”？

路人中有人说：有个“三”字就是日本店，那“三元斋”“三吉斋”“三多斋”岂不都是日本店？

又有路人说：你们好无知，“三友实业社”专营国货，店中的“三角牌”西湖毛巾打败了日本的“铁锚牌”毛巾。浙江慈溪人陈万运同两位姓沈的朋友三个人办起这家公司，所以叫“三友实业社”。

亏得童童出来说话，算是了了此事。有女学生说：不能坐实的话不要讲。

兑生脸臊得通红。本来一天过得痛快，被块红薯皮搅黄。女学生埋怨运宝，兑生骂自己发懵。

鱼钩问我：你有没有发过懵？

我回答：有，多次。攻打长沙纺织厂和那次偷山上的橘子吃，都是发懵。

他说：是呀，是呀。

谈话到午夜，肚子饿。鱼钩这个“孤家寡人”，家里没薯片，没糕饼，没有即食面，没有任何零食，连鸡蛋也没有。他不好意思，要去通宵店买。正要动身，电话响，鱼钩嗯嗯呀呀一阵，放下话筒，骂：国内读得好好的，说是学得辛苦，送出国图轻松。泥鳅子只往松土里钻。现在不是惹出事来？豆腐掉在煤灰里——吹又吹不得，打又打不得。

就说起，老婆打越洋电话，那边是正午。在美国的孙子不读书，成天玩，这不，玩得两大没回家。

他孙子是留学生呢。我去过新西兰汉密尔顿，那个十几万人口的小城，却有近三万的中国留学生。我亲眼见到，在小餐馆，八九个中国学生围成一桌，有男有女，桌上菜不多，啤酒却有两箱，男女学生搂的搂、抱的抱，旁若无人亲热。我不禁说：太年轻，在国外不一定学得好。

鱼钩说：说起留学，100年前的那一轮留学热，同现在没得比。那时候的留学生师夷长技，奋发图强；现在的不是图强，是图玩。

我问：你的爹没想到留学？

他说：我那爹呀，麻布袋绣花——底子太差。那几年他只是补了点国学底子。

是吗？

莫非月亮也发懵

那年临近中秋，伏暑褪，秋风侵，夹衣上身。城里过节的气氛不浓，有钱的买一两盒月饼应节。市上有麻月，即芝麻面皮的糖饼子，糖，不是冰糖、白糖，是红糖。这种月饼不配点心盒。配得上点心盒子的是冰皮的本式月饼。说是冰皮，咬一口面壳子裂成琼屑碎玉，纷纷掉落，吃本式月饼要一手兜住下颏，俗称“接彩头”。

为过中秋，伍先生执意风雅一番，租条船，邀罗夫子、余三先生夜游湘江。三先生说起中秋团圆，要同兑生会面。伍先生说：何不叫上他？

找人通知兑生。

这夜，天上浮冰皮月饼，不落屑子，只伴碎云。云稀稀淡淡、飘飘停停向西而去，飘到岳麓后山，粘到树尖子上了。船从潮宗门驶出，驶向牛头洲。船头，兑生剥莲子，烧水沏茶。舱中三位嗑瓜子，谈天说地。

夫子说：湖南人生性喜欢发懵。譬如曾国藩，放下礼部侍郎不做，回湘办起团练，依当时人看来，就是发懵。又如谭嗣同、唐才常，都发懵。

伍先生、三先生都认同。

兑生将剥好的莲子送到舱中，让众人尝鲜。罗夫子笑呵呵地问：两个月前，天气热得发炸，有天我在教育会坪看到有人扛着日本布匹丢到火中，是不是你?

兑生笑，说：是的。那是十人团组织的活动。

三先生不屑兑生的作为，说：你呀，胸无城府。人家行事，是裤袋里装菱角——出嘴不出身；你是叫花子穿开裆裤——恶形恶相都要显摆。发懵。

伍先生说：这不叫发懵。民族工业要发展，当然要抵制日货。日本人穷凶极恶，横行惯了。上个月日本的戴生昌轮船公司雇员就打伤了人。

夫子说：被打伤的是学联的调查员胡契。

三先生说：听说过这件事。读过罗兄写的报道，记得标题是：锦绣清流，何容倭舸独来独往；书生正气，岂惧顽徒黑脚黑拳!

伍先生说：正是，报道我读过。上个月长沙地方审判厅判处主犯冯春山徒刑三个月。

夫子说：湖南地面，日本人想占上风不容易；祸湘的恶人头是姓张的。

兑生晓得，姓张的就是张敬尧。

伍先生说：有件事，做笑话听。冯玉祥的副官长宋良仲，从北京回来气个半死。他的马弁遇见张敬尧部下的马弁，两个马弁扯闲谈。张部的马弁告知，他服侍长官打牌，一夜的彩头就有几百元，只干了两三年，就回家买了数顷地。另一个在冯玉祥手下，一文钱的外快都捞不着。即使是宋良仲，到北京办事也处处碰壁，张敬尧的副官却是路路通。

为何？张部的副官有数千数万应酬费，用这笔钱同军需司、军械司以及总务司的官儿们终日花天酒地。据说办公就在窑子里、饭馆里，打牌、喝酒、抽鸦片。张敬尧大把银钱哪里来？还不是从湖南的百姓头上搜括？

罗夫子说：莫提张毒，提起这家伙的穷凶极恶，没有心思赏月。

船绕着水陆洲，由北向南，走上水。兑生烧开一壶水，帮着摇桨。望对岸，月光下现纱厂的轮廓，右前方，是岳麓山的逶迤山形：月映灰山暗岭，山脉间有一团浓黑，是云麓峰。桨叶斜插入水，发出泼剌声，圆月映在江心，一团亮影在桨叶上下跳动。想到沅江放排时的恶风恶浪，只感觉眼前的江面平静。

伍先生呼叫：吃月饼。有金钩月饼，还有火腿月饼。

商家推出的金钩月饼，芯子中只有一两颗虾仁；推出的火腿月饼，能吃上指甲片大的火腿，万幸。余三先生笑道：若是我那本家兄弟余五学问，大概能做出“和渣”月饼。

一人吃下小半块月饼，伍先生缩鼻孔，让众人留意飘来的橘香。罗夫子说：水陆洲上种满南橘，发出淡香。你是不是又要读屈原的《橘颂》。

伍先生笑道：后皇嘉树，橘徕服兮。受命不迁，生南国兮……好好，不读不读。

三先生若有所思，说：不读也好。想这屈原，治国良策不多，牢骚诗文不少，弄到后来发懵，竟一头栽进汨罗江。

伍先生说：若不是他投江，能有端午节？你哪来的粽子吃？

夫子说：没有屈大夫，就不会有之后的贾谊、周敦颐、张轼、王船山、曾左彭胡，到谭嗣同、唐才常的事业。人世上要有人发懵，太精于算计成不得大事！

三先生拗不过这两位，说：照你们的说法，莫非月亮也要发懵？

他唬得住的只有兑生，冲着他数落：只说你，动不动发懵。人家发懵是有真材实料，你目前是叫花子打莲花闹——嘴巴喊得凶，其实肚里空。千万莫发懵。譬如说那张敬尧，虽说天怒人怨，已成强弩之末，死人子身上过只猫还担心诈尸[1]，更何况张敬尧四兄弟，一个也没死，又何必撞“头七”[2]？

众人默然，毕竟三先生是教训亲侄儿。

三先生又问：最近读什么书？

兑生瞒过滦湾镇借书一节，说读了高尔基的《童年》《在人间》。

三先生说：我不管你尔鸡、尔鸭，总之，国学底子最要紧，何不从《古文观止》开读？

---

① 诈尸：民间称人死时有时胸中还残留一口气，如果被猫狗鼠什么冲了就会假复活。

② 撞“头七”：道士打醮，和尚做佛事，头一个七天很重要，有许多禁忌，看热闹者如果不小心触犯了，将对自己不利，有灾祸降临，叫撞“头七”。

兑生说：没有书。

三先生说：没有书？我给你。

临下船，三先生拿几块月饼给兑生，千叮嘱，万叮嘱：莫发懵。

《古文观止》·扬舞露尘

中秋之后，那天兑生叫上运宝吃月饼，问：味道如何？

运宝嬉皮笑脸，说：不晓得。嘴巴一抹，等于没吃。

兑生说：讲点正事，从此后我安心读书，你莫打岔。

运宝说：十人团的活动你不参加了？

兑生说：读书要紧。走一步看一步，到时候再说。

三先生说到做到，过两天给兑生送去《古文观止》。他将兑生拉到僻静处，指点他读“郑伯克段于鄢”，教他句读，而后指出《左传》文章中关于宗法伦理、长幼尊卑的微言大义。过几天又特意过河，点读《曹刿论战》，让兑生领会古往今来的人生智慧。

运宝去听瞎子说评书。兑生读“宫之奇谏假道”。

又隔几天，三先生找到兑生，晓得他读完“宫之奇谏假道”，让背，就背，一字不差。问起文中警句，兑生脱口说出：晋不可启，寇不可玩。一之谓甚，其可再乎？谚所谓“辅车相依，唇亡齿寒”者，其虞、虢之谓也。

三先生拍手叫好，说：好一个“晋不可启，寇不可玩”，好一个“辅车相依，唇亡齿寒”，这两句什么意思？

兑生说：倭国的野心不能让它开个头。日寇的阴谋不可轻视。

三先生说：又扬舞露尘，明明是“晋不可启，寇不可玩”，说成是倭国、日寇。

兑生笑道：话移到今天讲，意思一样。

三先生哭笑不得，细一想，是道理。

这之前三先生通过伍先生打通关节，准备将些银钱投放到萍乡煤矿，收利息。过两天要动身去江西。他放心不下兑生，对他说“辅车相依，唇亡齿寒”……你我都是“人未”余，打断骨头连着筋。我没有子息，看你如亲儿子，你要不长进，我睡龙床会发噩梦。那次游黑麋峰，洞阳寺长老说你的几句话我刻在心尖子上……“逢金而锐，不避刀兵”，是你的脾性，已有应验；下一句“遇心而悦，愿结良朋”，眼下不晓得你结交了哪一个。“逢月而脱，脱胎换骨”，不晓得这“月”指什么，何为“脱胎换骨”。至于“附虫而蜕，留取肉身”，让我提心吊胆。虫分大小，若是大虫，附了“大虫”岂不是为虎作伥？若是小虫，成了虮，成了虱，要荒废你一生。

兑生说：长老的话信不得。

三先生说：哪怕他抽胡说，不可全信也不可不信。

兑生问：要如何？

三先生说：修行在自身。记住，读书要入骨。

兑生点头应承。送三先生到码头。临上船，三先生还交代：记得读书！莫发懵！

在鱼钩家住两晚，念家，对他说，买高铁票，回家。鱼钩执意挽留，不提买票，却问：你晓得长沙什么年间通火车？

我说：将近一百年前。

又问：最早的火车站在哪里？

告诉他，在小吴门。

他自说自话：是了。铁路、火车站，要么故事，要么事故，不断。

又说：老火车站叫火车东站，是不？

我点头。

他就讲故事。车站草草修建，绝对的“豆腐渣”。往来人多，设巡警。巡警威风，系宽皮带，绑腿护脚，提根木头棒棒，那叫作警棍。有旅客急着赶火车，弄不清方向，找巡警：借问，火车东站如何走？

巡警结巴，说：火车东——东——东——

“东”半天，如鼓点“急急风”，说不出下文。

旅客烦躁，说：这通鼓打完，火车开走了。

“东”“咚”同音，无意幽上一默。带“警”字的岂能被嘲笑，窝火。一旁的促狭鬼火上浇油，问：警察先生能打鼓，能不能打锣？

巡警气得暴跳，警棍落地，扬起巴掌，说：再讲，我掼——掼——掼你两个耳刮子。

“掼——掼——掼”，如打锣发声“哐——哐——哐”，巡警又打一通锣。

我问：这段子哪来的？

他说，早年间老辈子传下来的。

原来是老辈子扬舞露尘。

鱼钩不笑，问我：你读书下得功夫多？

我说：不是。

鱼钩说：我的爹有苦读经历，几乎读成个书戆宝。

蛏干汤·易水歌

兑生一头钻入书中，人前人后捧本书，没人指教，读得狗啃陀螺。文章读过几篇后，脑壳如一把茶壶，茶叶添了一撮又一撮，没沏上水，终究倒不出茶来。运宝笑他是书戆宝。码头上的搬运工闲时赌钱，嫌弃他坐身后。为何，怕他看书（输）。

读书陷入困境，话少，更加两耳不闻窗外事，不论是趣事，还是惨事。

这年十月初雨来得陡，火车东站“豆腐渣”工程，垮了屋、倒了墙，压死人。这件事传到兑生耳中，他只有两个字：天灾。

又隔半个月，童童同一群女生来到河西，在第一纱厂找到他们，说起南阳街眼镜作坊赵老板的女儿赵五贞，被爹妈逼着嫁人，嫁的老公不像样子，比她大二十多岁。赵妹子在花轿中剃刀割颈，引发了好大的响动。

运宝说：结什么婚？老少配？女子要找老公，又不是找老爹。

有女生说：媒人最坏，媒婆嘴皮子翻一翻，麻子说成玉面郎。

童童说：长沙《大公报》登出九篇文章，说“这事件背后，是婚姻制度的腐败，社会制度的黑暗，思想不能独立，恋爱不能自由”。

兑生又吐出两个字：人祸。

从此，就连运宝也不找兑生说话。

只有细妹有时找到兑生，说：哥哥，看书成瘾，眼睛莫看成近瞅子，做事不方便。

兑生说：不吃藠子，不发懵。

细妹的视力不太好。关饷的钱都交给家里。她娘心疼她，特意买些蛏干炖汤，给她喝，她嫌腥。娘说：蛏干汤明目。

这天细妹提个罐子找兑生，罐子口用纸封住。

兑生问：是什么？腥。

细妹掀开纸皮，说：蛏干汤，明目，定要你喝。

喝过，细妹问：如何？眼睛是不是明亮些？

兑生说：是。看你更漂亮。

细妹说：不许笑话我，要看你动耳朵。

兑生问：动哪只？

细妹说：两只都要动。

就动。算是发几声欢笑。

细妹说：每月照常关饷，就有蛏干汤喝。

日子越过越难过，莫说蛏干汤，穷苦人家连米汤都喝不上。张敬尧滥发铜圆票、银圆票，票子不能兑现，一块钱只能买三根油条，街市陡然冷清。以前坡子街、太平街、下河街一带四面吆喝、八方乡音，耳朵吵聋。听生意人彼此问候、交谈、吵闹、抬杠，能笑出尿水子。湖北人开白铁铺，敲白铁皮子，见面说“到你家喝茶去”，众人讥笑“渴死的湖北人”。江西人卖药材、杂货，相见就问“发财没？”：“穷死的江西人”。湖南人什么生意都做，问话热情又直接，公厕所同坑蹲点或同槽甩“抛物线”，也不失礼信，一边扎裤，一边问候对方：“吃了吗”；遭外地人取笑：“饿死的湖南人”。这些日子，河东的信息传到河西，骂声传染河西。码头上，搬运工闲来扯淡，说起河对岸，从长沙城开埠扯起。

——光复前后招来好多省份的生意人，撑起热闹场面。嘿嘿，寡妇生崽，多亏众人出力。

——先前是各乡入各行：长沙里手开戏院，外地老儿占门面。浏阳鞭炮和夏布，江西老表开秤铺。

——张敬尧一来，各乡各行，冷火硝烟：长沙里手封了口，外地老儿收了手。浏阳老板躲起走，江西老表冒得票子数。

——祸害呀！姓张的四兄弟祸害一城，哪乡的人都想唱他们的夜歌子。

——如何唱？想听。

——九头鸟，发恶了，白铁皮子敲得巧。敲出四口铁棺材，送到张府好不好？

——不好。

——为何？

——虎豹豺狼，睡什么棺材？

——药铺老板江西佬，找来砒霜断肠草。张家兄弟喝闹药，一时三刻报销了。

掌声响起来。

——唱湖南人！

——湖南人，倔又蛮，看不得姓张的吃冤枉。扎脚捋手走上街，闹得张毒见阎王。

掌声更响。

兑生见众人来劲，细想，为何都想置张家四兄弟于死地？脑壳里的茶叶子突然沏水，他想到“郑伯克段于鄢”，脱口而出：多行不义必自毙！

众人目光集中在他身上，说他是孔夫子的卵——文屌屌的；夸奖他是读过书的人，道理讲得透彻，一剑封喉。

兑生受热捧，工友刮目相看，他话更少。

码头上，运宝下船，擦鼻涕搓手，对兑生说：想吃姜，太冷。细妹说：我有盐姜。

细妹去拿姜。运宝说起过河东见到童童，有话转达：明天教育会坪集合，都要去。兑生沉思，为什么事？不去如何？去如何？

运宝说：你去不去，我不管，我定会去。我现在也是学联的赞助会员，童童替我交的会费。不过，童童讲，有危险，会有一场恶斗。

问：为何？

运宝说：在火车东站查到“同仁裕”等商家购进的日货布匹、南货，七七八八多得很。明天游行示威后，再一把火烧掉。

说：烧就烧。

运宝说：“同仁裕”买通张敬尧，督政府放话，“看这批学生有几个脑壳”。

兑生想，脑壳有一个，如何？

细妹听到他们说话，姜给运宝。

这天过河。冬日一早，太阳发炭红，北风寒。赶早班船，细妹跟着运宝赶上船，挨着兑生坐。兑生问：你去做什么？

细妹说：反正我只跟着你。

坐船上脸被吹起壳。身边的运宝不嚼槟榔，嚼姜，冷得打尿噤，问：你怕不怕？

兑生恼他，说：怕你的尿拉到裤上，臊。

湘江水寒，脑壳里茶叶又沏水，“风萧萧兮易水寒，壮士一去不复还”，暗下决心：看哪个敢下毒手？

到得河东，游行示威，洋鼓洋号让游行队伍声气激昂。兑生和运宝被编入纠察队，抬日货，细妹跟着他们走。鼓乐队后面有几千学生，走两侧的手挽长条大幅白布，布上书写“还我青岛”“保我主权”“抵制日货”“打倒奸商”，墨汁淋漓。就地取材，用的是东洋布匹。队伍经东长街、青石桥、八角亭、坡子街、西长街，向教育会坪前进。口号声震落行道树上的槐豆荚子。经过洋货店门口，口号更响。民气不可违，洋货店原先“放盘赠彩”“七折八扣”的招商广告统统被扫荡。

正午太阳当顶，人群围聚教育会坪。两三个月前兑生在这里焚烧过日货，这次感觉更壮观。临时搭起的台，台上，学联负责人宣传抵制日货，其中就有高高瘦瘦的那位，依旧是胸脯挺得高，说话的声音轰天震地。纠察队在台上做护卫，细妹跟着兑生一步不离。台下，一大堆日货，花花绿绿，摆在坪中，学生和观会的市民只怕有一万多人，人群围成一圈又一圈，只等点火。焚！八十年前虎门焚烟，今天焚日货，弱者表示决绝的反抗，当以“焚”为手段。焚你个飞灰湮灭，能泄愤。台上瘦高个问：有人不让我们焚烧仇货怎么办？

齐答：同他争，同他辩！

细妹跟着扬起细瘦的胳膊。

台上又问：如果他动用武力怎么办？

齐答：同他抗，同他斗！

就见人群被剖开，一匹马，一营兵冲进来，还有几十个兵端着明晃晃的大刀。马跃到台子上，马上的人穿件长袍子，由护兵援手，下得马来。有人认出：是张敬尧的参谋长张敬汤。

又有人说：张狼，张家第四号恶人。

张狼扬起马鞭指着台上台下破口大骂：土匪！土匪！

学联瘦高个负责人上前问：哪个是土匪？

张狼抬手一马鞭，瘦高个脸上一道血痕。

张狼继续骂：放火、抢东西，就是土匪！男学生是男土匪，女学生是女土匪。

台上台下，学生面对丘八还在争，还在辩，挨打，有的女学生挨了耳光。看到斯斯文文的女学生挨打，兑生按捺不住，又见到细妹被一个北方侉侉揪住头发。他冲过去，朝那个兵腋下一拳。那家伙松手，手上却有一把细妹的头发。张狼还在挥舞皮鞭狠抽学生，穷凶极恶，细妹头上又挨一皮鞭，她捂着头，哭叫。兑生顿时想到当年荆轲“左手把秦王之袖，而右手持匕首揕之”，现在，此刻，把不到张狼的袖子，如何办？他看到张狼的长袍子拖地，于是，一脚踩住他的袍裾，张狼向前，一个趔趄，绊倒台上作狗拱屎状，被护兵扶起，他大骂：对土匪还要讲道理吗？打啦，办啦，就是道理！

他手下士兵端起枪，枪上刺刀明晃晃，刺刀尖子顶向学生胸膛。张狼手中皮鞭一通乱抽，撕皮裂肉。兑生上前一把夺过，突然后脑壳挨了重重一击。半昏迷中他喃喃念：风萧萧兮易水寒，壮士一去兮不复还……

兑生迷糊中听到运宝惊叫：好大个血口子。

听到童童的声音：快送湘雅医院！

听到细妹贴紧耳朵说：哥哥，你说风说寒，是不是身上发冷……

运宝连忙掏姜，要塞到他嘴中，被童童一手抢过。童童说：你鬼懵了头，怎么能喂姜？

兑生嘴里仍在风哪寒哪，童童细听，说他在吟“易水歌”……

从安源到锡矿山

我问鱼钩：你爹伤势严重？

他说：脑组织挫伤，差点脑瘫痪、脑死亡、植物人，幸亏只是受伤，不遗传，要不，生下我若是个弱智、脑残，岂不误我？

能这样损自己的爹？不过，他接着讲……

兑生不甘心阴曹地府报到，一缕坚魂在死亡隧道中冲突，仍在踩厢、行排，厢架子上风急，顶风上；行排时江水冷，浪尖子上持篙。手脚冰冷，似乎听到细妹叫医生，总感觉一片混沌。

就在兑生半死不活状态下，三先生同伍先生出门在外。先到江西。来到萍乡县城，见百业诸行装模作样，摆开架势，饭馆、酒楼多，门面大，食客少。问起。告知：等到矿上关饷那几天，门槛踩烂。游鹅湖，难得浮生几日。去湖畔酒楼，要一盘莲花雪鸭，肉鲜嫩。跑堂说：先生吃食上的功夫到家，这是小店的特色菜，萍乡矿上的德国技师都欣赏这道名菜。

伍先生问：还有什么入得口？

跑堂介绍上栗镇的手撕狗肉和冬笋炒腊驴肉。就着几个菜喝酒，吃得口角生津，喝得酒精烧心。跑堂的凑过来问：

驴鞭、狗鞭，上一份？

伍先生说：吃了上火。

跑堂的诡笑，说：火上来更好，萍乡，特别是安源，可以清火的妹子多，又懂风情，又肉实，又缠人。

三先生说：外乡人，不敢拈花惹草，吃了你的鞭，掌控不住，让人家设局，或放白鸽，或仙人跳，受不得这一补。

跑堂的笑说：先生莫搞错，我的鞭留给老婆吃的。我说的这些妹子都是乡下女子，图个生计，有人光顾是她们的福气，哪敢设局？

伍先生不耐烦，说：一通废话！

喝退跑堂的，吃过饭，雇两乘轿子往安源。

六七里路，轿子直接送到汉冶萍煤铁厂矿有限公司，公司几栋楼房建在坡上，红墙绿瓦、拱窗，洋气。只是墙面蒙一层煤粉尘子。不远处的烟筒冒出黑烟，烟筒高，紧挨着铁架子厂房。朝低处看，方圆几里的棚户，如散了牌局，留下桌上麻将搭子，更远处的茅棚屋，像粘蝇纸上一片乌头蝇。

走进公司办公楼，有执事接应。问起公司状况，执事口气大得很，说：你们哪，转一天走不出公司的地盘子，挖煤炼铁，汉冶萍公司在亚洲数第一。

三先生听到这番出了洲的大话，收声。

执事又说：盛宣怀，识得？汉冶萍公司最早是湖广总督张之洞倡办，后来盛宣怀经手，盛宣怀是邮传部大臣，胡雪岩[①]都斗不过他。

伍先生一听，动怒，明摆着是瞧不起人。他扯过三先生，说：出门再说。

两人走到门外，伍先生骂人：说什么张之洞、盛宣怀、胡雪岩，这些风云人物的底细哪个不清楚？老子吃屎还用得着狗来教？

两人找熟人。总算见到巩先生，到镇上饭馆吃饭，边吃边聊。巩先生倒是快人快语，雅的来得，俗的也来得。伍先生代三先生说出投资意向。巩先生摇头，说：汉冶萍公司本是个空壳子场面。招商募股，只响雷不下雨，资金不到位只得借款经营。要借的数目大，只有日本人肯出借，前后借了十几笔。日本人，你们晓得的，阴脐烂肚，借出糠，要还谷；递过板凳给你坐，来年要还一栋屋。现在等于是日本人控制了汉冶萍公司。

三先生问：公司有钱赚？

巩先生说：日本人会给你好果子吃？有利润要挖走一大半。如今炼出的铁都归日本八幡制铁所，压价。再说，湖北大冶的铁矿运到汉阳，萍乡煤矿的煤也运到汉阳，运费都不儿戏。目前公司是瘦狗子屙干屎，硬撑着。

伍先生说：巩先生是个实在人，你看看，三先生想投

---

① 胡雪岩：富可敌国的晚清著名商人，政治家。

资的事情坐得实？

巩先生摇头，说：实在拿不准。公司目前是牛屎外面光，再有，矿工的胃口越来越大，动不动罢工，要不是矿上出钱巴结帮会，没有一样事情摆得平。我倒是有个主意，有笔钱何不投到湘中的几片矿上？听说新化锡矿山、常宁水口山的出息大得很。

三先生、伍先生一听，是道理。

巩先生将两人送上火车，株萍线上的客、货列车正是试营期，正式运营要过几个月。有火车坐，当然好，两人坐到株洲，再坐车坐船坐轿子，辗转到达新化，到了锡矿山……

石月·文化书社·题“反诗”

三先生、伍先生在路上，兑生也在路上。他仍在死亡隧道中冲突，看见蝴蝶翻飞，好大一片，让人炫目。蝶阵化作河上浪花，一波一波，哪是浪花，分明是人浪，人声如潮涌，他踏在浪尖子上，听到喧腾的叫好声。更大的恶浪扑来，卷起他，冲走他，他头触礁石，昏迷不醒。

那些天，细妹经常守在他身边，看到他嘴唇皮干裂，就用棉签蘸些水，润湿他的嘴唇，为他搓手揉脚。她钦佩哥哥。胡子叔叔、童童同运宝都来看望过哥哥。童童安慰她，医药费不着急，学联会伸出援手。

三先生回到长沙，打听到兑生受伤住院，同伍先生一起来医院，急得眉心子打结，不停地搓手。伍先生说：看来半年以上才能恢复元气，长期住在医院吊药水瓶子不济事。

三先生说：那要如何？

伍先生说：莫如在长沙买处公寓，人接到公寓的家中调养，此事万全。

三先生四处找合适的公寓。

这天，兑生再次有些知觉，感觉浮在云絮上，轻轻晃晃，眼前的炽亮消逝，有稀淡的雾带，云絮越飘越低，掠过树梢，临近林间溪流，听到溪水轻柔咏叹，溪水中一片落叶在水涡中旋转，是向上旋，还是向下沉？又听到有人轻声呼唤：哥哥，快些醒来。

突然，细妹看到他的耳朵在动。细妹连声叫：哥哥，你动那边一只。

两只耳朵都动，细妹好喜，又唤：哥哥，睁开眼睛看看！

兑生没有睁开眼，只是眼皮子动。

三先生找好了公寓，这天来到医院，俯身看过兑生，手指触动他眼皮，果真在动，他叹道：人有救。

又对细妹讲：有劳你们，已经找到地方安家，过几天让兑生搬回家中静养。

细妹有些失落，想，哥哥若是搬到三先生家中，哪能像现在这样相厮相守？三先生刚走开，她忍不住捧住兑生的脸，朝他额头上送一吻。若干年后有“过电”一说，当年顶多当是心灵感应，兑生突然睁开眼，岂止是睁眼，还冲着细妹挤对子眼。细妹又喜又怕，喜的是哥哥能睁开眼看人，还会逗自己笑；怕的是哥哥是病人，两只眼珠子朝当中挤，若是退不回去如何办？连忙说：哥哥，别吓唬我！

这时有人推门，是胡子叔叔，后面跟着两位工友。胡子叔叔握着兑生的手，说：好了！好了！第一是庆贺你脱离危险。能听清我说话？

兑生点头。

胡子叔叔说：第二，张敬尧要倒霉了！

兑生眼中发出亮光，又点头。

胡子叔叔继续说：驱张代表团的学生代表到了北京，向北洋政府内阁总理请愿。虽说冰天雪地，学生代表硬撑着在新华门前请愿。

众人问：后来呢？

胡子说：不被接待，坐冷板凳。学生代表又去上海联络旅居上海的湖南人，写出长文《湘人控张敬尧十大罪》，登在上海《民国日报》上，传遍全国。

众人嗟叹：北京到上海，好不容易。

胡子说：当然不容易。在上海生活艰苦，代表中有人替人洗衣服维持生计。

一位工友问：胡子叔叔，你没去北京、上海？

胡子说：我领着学生代表去衡阳见吴佩孚，说起张敬尧如何祸害湖南百姓，连他也义愤填膺。吴佩孚说，张敬尧不是要借四十大寿敛财吗？到那一天，我带全体将士去长沙给他“贺寿”，吓得张毒再不敢提做寿。还有学生代表也找到郴州谭延闿，谭延闿对张敬尧也不客气。张敬尧成了过街老鼠。

兑生嘴角有笑意。

胡子叔叔介绍这两位工友给兑生，一位叫石月，新化人，目前在织机街一家印刷公司打工；另一位姓周。周工友是第一纱厂的筒子工，他告诉兑生，纱厂一直拖欠工人工资，准备组织罢工行动。石月说，泥木工匠、轿子行、印刷工人都在闹罢工。

几位来到，给兑生干涸的心田注入一泓活水，他想坐起，声音极轻微地说：想有书看。

胡子点头。

罗夫子同伍先生又凑到一起。他们喝酒时共裤连裆，说话时剑拔弩张。夫子说起伍先生，是癞子来了嫌癞子，癞子走了想癞子。

这天，“癞子”来了，进门就嚷：张毒不除，湖南不宁。

他见到夫子摊在桌面上刚写好的文章，抓起就读标题：

黑心人出卖黑铅炼厂

水口山难免水漫金山

就问：你说的是张敬尧与美国太平洋实业公司借口“合办”长沙黑铅炼厂，订约将水口山矿砂卖给该公司？

夫子说：当然。

伍先生也不得夫子允许，立马就将这两页稿纸揉成一团，扔字纸篓。夫子气得连连跺脚，从字纸篓中拈出纸团，铺开看时，满纸已经是墨蝌蚪。气得骂：真是多事，又一篇好稿坏在你手上。

伍先生如此毛手毛脚，已经不是第一次。

年前夫子写过一篇：

流毒借车皮囤运流毒种

鲇鱼耍花招失算鲇鱼套

写的是张敬尧从奉天运鸦片种子到长沙，数量惊人，45 袋，在武昌鲇鱼套火车站被查出。张敬尧滑如鲇鱼，偏偏钻进鲇鱼套，岂不是天意？暗自思忖，只说这标题就显出报人文化机智。正在得意之时，文章被伍先生看到，说文章若登在报上，会招来杀身之祸。于是揉作一团，让“流毒”“鲇鱼”在字纸篓里折腾。夫子气个半死。这次又故技重演，夫子何得不恼？

伍先生却振振有词，说：你好糊涂，不以为德，反以为仇？外面的风声你可知晓，郭人漳[①]这些人成立了湘事维持会，专门替张敬尧说话。若是嗅到是你的笔迹，岂不是祸祟上身？

夫子恼火，说：你是议员，可以“嘴巴两块皮，说话无高低”；我是报人，只能秉笔直书。“在齐太史简，在晋董狐笔”，已经有古训，难道让我欺师灭祖？

夫子吐出口唾沫，又骂郭人漳：三姓家奴，卖友为荣，什么湘事维持会，痰盂会！承人之唾。望你不要拾人牙慧。

伍先生气得脸煞白，说：你你你，怎么污人清白？我

① 郭人漳：湖南湘潭人，民国初年军事将领。1907 年在广东巡防营统领，受命镇压钦、廉二州农民抗税斗争，革命党人约请郭人漳在阵前倒戈响应起义，郭人漳临事背约，因而导致钦廉防城起义的失败。

同郭人漳冰炭不同器，只是劝你凡事谨慎。还是那句话，张敬尧就是死得硬邦邦，也要留心他诈尸。

夫子说：民不畏死，奈何以死而惧之？北京《晨报》和上海《国民日报》已经有“湘事维持会内幕”的文章，揭露“湘事维持会”是“以伪乱真，浮词耸听”。何等回肠荡气！

伍先生说：文章气魄上笔扫颓顽摧枯拉朽。

夫子跟着背诵：三年以来，湘民之困苦颠连，九死一生，家无应门之童，野有自缢之女。

伍先生说：这说的是赵五贞。

接着背：今欲救湘，首在驱张。秉正义人道之心，共击卖乡保张之贼！

伍先生说：放心。谭祖庵不出几个月要起兵讨贼，定会旌麾北向，我当为他摇旗呐喊。

伍先生又告知，一会儿三先生要来找他，关于投资新化锡矿山一事，想听意见。

有人推门，果真是三先生。问起投资锡矿山一事，夫子沉吟后，说：事情要办得牢靠，有些方面不得不提醒你。一是新化、安化，自古称作梅山，民风强悍，入不得梅山当地的圈子，办什么都难。第二桩，若是投资一事敲定，不在锡矿山困守乾坤，定会穿柜桶。

三先生问：什么叫“穿柜桶”？

夫子说：装钱的柜桶底会穿，有多少出产，全漏掉你的。

三先生深思。伍先生翻箱倒柜找酒，罗夫子出门办下酒菜。

仍是在桐花新轩的楼上书房，鱼钩卖弄，说起他的文化遗产，有古董也有文物。他抽出发黄的线装书，直排版的《古文观止》说，这本是古董。

然后说：做好思想准备，现在让你瞻仰革命文物，亮瞎你的眼睛。

他弯腰从书柜底层抽出个木箱子。小木箱子里，面上有《黄帝内经》《神农本草经》，还有张仲景的《伤寒杂病论》。医书下面，有一叠杂志，我惊叫：天哪，是《新青年》。有单刊，也有合订本。100年前先圣先贤纸写笔载的文字，让我零距离地捧读，何等幸事。我搜索目录，发现文章的作者有胡适、陈独秀、蔡元培、李大钊、钱玄同、张申府、顾孟余，还有周氏兄弟，翻开合订本，找到了鲁迅的小说《狂人日记》《孔乙己》《药》《风波》和《故乡》，还有胡适的《文学改良刍议》……

鱼钩翻到《新青年》七卷的“劳动节专号”，目录上有些文章标题画了红圈，问我：晓得这些圈是哪个画的？

我哪里晓得。鱼钩得意地说：是我爹的胡子叔叔画的。从此，我爹算是真正的读书人。

我问：你爹读书有瘾？

鱼钩说：当然。好书、奇书总能勾出人的馋虫子。记得不？当年为了找一本奇书，我陪你走了多少冤枉路？

那确实。

兑生已能下地行走，三先生将他接到买来不久的桐花新轩，他又要去锡矿山打点生意。临走前，将兑生带到灶屋，指着一大一小两口水缸说：大缸将装河水，有明矾，可以将水澄清；小缸装白沙井水，可以烧水煮饭。两口缸的水自有水夫送来。

兑生点头。

三先生吩咐：自己买菜、煮饭，柴火灶炒菜，煤火灶煮饭。

又指着灶头的油盐坛子说：一只坛子装的是茶油，另一只装的是化过水的籽盐。若要猪油炒菜，肉担子上买些肥肉炼油就是。

兑生记在心里。三先生拿出把铜锁，说：千万要小心火烛；出门屋记得上锁，钥匙记得拴裤腰带上。

又嘱咐：你是脑壳受过伤的人，不宜多动。在家中闲来无事多读些书，《古文观止》要篇篇过目。

他给兑生留下些散碎银钱，出门。

他一走，兑生感觉轻松，就铜锁锁门，钥匙系裤腰带出门，买肥肉子炼油，买豆腐、青菜，再买沓报纸读。读到湖南第一纱厂前厂主拖欠的工资已经发到工人手上，不禁叫好。又读到一则新闻，标题是：

张毒余孽烧杀抢掠，

浏阳民众九死一生。

估计是伯父的朋友罗夫子的文章，他义愤填膺。

一沓报读得差不多，就做饭、吃饭，青菜豆腐。又炼好油。想起伯父交代的事情，读《古文观止》。读来读去，面前仿佛竖起一座又一座石碑，碑文朦胧漫灭，认起来吃力。“国语”“国策”“列传”“世家”，表、序、记、叙，冕冠笏绅的王侯臣相蹒跚而来，盔胄甲兵奔驰而去，书中的气象就是君诛臣、臣弑君；兄除弟，弟杀兄，一锅粥，就是不见豆腐青菜炼猪油，没有平常百姓的生死疾苦。细想，一部《古文观止》阐发的不过是君臣大节，忠孝礼义，都是“肉食者谋之”，哪有“蔬食者”的踪影？自己本有想法、有抱负，正如放风筝，若是有片宽广的平地，可以奔跑，风筝迎风升得高；现在却在高高低低、坑坑洼洼的地上艰难迈步，牵动风筝的那根线，时时被这块碑、那块碑缠绊、阻隔。

第二天出门买豆腐，想起家乡的和渣，想有豆渣。豆腐店老板说，豆渣可以送他一些，好满足。再买报。凑巧，遇到石月挟个包袱找他。两人回桐花新轩，可恼，没带钥匙。石月有主意，脱下老布鞋，朝铜锁上拍几下，锁打开了。进屋，石月看到桌上的《古文观止》，问：这是你读的书？

兑生说：三伯父让读的。

石月说：读这本书里的死人文章，好比爬坟堆子。外面的形势你还不晓得，去年的“五四”运动到现在，杂志上有好多新东西读，你不妨读我带来的杂志。

石月解开布包袱，拿出那沓书报，有《新青年》《劳动界》《新生活》，还有《新俄国之研究》，都有一个“新”字，兑生急着读新杂志，石月说：杂志是胡子叔叔让我送来的，上面有他圈的记号，表示是好文章。

兑生说：知道了。

那段时间，兑生不“爬坟堆子”，天天读书报杂志，那上面的白话文，没有生僻的字卡壳，站在草根立场上，讲的是明明白白的道理。如果说读《古文观止》是“爬坟堆子”，读这些书如在铺满曙色的大道上奔跑。

……民主主义劳工主义既然占了胜利，今后世界的人人都成了庶民，也就都成了工人。我们对于这等世界的新潮流，应该有几个觉悟：第一，须知一个新命的诞生，必经一番苦痛，必冒许多危险。有了母亲诞孕的劳苦痛楚，才能有儿子的生命。这新纪元的创造，也是一样的艰难。这等艰难，是进化途中所必须经过的，不要恐怕，不要逃避的。第二，须知这种潮流，是只能迎不可拒的。我们应该准备怎么能适应这个潮流，不可抵抗这个潮流。”

……平民既已将贵族资本家的三种方法窥破，并窥破他们实行这三种是用联合的手段。又觉悟到他们的人数是那么少，我们的人数是这么多，便大大地联合起来。联合以后，有一派很激烈的，就用“以其人之道，还治其人之身”的办法，同他拼命的捣蛋。这一派的首领，是一个生在德国的，叫作马克思。一派是较为温和的，不想急于见效，先以平民的了解入手。人人要有点互助的道德和自愿的工作。贵族资本家，只要他回心向善能够工作，能够助人而不害人，也不必杀他；这一派人的意思，更广、更深远，他们要联合地球的一周，联合人类作一家，和乐亲善——不是日本的亲善——共臻盛世。这派的首领为一个生于俄国的，叫作克鲁泡特金[①]。

民主主义劳工主义、庶民、贵族资本家、联合、马克思、克鲁泡特金，这些新名词《古文观止》上是找不到的，现在开了眼界，晓得张敬尧是军阀，晓得工厂的老板是贵族资本家，晓得学联、救国十人团是联合，晓得自己是庶民，是劳工。他再读《新青年》上的小说，读到《孔乙己》，会暗自发笑：像谁呢？有余五学问的边角余料，只是孔乙己可怜得多……

细妹、运宝来看他。细妹带来一罐汤，告诉他，闹罢工，纱厂不得不发拖欠的工资。家中开荤，头次吃上墨鱼炖肉，给他带一罐。问他：伤养得如何？

---

① 克鲁泡特金：俄国地理学家，无政府主义运动的最高精神领袖和理论家。

他告诉细妹，伤好得差不多，只是三伯父有嘱咐，让他在家中静养，读点书。

运宝嘟哝：读书，我是字大墨墨黑，字小不认得。读书不如听瞎子讲评书。

兑生说：你不晓得，最近读到的书报杂志中讲的道理，句句坐得实，又明白，又合我们的心意。

他将“民主主义劳工主义”“庶民”“贵族资本家”“联合”“马克思”“克鲁泡特金”这些新词，按自己的理解说给这两位听。这两位听得眼睛不眨，却似懂非懂。

晚上，兑生点灯读书，读到瞌睡，做梦。梦到牵着一片薄薄的云絮，向前飞；细妹同运宝也扯住云絮，拖在后头。飞呀，飞呀，突然往下沉……

等他醒来，石月兄又来了，说是潮宗街文化书社开业，邀他去看。

这天，潮宗街人多，潮湿的麻石路上除了挑水夫行来走去，还多了些鼻梁上挂眼镜框子的年轻人。街两边米铺多，堆栈多，旅馆多。兑生晓得，余三先生到长沙总是住这里的民国旅馆。正看街景，听到两个挑水夫唱埋怨歌。这一个说：今天有什么事，人多得挤破脑壳。

另一个说：什么事？和尚赶道士（事），新铺子开张。

听到吆喝声，有士兵开道，徒手，不扛枪，喝道“督军来了”。见到由八人抬的绿呢大轿，走走停停。士兵将路人推的推、赶的赶，路人不满。兑生一眼看到罗夫子同伍先生，两人并立路上，如油盐坛子，不服士兵驱赶。罗夫子说：书店开张，斯文盛会，莫动蛮！

伍先生对开路的军官说：默清神。督军谭祖庵同我们称兄道弟，你们不得无礼。

争吵不休，见轿帘掀开，督军下轿，脸上一团子富贵肉，不着戎装，长衫马褂，同众人拱手，对伍先生点头。兑生想，一个半老头子，说是督军，并不起眼。再一看，新开张的店铺有人迎出，却是年轻人，衣装朴实，英气逼人。其中年长的就是胡子叔叔。跟着鼓乐鸣，鞭炮响，噼里啪啦、咚咚锵锵、呵呵哈哈，书店剪彩揭幕，众人正在赞叹“文化书社”四个字干架平稳，笔画玲珑，绿呢大轿已经挤开挑水夫，径直而去。伍先生看着渐行渐远的轿子，怅然有失。夫子说：走过场，来也匆匆，去也匆匆。

伍先生说：来一趟就不简单。祖庵兄是主张湘省自治的，议会好多事情要他拿主意。就算督军一职，他也准备让给赵恒惕[1]。

夫子说：赵恒惕手握军权，他不让也得让。

先生说：唉，不说这些。我倒是想到一联，明天可以

---

① 赵恒惕：同盟会会员。参加过辛亥革命和二次革命。1920 年 11 月被广州军政府任命为湘军总司令，任省长，倡议联省自治，创制省宪，与直系军阀吴佩孚联结甚紧。1921 年 4 月通电反对孙中山任临时大总统，次年春反对北伐军入湘作战。

登头条。

夫子说：什么妙句？

就读出来：文化巨擘现身文化巨库，学堂新锐力推学术新潮。如何？

夫子说：不如何。下联意思上过得去，推动学术新潮的这批人都是新民学会的，当初都在第一师范读书，现在已经成熟、老到。上联不敢恭维，谭延闿充其量只是书法家，扯不上文化巨擘，你总喜欢抬举谭延闿。

伍先生反驳：谭祖庵不算文化人？经史子集读得滚瓜烂熟。

夫子说：经史子集是旧学问，你以为什么是当今的显学？

反问：你以为？

夫子笑，问：你晓得马、克？

伍先生：德币？

夫子说：牛胯里扯到马胯里，我说的是两个人，马克思和克鲁泡特金。

“油盐坛子”一直拌嘴，石月同兑生挤进书店，在书架上寻书。身边有个年轻人，乌发遮额，劝他们挑克鲁泡特金的著作，常德口音。石月摇头，只挑《劳动界》《新生活》和《新青年》。那人问：你们主张“过激主义”？

石月说：过激主义比无政府主义顶用。

又是“过激”，又是“无政府”，兑生听得云里雾里。

余三先生这两个多月定在新化，没有回桐花新轩。兑生乐得捧起书籍杂志，没日没夜地读。墙角起了蜘蛛网，懒得理；地上积灰成堆，懒得扫。灶屋里碗起垢，锅起锈，水缸里没撒明矾，泥尘子翻滚。兑生关注的是马克思和克鲁泡特金，要搞清“过激主义”和“无政府主义”。读来读去，只登堂，未入室，一知半解。问石月，石月说个大概，告诉他，好像克鲁泡特金重视教育，以为年轻人受了教育又参加了生产劳动，就能形成合作的社会，不受政治、军事和宗教的干预。马克思主张斗争。听胡子叔叔他们的议论，是主张过激主义的，以为一次扰乱抵得上二十年教育。

于是继续读，读《湘江评论》上的文章，得些真知灼见，激发些慷慨激昂：

自法兰西以民众的大联合，和王党的大联合相抗，收了“政治改革”的胜利以来，各国随之而起了许多的“政治改革”。自去年俄罗斯以民众的大联合，和贵族的大联合，资本家的大联合相抗，收了“社会的改革”的胜利以来，各国如匈、如奥、如捷，如德，亦随之而起了许多的社会改革。虽其胜利尚未至于完满的程度，要必可以完满，并且可以普及于世界，是想得到的。

再找些历史方面的书和文章读，晓得“过激主义”影响下有过两场暴力革命，一场是50年前法国人的巴黎公社起义，没有成功，死了很多人；一场是几年前俄国人的十月革命，成功了。

兑生从无声的文字读出了声音：摇旗呐喊，一呼百应，刀剑铿锵，炮火轰鸣；又读出浴火浴血的画面，攻城，攻陷巴士底狱，攻打斯摩尔尼宫……工农奋勇。工农是怎样的装束？怎样的武器？若在中国，若在我三湘大地，定是披蓑衣，穿木屐，或是草鞋，打绑腿。用什么样的武器？枪炮有，顺手抄起的应当是铁锤、镰刀、锄头、耙头、撑篙、轿杠子，大闹朱仙镇，直捣黄龙……

想到兴起，手痒。走出屋子，摸根棍子，一通乱舞。惊动蜷在杂屋台阶上的那只肥猫，一通棍棒将猫打得成瘸腿。回到屋里，兴犹未尽，见到柜子里有瓶“杏花村”的好酒，何不畅饮？嘴对着瓶口，任芳香的液体暖喉咙、烧肠胃，脑壳里渗出思想的甘露，极想凝成诗句。就磨墨，磨好一池墨，却找不到好纸，憋气。他脚步踉跄之时，有呼之欲出的表达欲望，估计唱出“大风歌”的高阳酒徒是这般光景，在浔阳楼题反诗的“耗国因家木，刀兵点水工”的黑三郎也是这般光景。他突然看到书房白石灰糅过的这面墙，何不在墙上写？就挥笔，管他字好字拙，只图能痛痛快快地吐出心语：

巴黎喋血冷雨凄

欣看古堡展赤旗

我意敌酋须扫荡

枪林弹雨一戎衣

字上墙，笔画如铁锤、镰刀、锄头、耙头、撑篙、轿杠子，搭出干架，露出锋芒，心头篝火映到墙上，他有醉意，脚底不稳，躺到地上，瘫手瘫脚。

竹帛烟销·寻书

由兑生读书的如醉如痴，引发我回忆当年读书的走火入魔。不妨从远处说起。先是“破四旧”犁庭扫穴，竹帛烟销。我曾经就读的中学，图书室有镇室之宝，一整套《四库全书》。“文革”刚开始，书要送到水陆洲的造纸厂，化纸浆。当时几位老教师犯倔，一齐拦在运书的“东风”牌卡车前，向红卫兵哀求：留下这套书！

红卫兵小将大骂：抵制“破四旧”？再敢拦车，剃光你们的头发。

这些老教师哭着说：头发虽说“受之于父母”，剃掉后能长出来，书化浆了再也回不来了。

后来有文章说起学问大师王国维为殉文化，在颐和园鱼藻轩投水自尽。“殉文化”，我以为说得通。

我还记起鱼钩同我干过最荒唐的事情，被口号叫得最凶的造反派头头带去抄家，抄家的对象是位“老反革命”、老右派。我们进屋，他很坦然，指着满屋杂沓盈堆的书籍、纸片说：抄吧，抄过好多遍了。

我们在文化的破砖断瓦中发现了《文心雕龙》《秋水轩尺牍》，还有《徐志摩诗选》和《郁达夫小说集》。抄家结果可想而知：《文心雕龙》龙没雕成，书页的碎片却委地伴沙虫；《秋水轩尺牍》被曝秋阳，被淋秋雨；《徐志摩诗选》失去“轻轻的我走了，正如我轻轻的来”的轻盈和潇洒，而是扫地出门；只有《郁达夫小说集》被头头撕成两半，他拿走印有“沉沦”的那半本，鱼钩将剩下的抢到手，读得入神，“残渣剩饭”中载有小说《迟桂花》和《春风沉醉的晚上》。几十年后我们回忆那次抄家的经历，鱼钩告诉我，最早有勇气报道汪精卫叛国投敌的记者，就是当年的抄家对象。而“半部残书读‘沉沦’”的那位造反派头头，后来犯了作风错误，是不是“沉沦”中偷看少女洗澡的香艳描写让他荷尔蒙飙升？不得而知。

唉唉唉唉！燕雀乌鹊，巢堂坛兮。露申辛夷，死林薄兮。腥臊并御，芳不得薄兮。

而鱼钩和我，猫弹鬼跳参加“破四旧”，自己打翻文化的饭篮子，却又在饭篮子底的竹篾缝中寻饭粒。

我问鱼钩：记得当年搜书读？

他回答：当然！我必须读书，就像溺水的人必须挣扎！

呀呀呀！这句话怎么这么熟悉？记起了，这是“怪画家”的书中名言，不过被鱼钩改了台词。现在这本书名是《月亮与六便士》，毛姆的作品。

一个偶然。那次，任教外国文学的老师给我们讲“怪画家”的故事。怪画家，一位怪人，有令人羡慕的经纪人的职业，有幸福的家庭生活，偏偏在四十岁年纪放弃一切，迷上了绘画。为绘画来到塔西堤岛，得了麻风病，死后连自己的画作也付之一炬。这故事情节很另类，很不“励志”，其他人以为“没厘头”，鱼钩却听得眼发直。故事我似曾相识，朋友说起过他有这本书。我嘴贱，说出来。鱼钩“蚂蟥听不得水响”，死缠活缠，硬要我为他找这本书。只好觍着脸皮，同鱼钩一道去找那位有书的朋友。一方是求书若渴，一方是“王顾左右而言他”；一方磨破嘴皮，一方推三阻四。最后，终于拿到这本书：发黄的毛边纸，还是直排版。绝对的“四旧”，绝对的“封、资、修”。我们怀有原罪感，不敢将书带回学校读。鱼钩说最安全的地方是“桐花新轩”的杂物间，他拿着书，躲进杂物间，与猫同栖。读过，还书，我那位朋友说：怎么书有猫屎臭？他倒好，对书中某些语句能背，成天喃喃：我必须画画，就像溺水的人必须挣扎！后来，这个画盲竟能解释印象画派，还挑战我，让我解释毕加索的画——《格尔尼卡》。

那年头，我们的文化知识做减法，国内的名家若被诬为黑帮，他的书不能读；凡是外国文学，统统是大毒草，更不能读。再说，几番“竹帛烟销”，书，太稀罕。弄得我们在文化荒漠中艰难迈步，稍有些另类的书都被当作文化绿洲。那一次，我又从朋友那里找到上下两卷的《第三帝国的兴亡》，美国记者威廉·夏伊勒所著。这不是《基度山恩仇记》，也不是“怪画家”，是绝对的禁书。我问鱼钩，读还是不读？在哪里读？他见到书，如今天玩古董的见到舍利子、天珠，见到乌木、紫檀木、黄杨木，眼睛发绿，射出贪婪的凶光。去他家杂物间？鱼钩说不行，绝对不行。他的爹已经从“五七”干校回来，正待分配工作。被他爹看到我等读禁书，会将我等生吞活剥。只有，只有……他的“只有”后面的馊主意是鱼目混珠——我们找到《欧阳海之歌》，取下书心，将《第三帝国的兴亡》套上《欧阳海之歌》的封皮，堂而皇之，装模作样地读红书。这样，威廉·夏伊勒能在红色的保护伞下“以售其奸”。我们干着何等笨拙的“地下工作”。

我在书中读到，1940年9月，德国和苏联瓜分了波兰，将要发一份共同通告。斯大林反对德国人的底稿，因为，“它把事情说得过于坦率了”。于是他提出了自己的一份不愧是诡辩杰作的草稿，硬要德国人接受。这份公报声称，德国和苏联的共同目标是“恢复由于波兰国家的崩溃而受到破坏的和平与秩序，协助波兰人民为他们的政治生活造成新的条件”。在寡廉鲜耻方面，希特勒碰着斯大林可以说是棋逢对手了。

而鱼钩，他记忆力超强，背下了书中的一些语句。

我出于自我保护，意识到不能再同鱼钩一起读“禁书”。我发现他有些神经质。当他晓得女一号已经有了男朋友，同时工宣队对女一号特别器重，这让他反目为仇。跳“忠字舞”，同舞的男男女女将他从头笑到脚，笑话他表情不当，嘴张得太开，像是等人喂饭；笑他挥手时像拿起蒲扇扑苍蝇；

最让他不能忍受的是说他走同边路，走台步如同鬼子探地雷。女一号替他纠正动作，纠正一次，众人笑一次，纠了一次又一次。他发火，不服从，将女一号的手拨开，质问：你算老几？有什么权力对我动手动脚？

女一号被诬为“动手动脚”，气愤，说：排练节目是工宣队布置的任务，给了我权力。

他说：工宣队有人看上了你？

女一号受委屈，骂：你真不要脸！

他眼珠子发直，居然冲她大嚷：极权主义三件宝，宣传、群众运动和让人恐惧的权力！

糟了，糟了！凭这句话能打他现行反革命，让他百劫而不复。幸亏女一号没听懂这句话，或是听懂了不愿意出卖他，总算让他逃过这一劫。以后，再有趣味性和知识性的“禁书”，我也不敢同他一起分享。他脱了裤子打老虎——既不要脸，又不要命；我还要脸，更要保命。

当年制宪

回到当年。当年制宪。

春上，岳麓山的山衣“换季”，枫叶成赭黄，落地伴苔莓；杜鹃花开得好，或作丛中妍，或作趴地笑，总要让坡坳染上点红颜色。岳麓书院人潮翻滚，空前盛会。书院七百多年前有过“朱张会讲”。三十七岁的朱熹从福建赶来，会见三十五岁的张南轩，两位学术明星在岳麓书院登坛讲学，“朱粉”“张粉”人头涌动。或步行，或骑马，池塘边的柳树成了拴马桩，据说马匹将一池水都喝干了。

上数100年，岳麓书院又是盛况空前。这次不“会讲”，制宪。地点在高等工业专科学校，以前的岳麓书院。1921年3月20日那天，教学斋前横幅张扬：“神高万里，发轫于湘”——只有湖南能承受这等荣耀。湖南人，湖南人，长沙的杨度早唱过：

中国如今是希腊，湖南当作斯巴达。
中国将为德意志，湖南当为普鲁士。
若道中华国果亡，除非湖南人尽死。

何等的自信，何等的豪气！

不说王船山，不说魏源，只在岳麓山上走一圈，看得到无数英魂受奠祭：辛亥革命之前有陈天华、禹之谟，有刘道一、曹庄夫妇；长沙光复时有焦达峰、陈作新；民国元勋黄兴、护国战争的统帅蔡锷的陵墓都在山上。这山重情重义，秋季由枫叶展出旗幡，赤橙绛紫，叫一声热闹；春天有山花添彩，金银花黄黄白白，宛若将军服上的流苏、绶带，杜鹃花更不必说，以霞映日，以血绣春。英灵护佑这座圣山，山泥不得垦殖，山木不得砍伐，砍柴的、烧炭的莫上此山；想占用山地修别墅公馆的，没门。

山下有些土木建筑，有个望江楼，有个自卑亭，有个教学斋。教学斋一片是省会文化的点睛之笔，选择这里作为省自治根本法筹备处，再好不过。室宽境雅，正适合专家们起草湖南省宪法。那天几百人在这里集会，敲锣打鼓放鞭炮，历来的排场。

那天的伍先生比放开二胎后得了胖儿子还要高兴。庆典后不感觉累，不叫车子不坐轿，扯起罗夫子步行，两人踩着一路上的樟树粒子，到朱张渡，坐船回河东。一路上他嘴巴不歇气：晓得不，这次制定宪法的十三个人选，汇聚全国精英。

罗夫子说：晓得，晓得。

这十三个人都是我们议会推举的。晓得不?

晓得，晓得。胭脂水粉都要涂到你们议员脸上。

认得不？那个留八字胡须的是李剑农[①]，老同盟会员。

罗夫子问：留八字胡的有几个，晓得你讲的是哪一个？

瘦的是王正廷[②]，脸窄。早几天在省议会同众人见过面。脸白些的是蒋方震[③]。

蒋方震倒是听说过，日本士官学校的中国三杰。

另外两杰是蔡松坡和张孝准[④]。哈哈，日本人办的士官学校，毕业生中头一二三名的都是中国人，特别是蔡松坡和张孝准，都是我们湖南人。

伍先生的笑声感动江水，江水打哈哈船就晃荡，让罗夫子吓出一声汗。

到河东，路经第一师范，罗夫子突然问道：制宪这样的大事，士农工商有没有代表？

伍先生说：唉呀，代表要有资历的。十三名制宪人士

---

① 李剑农：1880—1963，湖南邵阳人，1906 年加入同盟会。1910 年春入早稻田大学学习政治经济学，专注政治学与宪法学。1922 年，湖南省自治政府成立，他高票当选省务院长。不久，湖南省宪战争爆发，李剑农成为派系斗争的牺牲品，旋于 1924 年 10 月底辞职离任。

② 王正廷：1882—1961，浙江奉化人。民国时期的外交官，长期在南方政府中任职，推行革命外交。他热心体育事业，因其对中国体育事业的贡献，被誉为“中国奥运之父”。

③ 蒋方震：1882—1938，即蒋百里，浙江海宁人。民国时期著名军事理论家、军事教育家。

④ 张孝准：1881—1925，长沙县人。中华民国人物。1901 年留学日本进入陆军士官学校工兵班。1904 年毕业时，与蒋方震、蔡锷同列前三名。次年在东京加入同盟会。回国后，入东三省总督徐世昌幕，又由徐保送，赴德国柏林大学留学 4 年，除精通日语外，还懂德语、英语。

都是高学历，有功名。莫将制宪当作乡下的祠堂屋议事，各房各屋出个人就成。

夫子说：大甑蒸饭大众吃，不要总是小锅子炒菜，重个人口味。

伍先生说：制宪要有专门学问，懂不懂？制宪不是打平伙吃狗肉，懂不懂？谭祖庵发布“祃”电，废除督军制，好大的气量；赵炎武①表示绝不干涉制宪专家们的工作，这就了不起。就连老军头鲁涤平②都说，等到有了宪法要告老还乡。都有这样的觉悟，你还疑神疑鬼？

夫子说：人心隔肚皮，饭甑隔撩箕。你就那样相信谭祖庵，那样相信赵炎武、鲁涤平？他们都是活菩萨，程潜③如何被逼走？李仲麟④如何被杀？制宪，制宪，为何不制定一部保护劳工的《劳动法》？

伍先生气恼，说：你这是哪个的主张。你呀，总是抱住“人心惟危”，同你讲不清。

油盐坛子又在斗嘴，毕竟油坛子装的是油，盐坛子装

---

① 赵炎武：即赵恒惕。

② 鲁涤平：1887—1935，湖南宁乡人，中国国民党高级将领，曾任湖南省主席，因桂系军阀逼迫退出湖南，任江西省主席，后任国民政府军事参议院副院长。

③ 程潜：1882—1968，清末秀才，同盟会会员，曾任湘军都督府参谋长、非常大总统府陆军总长、广东大本营军政部部长。解放战争后期，在长沙宣布和平起义。新中国成立后，曾任湖南省省长。

④ 李仲麟：1886—1920，字契隽，参加护法、护国战争，授陆军少将、中将衔，被赵恒惕所杀。

的是盐。斗嘴归斗嘴，两人还是准备一同找地方吃饭，没料到在书院坪遇上兑生。

“湘人治湘”·“湘人自治”

余三先生从新化锡矿山回来。这次他在锡矿山“利禄长”公司投资入股，据说入息还不错。生意上的事情交给位姓贺的先生打理，自己回长沙。那天，他拖沓着疲困的身体在麻石街上走着，想回家洗把脸，吃顿好饭，利利索索地睡个好觉。走近屋门口，见有个人提个石灰浆桶，拿着排笔，站在门口。见那人脱下布鞋，朝门上大铜锁拍几下，锁落地，开门。三先生怒，上前质问是何人？为何拍锁开门？那人笑着说是兑生的朋友，叫石月，来送刷墙的用具。石月放下石灰浆桶，走人，留句话：有事让兑生找我。

石月走了。三先生进屋，家猫拖着瘸腿挪到跟前哀叫，气恼：这只猫得罪哪一个，被打成这样？进厨房，舀水洗脸，水缸底泥尘翻滚。看灶上，锅中碗盏高堆，沾渣带汁，惨不忍睹。气得咚咚上楼，一眼扫去，桌上、椅上、地上全是书报杂志，难落脚。再看一面墙上有诗，字显头角峥嵘，气得他发黑眼晕。什么“赤旗”，什么“枪林弹雨一戎衣”，要谋反？想连累老子关笼子？舞文弄墨，不懂装懂，真是余五学问的种。突然想到，拍门开锁的后生子叫石月，“逢月而脱”，莫非应了黑麋峰洞阳寺长老的谶语？兑生呀兑生，看来桐花新轩容你不得。

兑生跑几条街，才寻到刨花纸。石月告诉他，刨花纸溶水掺在石灰浆中，用来刷墙，增加黏度。石月应承弄石灰浆和刷墙的排笔。回桐花新轩，见门被打开，一惊，晓得三先生打个时间差回来了。原以为伯父会黑口黑面，哪晓得三先生和颜悦色，叫他坐下，三先生自己也坐下，抱起猫，抚着猫的伤腿。关切地问：头还痛？

兑生摇头。又问：伤好全了？

他点头。自知理亏，说要去找人挑水。三先生说：不必。清理过水缸，水已经灌满。

说要去洗碗。三先生说：不用。一堆碗筷洗了，热水涮过。

说要上楼清理书报。三先生说：捆绑打包，都塞到杂物间。

兑生说：墙弄坏了，弄来了石灰浆，我刷墙。

三先生说：不劳你的大驾，明天我找人刷。

兑生知道事情不妙，不知说什么好。三先生突然说：你有个朋友叫石月，让你去找他。

这才知道三先生下了最斯文的逐客令，于是二话不说，将兜中买菜、家用的零钱放在桌上，走人。他出门，瘸腿猫叫了几声，三先生没有挽留他。

三先生有根底，既有老派乡绅的矜持，也有新派绅士的风度，赶走兑生一事上做得占理而不伤和气，做得游刃有余。而兑生，只有无奈。他感觉伯父的面孔变得陌生，不显狰狞却有冷酷。他不是说同自己亲如父子？不是说打断骨头连着筋？不是了，伯父的筋宁可连在瘸腿猫身上，猫驯服、会喵喵讨欢喜，而自己好发懵。

鱼钩揣摩他爹当年的心境，说：我爹被冷眼看待。“最高的轻蔑是无言，而且连眼珠也不转过去”，听说过？

我说：当然。鲁迅说的。出自哪篇，搞不清。

鱼钩从书柜中翻到《鲁迅全集》，找到《且介亭杂文附集·半夏小集》，说：话出自这篇。他的三伯父下手狠毒，冷酷、冷落，“连眼珠也不转过去”。

我说：“且介亭”，意思是半边租界的亭子间。

鱼钩说：冷眼杀人，我爹被赶出来，莫说亭子间，就连杂物间也容不得他。

我问：你爹何去何从？

兑生不找石月，没脸面，街上走，任残阳拉长影子。从南走到北，走到江边，想看到对岸的纱厂，又想：纱厂，回得去吗？回不去怎么办？他又从北走到南，当晚他在小西门码头和衣睡。清早，骨头酸疼。又如那年在常德抱着木头被冲上岸。江边舀水洗脸，饿，顾不得了，赶紧找份事做，免得饿肚子。沿街看墙上张贴，找招工信息，失望。墙上张贴有寻物、寻人、店铺转让的启事，有“天皇皇，地皇皇，我家有个夜哭郎”的招贴，唯独没有哪处招工。走到书院坪，怅怅之时，见到油盐坛子罗夫子与伍先生迎面而来，想躲，来不及，被罗夫子叫住。两人问三先生什么时候回长沙。他摇头，瞒过被赶出来这一节，只说想找份事做。夫子见兑生黄皮寡瘦，赶路都没精打采，晓得是饿的，就说：饭馆吃饭要得时间长，莫如去茶馆，喝茶吃包子。

伍先生说：莫如去德园，香蕈大肉包、玫瑰水晶包，想起来都吞口水。

就到德园，上茶，上包子。兑生呵欠撑空肚皮，又乏又饿。见到热气腾腾的包子喉咙里伸出手，忍不住一口半个嘴流油。伍先生传授长沙人吃肉包子的经典技法，先在包子底咬一小口，吸走油汁，再大口吞吃。兑生实践，油水不再滴在衣襟上。伍先生大笑，作总结：吃包子，要低头；满口香，不滴油。

技法外传之后，两盘包子八个被兑生吃得只剩两个。罗夫子晓得兑生饿慌了，叫堂倌再上两盘。罗、伍二位合着长沙茶馆的氛围，高谈阔论。

伍先生说：形势大好，湘人治湘。肥水不流外人田，今后天天有肉包子吃。

夫子笑：就不怕肉包子漏油？

先生说：湘人治湘，就是堵住南北两边，虎也好，狼也好，统统莫打湖南的主意。

夫子问：虎指什么？狼指什么？

先生说：蠢。先前是鄂人治湘，汤芗铭[1]是湖北佬，祸

---

① 汤芗茗：1883—1975，湖北浠水人，曾在袁世凯麾下效力。

害；傅良佐[1]手下的王汝林、范国璋，同样不做好事；更可恶的是皖人治湘，安徽的张敬尧，四兄弟都不是东西。对了，兑生这位小兄弟，就挨过张敬汤的毒打。现在的张作霖，不是号称东北虎？

夫子问：狼呢？

伍先生说：中山狼，你懂的。不过，这是别人的话。

夫子说：你指的“湘人治湘”，要抬举哪些湘人？

先生说：谭延闿、赵恒惕诸公。

夫子说：总是念念不忘谭祖庵。

先生说：不止我抬举，先前报上登载湖南青年学生领袖给上海的曾毅[2]写信，信上就有，“谭祖庵、赵炎午诸驱张将上，劳苦功高，乡邦英俊”。

夫子说：那是几个月前的事情。现在的民众认同的是“湘人自治”而不是“湘人治湘”。

先生说：同一回事。

夫子说：大不相同。“湘人治湘”是“官治”，“湘人自治”是“民治”。你们议员推举的十三人制宪仍是官治。

先生说：只有你名堂多，分得这样细。

夫子说：这也是青年学生中有见地的主张。九月底的湖南《大公报》就有他的文章《“湘人自治”与“湘人治湘”》。

---

① 傅良佐：1873—1924，湖南省乾州厅人。他是段祺瑞手下“四大金刚”之一。

② 曾毅：上海报人。

又是半年过去了，现在制宪的衮衮诸公能不能推出一部《劳动法》？

伍先生说：你又回到湖南青年学生领袖主张的《劳动法》。

一边的兑生糊涂了，都有“湘人”都有“治”，意思相差就那么大？看到这对油盐坛子打口水仗，他坐不住，起身要走。罗夫子觉察到他的困境，掏些钱塞给他，他执意不要。罗夫子执意要给，说：今后你还我就是。

伍先生叫堂倌拿来荷叶，将盘子中剩下的包子裹好，也塞给他。

兑生都收下，告别两位前辈，走人。

有几个钱，走潮宗街。进文化书社，找湖南《大公报》，一页页翻，一版版读，就读到文章《“湘人自治”与“湘人治湘”》。道理透彻——故我们所主张所欢迎的，只是“湘人自治”一语。不仅不愿被外省人来治，并且不愿被本省的少数特殊人来治。我们主张组织完全的乡自治，完全的县自治。乡长民选，县长民选，省长民选，自己选出同辈中靠得住的人去执行公役，这才叫作“湘人自治”。颇有人将湘人治湘与湘人自治混为一谈，我看这样小小一个区别，总要分清才好。

吃得饱，生出对文章精义的理解，坐在书社长板凳上，他有满足感。他思索，“少数特殊人”当是指有财、有文化优势的人群。他立马想到余三先生，感觉“湘人治湘”不对口味。

正运神，有人来到身后，拍他肩头。回头看，好高兴——胡子叔叔。胡子叔叔问：伤好了？

兑生点头。

又问：关心“湘人自治”？

又点头。

胡子叔叔说：湖南人被如虎如狼的南北军阀害得惨，就算是为官为绅的，都怕在南北夹缝中讨生活。

兑生问：为什么又要“湘人自治”？

胡子叔叔说：湖南也有虎狼之人，民众若失去自治权，会落到老虎嘴里讨碎肉子吃。

兑生点头称是。胡子叔叔说：听石月讲起你写诗上墙，有“枪林弹雨一戎衣”的句子，写得好呢！

兑生泪水涌出，说：诗上墙，我被赶出门。

胡子叔叔拢住他说：莫急。送你回第一纺织厂。

兑生说：快一年没有上班，会不会被除名？

胡子说：不怕的，有人替你说话。

胡子叔叔陪兑生过江，到第一纺织厂找黄技师。兑生认出，黄技师是在文化书社同石月打招呼的常德人。黄技师马上找厂方，胡子叔叔同兑生在黄色门楼子前等候。当他从米黄色的办公楼下来，胡子迎上，问：如何？

黄技师将他们拉到一边，说：难缠。秋后算账。

兑生想：我欠了什么账？

黄技师说：讲这位小弟兄摘过经理室的招牌，又参加河东岸闹事，早要除名。

胡子说：正好说明他有斗志，是我们的好兄弟。快说，事情办得如何？

黄技师说：据理力争，总算同意复工。

胡子叔叔说：这就好。人交给你，帮助他，保护他。

黄技师拍拍兑生肩膀说：小兄弟，你放心，我们今后绑在一起，大秤分金银，大碗吃酒肉。同老板对着干，工厂就是工人的天下。

胡子抱怨黄技师：你呀，只愿意搞直接行动，动不动罢工。工人要有个靠得住的组织，行事才有理、有利、有节，不能图一时痛快。

黄技师说：没有一时痛快，哪得长久痛快？只有直接行动，才能踩到老板的痛处。

又对兑生说：你脑壳带伤，我们的活动你暂时莫参加，少出头，少说话，保护好自己。

劳工会·“虫草”

兑生回厂，搬到同运宝一起住，运宝掏出槟榔，塞给他一口。细妹马上来看望他。运宝说，现在纺纱厂由华实公司接管，每天产纱一百多包。细妹告诉他，现在厂里有劳工会。

运宝胸脯一挺，说：我就是劳工会会员。

细妹说：我也是。现在黄技师为头，正同厂方打交道，不想纱厂租给私人经营。

兑生问：租给私人经营有什么不好？

细妹说：黄技师说过，厂由公办，好歹顶着个“公”字，受罪少些；给了私人，他要拼命赚钱，会让工人做牛做马。

运宝说：正是。就连我们做搬运的，每天扛包要多走几个来回，累死人。

兑生说：码头上还是刘监工？他是你的亲戚，不关照你？

运宝说：关照？他关照自己的钱荷包；关照老子多磨破几双鞋底。黄技师讲过，为了钱，老板、监工连亲爹亲娘都出卖，只要有人出得起价。

细妹说：哥哥，这两天劳工会要开会，一同去。

兑生说：我不是会员。

运宝说：我同细妹做你的入会介绍人，包在我们身上。

兑生想到胡子叔叔和黄技师的嘱咐，少说话，也不参加什么活动。婉拒。

细妹说：明天一早就要上工，哥哥定要休息好。

早起码头上工。见熟人只是点头，不说话。湘江上船只如梭，还不到涨春水的时候，却清静。背后的厂房声音嘈杂，像是猪婆啃猢，吭哧吭哧。运棉纱的大船已经傍岸，搭好跳板，没有人上船。刘监工甩手甩脚赶来，吆喝众人搬纱，众人不动不挪。刘监工喝问：却是为何？

有工人说：工钱少。你吃独，占了我们的要吐些出来。

刘监工说：冤枉！我为头是为你们谋份事做，逢年过节，我还请你们吃包子。现在你们反客为主，反对我？

一个工人讲：你为主，我们是客。你是饭铺里的臭虫——吃客。

一个年龄大些的随口唱出：莫遣臭虫常吃客，须知客是可怜虫。

运宝站出来说：莫搞错了，我们才是工厂的主人！你只是老板的帮凶！

兑生暗叹：运宝长进了，这样有见识的话都说得出！

刘监工指着运宝骂：反了！连你也敢忤逆我？棉纱不进厂房，今天不开工钱。

众人议论一阵，推出个为头的，对刘监工讲：事照做，不过，工钱要提两成。讲不拢，一拍两散，你另外找人顶缸。

一来二去，刘监工无奈，只好工钱加两成。

兑生长时间养伤，初初上工腰酸背疼，伤口也隐隐发痛。他不逞能，匀匀净净做事，不说话。稍有闲，坐在码头石阶梯上，树棍子拨水玩，也不同运宝接近。众人感到奇怪，生龙活虎的一个人变了。都猜他伤了脑壳，变痴了。

下工后，细妹特意用精肉子熬水，送给他喝。他喝两口，放到一边，望到窗外，眼睛发直。细妹也奇怪：怎么回事呢？

运宝和细妹找到黄技师，介绍兑生入劳工会。黄技师说兑生脑壳有伤，莫参加。劳工会开会时，运宝和细妹都去，留下兑生。兑生估计黄技师是保护自己。只是没有入会，孤家寡人一个，闲得无聊。他沿湘江岸边走，看到北面有造船厂，更远处河洲上一团柳雾，河对岸星星点点灯火，其他的看不清楚了。脑壳里面云来雾去，思绪沉浮："湘人治湘""湘人自治""秋后算账""臭虫吃客""劳工会"，费思索。早些时候，"踩厢""行排"，同树筒子、同江上风浪打交道，凭一身蛮力气。如今打交道的是人，有穷凶极恶的军阀，有道貌岸然的余三先生，有死皮赖脸的刘监工；不容易应付，处处有学问。如"湘人治湘"和"湘人自治"，一字之差，就各有奥秘，文字功夫上各展"四两拨千斤"的巧劲。蛮气力生不出巧，巧在学问上的功力。三伯父讲过一桩事，印证凡事有"巧"。曾国藩打败仗，幕僚向朝廷的呈文上写"屡战屡败"，曾国藩动笔改为"屡败屡战”。这桩事上，三伯父说翻天妙手，与众不同。同一样的四个字，生出这么多乖巧，学问哪！这学问不同于余五学问的学问。三伯父嘲笑过，说余五学问的不叫学问，叫和渣。归结到自己，要有点真才实学，莫学“和渣”，还是要多读书。不禁又想到文化书社。

运宝和细妹开过会，念叨劳工会决定：纱厂不得承租。游行示威过，开过记者会，就有行动，河东来很多工人，还有工校学生，到纱厂后拖出姓赵的总经理，押到财政厅毁约。哪晓得湘军总司令赵恒惕出动军队，驱散工人群众，还扣了人。如何办？劳工会正想采取行动，运宝拍胸脯，细妹捏拳头，都说要拼个鱼死网破，后来都熄了火。原来省议会已经推举赵恒惕为湖南省长，新官上任三把火，没有人愿意去撞他的“头七”？跟着，黄技师被传讯，后来被关押陆军监狱。劳工会的兄弟姐妹不服这口气，准备再干。想游行示威，找不到理由，都在等候时机。

华实公司的老板运气不差，接手纱厂后，产出的纱被一抢而空，说是比美国的“球牌”纱质量还好，产出多少，卖出多少。天上掉下个银袋子。厂方要捞银子，得保证生产线上有人，得想办法让工人节省吃饭的时间，就提供中餐伙食。吃饭不要钱，众人都叫好。特别是女工，以前是自带饭菜放在蒸纱的废水中加热，几多麻烦，现在八人一席吃围餐，过瘾。厂方告诫众人：抓紧时间，莫磨洋工；

三扒两撬，鼓眼一吞；嘴巴一抹，早点上工。

伙食开头过得去，虽不是满汉全席，菜钵里肥肉子总有几片，后来越来越不是戏。下饭菜？“莴笋头，莴笋片，围着莴笋打转转”。过几天供应“虫草”：菜里有虫，汤里有草屑子。再后来——那天吃中午饭，细妹筷子夹出一只肚皮翻白的死蛤蟆，尖叫一声，连吃进去的饭菜都吐出来。众人看到这等“佳肴”，都吐。运宝当即拿根长竹篙，扫向桌上菜钵，扫过一桌又一桌。众人附和，跟着喊：吃不下饭，上工没力气。罢工！

随人起哄最讨便宜，都要罢工。黄技师被抓，龙技师出头，拿出几条：第一，做菜的厨师必须当众吃掉那只死蛤蟆；第二，厂方摆酒席，为全厂工人压惊；第三，以后的中饭伙食费贴补到人。于是当天下午无人上工。众人说：不把我们当上宾看待，饿肚皮也不上工。也有上了些年纪的老工人说：人有失错，马有漏蹄。厨子师傅做事儿戏，该罚；只是米不当罪，菜不当罪，油盐不当罪，何苦糟蹋？

也有人说：把戏不可久玩，动不动喊罢工，一天不做事，哪个给工钱？

意见难得调和，后来没有再闹。

打啵·俄罗斯见闻

纱厂的事情兑生装聋作哑，不闻不问，心里念叨文化书社。那天有闲，奔潮宗街。街景依旧，人声依旧。米店、堆栈，老板坐柜台，手笼在袖子里，半闭着眼栽瞌睡；有的端杯茶，边喝茶边用茶梗子剔牙缝。伙计在老板眼皮子下做事，不敢怠慢，不想出声。挑水夫避开行人，桶中水满，高叫："撞了！烫了！"若是空桶，得意地让水桶晃荡，以为能晃走疲劳，荡走辛苦。一条潮宗街，街上气氛凝固、稳定，沉滞、板结，路湿，潮到人心也湿，湿处生凉，甚至生得出菌子。

兑生踩着湿路进文化书社，跨门槛感受暖意，哪怕是卷角的书刊、画报，都有亲切感。满架子的书任人翻，任人拣，"文化自助餐"。兑生挟着这本翻那本，书涛、书潮在眼里翻滚。问过书社一位方脸先生，晓得胡子叔叔去了上海，进书；同去的还有一位同志。书社一角摆洋文杂志，一眼望去，见到以前打过照面的学联负责人，厚嘴唇，胸脯挺得高，他懂洋文，介绍手中画报。兑生好奇，挤到跟前，听这个人讲得起劲，又是"布尔什维克"、又是"苏维埃"，还有"德拉波奇""克列斯基扬"，说什么呢？突然发现旁边坐的女学生是童童。童童仰起胖胖的脸盘子，告诉他，"布尔什维克"是多数派，"苏维埃"是代表会议。再问，又告诉他，“德拉波奇”是工人，“克列斯基扬”是农民。还想问，童童说：你先看先听。兑生就看俄文画报。这一看，大开眼界，同“芥子园”和“点石斋”大不相同。多是照片，真人真景：或钢花怒放，铁水奔流，或机器收割，麦浪滚滚。胖嘟嘟的农妇结着头巾咧嘴笑，戴鸭舌帽的工人显精神。厚嘴唇的青年人说，在苏联，工人、农民吃的是“赫列巴”，就是大个的面包，比枕头还大；喝牛奶，成桶喝。穿得好哩，女的穿布拉吉，就是连衣裙；男的是皮夹克。每到庆祝“十月革命”胜利那一天，克里姆林宫的钟声一响，红场上飞一片鸽子，大家都在红场上欢呼，男的抱着女的打啵[①]，女的抱着男的打啵。懂不，那是人家的习惯，高兴起来都要打啵。领袖列宁同志也同少先队员打啵。

说到这里，厚嘴唇眼睛直盯在座的几个女生，眼睛放电。兑生想，若是在红场，厚嘴巴皮定会搂女生打啵。厚嘴巴皮继续让大家看画报上的游行队伍。兑生看到排着整齐队伍的男生，背心短裤，昂首挺胸，周身精肉子暴凸，二筒粗壮；女的穿短裙，光胳膊露腿，让人心旌飘摇。看得兴奋，又听他说：不简单哩，游行队伍抬着的是单杠，前后各一架，运动员就从这架单杠上一个空中飞人，飞到那架单杠上。

呀！众人一片惊讶，苏俄人飞得起。

厚嘴巴皮作总结：中国的工农要想过苏俄人一样的生

---

① 打啵：湖南话接吻的意思。

活，也要团结起来，攻打斯莫尔尼宫，打倒地主，打倒资本家，一切权力归苏维埃。

他说得激动，一手叉腰，一手握紧拳头，呼口号。方脸先生走过来，笑一笑，指着墙上大写的“静”字。

兑生好兴奋，他为“布尔什维克”和“苏维埃”而激动，联想起《民众的大联合》中所说的“几年前俄国人的十月革命，成功了”，又回忆起自己的诗句“欣看古堡展赤旗”，不禁以为自己有了理想，有了企盼，有了行为的归宿。细一想，劳工会只是动不动罢工，那叫“餐管餐，顿管顿”，始终只是零打碎敲，真要过苏俄工农那样的幸福生活，还必须“枪林弹雨一戎衣”。

鱼钩突然问：你对俄罗斯印象如何？

我说：我欣赏俄罗斯文学。记得你当年就能背诵很多马雅可夫斯基的诗。

他说：那是以前。去过俄罗斯？

我：去过。

他说：感觉如何？讲来听。

我就从莫斯科说起。

——苏联国民经济成就博物馆有喷泉，很大的一片水池，围绕水池的青铜雕塑，是十八位健美女郎，十八位女郎以象征苏联的十八个加盟共和国，造型宛若神女。苏联一解体，“神女”变叫花婆，原来镏金的“身体”长铜锈。

喷泉仍喷涌，少男少女光着脚跳下池捞池中戈比，“二十世纪九十年代私有化”以后的俄罗斯发生急剧的通货膨胀，戈比几乎弃掷不用。

“二十世纪九十年代私有化”之后，百分之十的人暴富，百分之七十的百姓生活质量猛跌。因此，俄罗斯现在信奉东正教的人很多，都希望有圣母再度护佑。

鱼钩问：物价如何？

我告诉他，超市的黄瓜65卢布一公斤，约合人民币16元；樱桃350卢布一公斤。买盒牛奶，在收银台交款，从懒洋洋的收银员大妈手中接过找回的零钱，前后用了十多分钟。所幸，牛奶的质量极好，有甜味，有奶油的温香，估计不会有三聚氰胺的隐患。

他又问：普通百姓生活如何？

告诉他几桩事。

——我住奥林匹克的迦马大楼。每天早上，大楼前有位壮汉摆卖前苏联的船形军帽和纪念章。他举起手掌，竖起八根指头，表示船形军帽要价80卢布，我们玩笑式的讨价还价，那汉子用手从低到高比画，表示他有几个孩子，又拍拍特意收缩的肚皮，再以手掩脸做哭泣状：孩子多，要吃饭，日子难过，这是他要表达的意思。他是哑巴。心酸。

——在大街，也见到几个老年妇女摆卖一束束的小葱，或带缨的小萝卜，萝卜不及指头大。我们想拍照，老妇用头巾遮脸。导游说：别难为她们，她们卖的是别墅地上出产的蔬菜，用以贴补家用。公有制时代分配的别墅，私有制时代种小菜——是神话，更是吊诡。

他问：还有吗?

——一位老者穿着破旧，衣襟上别着勋章，走路歪歪倒倒，抖瑟着掏出一块糖，又脏又瘪的糖果，要塞给我们。我们坐在长椅上掏出“中华牌”香烟时，有女孩子挨着坐下，礼貌地讨中国烟抽。

他问：还有吗?

我说，就是这些了。说你的爹。

他说：后来，他又发愤。

游行·宪政

那年头虽说制宪，虽说“湘人治湘”，局面仍不太平。先是七月底，蒋百里想搞湖北自治，同湖北督军王占元干起来，赵恒惕派出援鄂军，支持搞联省自治的蒋百里，讨伐湖北督军王占元，却被北洋政府派出的吴佩孚击败。到九月，湖南省内八百多铁路工人罢工，火车停开，非得路局撤换总管英国人卡麦克尔。本来也是，中国人的铁路，却让英国人当总管，英国人只晓得管、卡、压，哪懂得体恤工人？工人哪个服气？其实，那年开天辟地的大事是中国共产党成立，那次胡子叔叔和他的同事到上海，就是参加中共“一大”。

到十二月，兑生又进文化书社翻书，看到胡子叔叔，想同他说话。胡子叔叔忙，正陪同一个俄国人上楼，后来看到黄技师也上楼。那个俄国人是共产国际的代表马林，那天在文化书社秘密会见湖南的革命领导人和工运领袖。

那天一早，运宝和细妹都出发去河东，兑生跟着过河，分两路，运宝、细妹去教育会坪，参加当天集会、游行，兑生去文化书社。书社门口贴出告示，说要进新书，不开门。兑生走在街上，见到有游行队伍过来，有工人，有学生，还有社会各界的人，走在前头领众人喊口号的是黄技师，还有一位龙技师，两个人都佩戴红色的大袖箍，估计是为头的。满空飘舞传单，抢一张细看，上面的内容是反对华盛顿帝国主义分赃会议。街边警察不少，眼睛朝游行队伍瞟来瞟去，对脉子。有个警察说：记住喊口号的那个，那是第一纺织厂头号叫脑壳，留神些，他最扯得起蓬子[①]。

一个似有怜惜之心，说：年纪轻轻，何必出头露面？迟早要“关笼子”。

这一个说：关过一关的，后来放出来，出来又搞事。

另一个说：赵总司令成天喊的是秩序、规矩，坏他的规矩会有杀身之祸。

兑生低头边看传单，边听几位巡警的对话，惊出一身冷汗，不由得为黄技师的安危担忧。听到游行队伍中有人叫，见到运宝同细妹都扬着小旗，雄赳赳、气昂昂地跟着队伍前进。兑生想，早几个月还只是为几个钱，为一顿好饭菜罢工、游行，现在要打倒的是帝国主义，口气越来越大，路越走越宽。一年多不抛头露面，什么时候东山再起，真正做一回“枪林弹雨一戎衣”？

回厂。下午运宝、细妹回来，说起这天游行，好兴奋。运宝说：第一纱厂劳工会的队伍亮出旗帜，过路人个个佩服。

细妹说：当然。黄技师和龙技师就是这次活动的头，由他们指挥。路边的军警冲他们两个指指点点，是不是认人？

憋着不说话的兑生终于开声：要提醒黄技师谨慎些，

---

① “扯得起蓬子”：长沙人的俗语，意思是闹得起事。

走路留神，脑壳上要长后眼睛，小心有人“点眼药”[①]。

运宝说：只有你，怕成这样。劳工会这么多人，都是黄技师和龙技师的保镖，哪个敢动他们？

细妹反倒安慰他，说：胆子是练大的，不怕。

正说话间，有人推门。兑生一看，喜出望外，是石月。石月说：好兄弟，我也进厂，在成包车间做事，从此以后我们是工友。

忙着介绍运宝、细妹同石月认识，都说以前好像见过。

跟着到新历元旦，说是奉政府命令，放假三天。有假放，众人开心。岂止放假，吃饭加菜，每人有个荷包蛋，还有四粒肉丸子。有人嫌肉丸子小，说是橄榄。就听到包工头骂人：屎少屁多，这都是赵总司令的恩惠。

厂里管事说：省里有了全国第一部省宪法，下午都在厂门口前集合，听讲解省宪法，不能缺席。凡听了的有钱发。

众人纳闷：有钱发？这等好事？又出个什么省宪法？道士作法？

后来就看到黄色门楼子前停了八人抬的轿子，抬的是座亭子，亭身却是黄裱纸上书写工整的条条款款，标上甲乙丙丁，说是精心制定的《湖南省宪法》。由厂里文员逐条读出。

---

① “点眼药”：长沙人的俗语，意思是告密。

就读出“人民之权利义务”，说是规定“人民在法律上一律平等，无男女、种族、宗教、阶级之区别”。运宝对一旁的刘监工说：我同你在法律上一律平等，今后你不能当我是狗。

刘监工眼睛珠子斜出眼眶。

再读到“人民的权利、义务”，众人扳着手指头，一条一条数：

保护身体生命权，保护私有财产权，保护居宅权，身体、住宅、邮电、文书及各种财物不受非法搜查，信仰宗教自由、自由发表意思权、自由结社及平和集会权、购置枪支子弹谋自卫权、营业自由权、居住迁徙自由、向议会请愿权、向行政官署陈诉权、向法院诉讼权、请求救恤灾难权，选举、被选举、提案总投票和任受公职权。

这时，听到黄技师在人丛中大声说话：听清楚了，我们工人有“自由发表意思权”和“自由结社及平和集会权”，哪个也不能阻挠！

就有持枪的警察逼过来，威胁：不得捣乱。

又听到“妇女享有与男子同等的选举权、被选举权”，运宝用手肘子推推细妹，说：你有选举权呢，还有被选举权，今后选你为头，替我们安排老婆。

细妹说：莫乱子讲，再听。

再听到“公民年满二十五岁以上，……皆有被选为省议员之权”，运宝掐指一算，说：我今年十九，再过几年就可以被选为省议员。

刘监工骂：议什么议，你只有喝义粥的命。

听了一个多时辰，终于散场，每个人领到一个铜币。有铸币日期：中华民国十一年一月一日。

得到省宪法的许诺，又得了钱，众人心上踏实，一哄而散。

又过几天，细妹找到兑生，递个小罐子，说是家里做的腊八豆，说：哥哥，给你下饭。

一边的石月说：我这位哥哥有份？

细妹说：你们情同兄弟，他吃，就有你们吃的。

又说：我妈妈能干。除了腊八豆，还做霉豆腐、曝豆角、剁辣椒，腌出的洋姜好爽脆。

运宝冲着兑生说：你有福气，摊上这样疼老公的妹子，这样能干的丈母娘，一年四季有好东西吃。

细妹害羞，说运宝：你若是少嚼槟榔，不是酒醉面糊，也有丈母娘疼。

话一说，兑生脸红。运宝心上发酸，说：我的丈母娘现在还没有出世。

石月说：好兄弟，男人有担当，不怕找不到老婆。

石月出门有事，运宝也识趣，出门时拢上房门，留下兑生同细妹。细妹拉住兑生的手，说：哥哥，我妈妈想你去我家玩。

兑生心里燃起一团火，拉过细妹，一张脸贴着她的手心，说：会去，一定会去！只是临近年头，进货多，出货也多，天天加班加点，累得腰都伸不直。

细妹说：哥哥，晓得不，厂里工友在讲，上海和武汉的纺织厂年底都发双薪。我盼着厂里年底发双薪。我想缝件新棉袄，枣红色，穿在身上的这件太小了。

说罢，在兑生面前她也不害怕，掀开罩衣让兑生看到，她的棉袄缩在腰以上，肚脐眼都遮不到。

兑生说：一定缝一件。

细妹抬眼看着兑生，情不自禁，搂住他，脸贴到他胸口。

殉难·红棉袄·戴美心

年底发双薪的消息传遍全厂，众人掐日子计算，已经是腊月十二三，离过年只有半个月，这时不向厂方提出，到时候只怕“鱼冻子化水”，都找劳工会讨主意。劳工会推出石月做代表找厂方。厂方华实公司有人出面，讲话五凶十恶：不要见到风就是雨，每个月不拖欠工钱就要烧高香。发双薪，叫花子梦到讨二房，亏你们讲得出？

众人说：上海、武汉都是这样的规矩，未必长沙就不行？

厂方说：上海、武汉？哪里得来的消息？长沙现在是赵总司令立规矩。只有发狠做事，厂里赚了钱众人才有饭吃。赚不到钱，对不住，爹死娘嫁人，各人顾各人。

石月说：莫搞错，不是厂方赚钱养活工人，是工人做饭让厂方有钱赚。

运宝出头，说：厂里赚不到钱？哄鬼。只讲码头上，从早到晚，棉花运进；棉纱运出。从棉花到棉纱，利润打滚。

众人说：利润就是我们赚到的，你们厂方吃肉，好歹要留些肉汤大家喝。不发双薪就是丧天良！

厂方说：你们呀，得了一十想一千，做了皇帝想成仙。前几天省宪颁布，还放假，加餐，现在胃口越来越大。还是那句话，愿意做就做，不做散伙。

等到农历腊月十五，厂方总算贴出告示：年终奖金，技工发铜元1000文，学徒发铜元500文。外地的工友说：这一鹅毛铜钱，还不够我回乡的草鞋钱。

有的说：发的钱只够买水豆腐，存心让我们过豆腐年。

石月等一吆喝，2000多工人把经理、职员办公楼包围起来。工友要同厂方董事算账。厂方守在楼上不下来，这时，有两个湖北工人往办公楼上冲。厂监察处下令卫兵开枪，两位工友受伤。兑生、运宝还有其他工友好愤怒，要冲上楼同军警搏斗。2000多工友中有人出主意，就有工友打开仓库，搬来棉花包，又找来火油，准备点火烧办公楼，吓得楼上的董事和职员鬼喊鬼叫。有的说：逼急了，这批人什么都做得出。

有的站在走廊上向工人们叩头作揖，有的从窗口丢下纸条，纸条上写“所要求的，一切允许”“只要不放火，什么都答应”。工人们见资本家答应了条件，才慢慢离去。

哪晓得第二天，赵恒惕派出大队军警将纱厂重重包围，厂里的监察处立即宣布“特别戒严”，声称：“此次工人损坏器物，伤及卫兵，系反政府行为，一定要严惩为首的暴徒。”军警进厂后冲到工友宿舍，不准交头接耳，不准自由行动，连吃饭都盯死。军警又抓捕一批工友，有的捉去打屁股，有的在雪地上扒光衣服任北风吹，有的绑在稽查室门前，打得头破血流。有人向监察处报告，说姓黄的姓龙的技师是头目，罢工是他们挑起的。

监察处为头的说：非杀几个人不可！

石月、兑生和运宝等人找到劳工会报告纱厂工人受欺压，黄、龙两位技师急忙赶往太平街华实公司办事处，向公司提出警告，指出监察处违法用刑，已引众怒，若是杀人示威，只怕几千工友会拼个鱼死网破。黄技师离开华实公司时，总经理想塞给他1000元的支票，他拒绝了。

罢工！罢工！

江边，常德大船等卸货，省内、省外的空船等运棉纱，十几艘船挤挤挨挨泊码头。厂里锅炉不起火，车间停了织机，静得像座空庙。众人窝在工房里，躺的躺，蹲的蹲。运宝四仰八叉睡床上，边嚼槟榔边骂：娘的，华实公司同姓赵的打得火热，一年要给他5万块钱呢。

细妹坐在兑生身边，苦巴巴地说：哥哥，不发双薪，我的棉袄做不成。

兑生想：棉袄定要添置，只是到了年下，工友等钱过年，厂方急着赚钱，这个死结如何解？就说：黄技师有魄力，又有胡子叔叔帮忙出主意，有他为头，事情好办。

石月说：同黄技师早上碰过面，他要去河东办事，下午赶回来。

正在说话，门被枪托子砸开，一群当兵的，持枪逼近，吼：再不上工，要你们的好看！

都被推出门。一看，一批工友自觉成团，拿起铁铲、木棍，同当兵的干起来。女工手中没有沉重之物，搬起扫帚，朝当兵的扑头扑面扫去，细妹也加入混战。这群工友被枪杆子逼到黄色门楼子前，被荷枪实弹的官兵包围。老实的工友被赶出工房后，统统押到车间上工。锅炉间又发訇訇声，纺纱机也转起来。犟着不上工的几十个人，由石月领着，同华实公司的人抗争。运宝突然拔脚就跑，一个兵开枪，他捂着伤腿倒在血泊中。众工友喊：出人命了！

来个当官的，指着运宝骂：还敢跑？快得过我的枪子？

工友被当兵的推来挤去，他们想冲出包围救人。当兵的开枪，又打伤一个。细妹挣脱出来，跑到运宝跟前蹲下，给他包扎伤口。一声枪响，子弹尖叫，从背后射倒细妹，枪弹烧焦她短小的棉袄，撕裂她的肌肤，她无声地倒下。四面八方涌出几十个当兵的，刺刀明晃晃，一步步逼向黄色门楼子，几十工友被刺刀抵着胸口，动弹不得。兑生凄厉地叫喊，不顾一切地冲到细妹跟前，看到她胸前流着红色血水，短小的棉袄被鲜血浸透。他扶起细妹，细妹口微张，说：哥哥，棉袄洗干净还能穿。

细妹边说，边合上眼睛。兑生眼睛发直，抱起细妹，一步一步走向厂部办公楼，他要去质问：为什么要杀人！

石月扯不住。当兵的想拦住兑生，被他一掌推开，看到他眼睛冒火，这些兵自觉退后。楼上一位管事的摊开双手拦在楼梯口，兑生一口唾沫吐在那人脸上。那人掏出手帕抹眼镜片，手帕上带血，兑生已经将舌头咬破。

死人了，天大的事，死两三个工友。黄技师同龙技师赶回来，眉头皱起，商量一阵，决定立即向社会各界发出《纱厂全体工人二千二百余人万急启事》。石月跑到锅炉房，拉响汽笛。顿时工友从各个车间涌出，集中在厂门口，向华实公司强烈抗议。黄技师出面，向厂方提出给死伤工人发抚恤金和医疗费的十一条要求。

那晚，石月找兑生，走近工房，听到有人号哭、有人骂。近前看，刘监工捂着脸在工房外哭，说是不知犯了什么浑，保举运宝来厂里做事，如今运宝被打伤，厂方还要责成他出医药费。他数落运宝：蠢卵，脑壳进水，不受教诲，成天跟着不三不四的人屁股后面转，搞什么罢工，明摆着砸自己的饭碗，打瘸了腿要老子养，为什么不被一枪打死？

众人骂他缺德，说：受你的教诲？你当走狗想让运宝也当走狗？再吵，有你的好看！

人丛中，石月找兑生，有人看到他挟起被窝铺盖出了厂后门。石月捏一把汗。

赶到厂后门。冬月，天黑得早，银盆岭街上比锅巴黑，几家店铺的灯火只如香头子上的暗红。只有织袜子厂旁边的裁缝铺燃着煤气灯。织袜子厂经营不善，早就关门。伴着这间废厂，有裁缝铺开夜工。门半开，见到兑生向裁缝求情：千拜托，万拜托，给我缝件女式红棉袄，枣红色。

兑生一时拿不出钱，要用被窝铺盖作押。中年的裁缝老板摇头。

兑生从衣服口袋摸出一枚钱币，那枚省宪法出台的纪念币，说：连这个一齐给你，求你。

裁缝推脱，说：你空口打哇哇，一不来人度身，二不拿面料来，未必面子布、里子布、棉花絮都要店里贴补？

兑生哽咽，说：人来不了。

裁缝问：为何？

兑生眼泪涌出，说：她是纺织厂女工，昨天被打死了。

裁缝发愣，说：昨天被打死的女工是你亲眷？

兑生点头。

裁缝又问：为她缝衣？

兑生说：她生前想有件红棉袄。

裁缝叹气，说：棉衣，我做，分文不取。

石月心酸，摸出点钱给裁缝，说一声拜托了。裁缝执意不收，连同那枚纪念币一起退还。兑生看到那枚纪念币，就骂：索命钱。什么省宪？捏白、扯谎、吹牛、骗人。

石月搂起被窝铺盖，将纪念币装进兑生口袋，扶着兑生回厂。兑生泣诉：我发懵，连累细妹也发懵。

石月说：不是你发懵，细妹更不是。你想想，原来都不让她进厂，细妹子现在敢争取自己的尊严和权利，哪是发懵？

安葬细妹那天，兑生难过得用脑壳砸门。黄技师同龙技师向细妹遗体行礼。石月搂着兑生，说：莫伤心。看看，几多人为细妹披黑纱；连劳工会也送来花圈。运宝拖着瘸腿，哭着朝细妹拜过两拜。兑生透过湿蒙蒙的泪水，看到细妹穿上了枣红色棉衣，眼半闭，好像嘴唇也动，恍惚说想看他耳朵动。猛睁眼，看到她身边有花圈，上写“戴美心女英豪不朽”，他这才清楚，细妹的大名叫戴美心。

当天，华实公司来人找黄技师和龙技师，说要一起协商调解劳工问题。黄、龙两位临走时将一些话吩咐石月。走就走，大步登上黄色办公楼。

隔了一晚，石月、兑生同众人等候调解结果。接近中午，得到消息，受赵恒惕指使，黄、龙两位被杀害于浏阳门外。泼天冤屈！华实厂方一不做，二不休，要将石月、兑生，甚至运宝统统开除，说他们是暴徒。

鱼钩说：我爹的女友就这样死在枪下。

他从书架上取下被视为古董的油盐坛子，从里面取出一枚颜色乌暗的纪念币，递给我看。这枚币正面是嘉禾图案及三横，背面是双旗和葵花。双旗，好像是五色旗和其他什么旗。

我问鱼钩：这两面是什么旗？

他说：搞不清。反正既然是轰轰烈烈的“省宪”运动，总得有祭旗的。细妹被祭旗，黄、龙两位工人领袖也被祭了旗。

我问：你爹后来呢？

他说：跟着石月又回到纺纱厂。石月通过关系，盘下银盆岭后街那间废弃的织袜子厂，安置了一些被开除出厂的工友。后来，余五学问到了长沙。

“民选”·一竹筒和渣浆

余五学问头回来长沙，肩扛阳伞，钩伞把上挂黄草纸包，包笋干、茶叶。他学乖了，求人办事不能不给点好处，所以带些见面礼。他找到桐花新轩，见到余三先生。说出来长沙要办的事：三哥，你在城里享清福，我在乡里玩泥巴，有桩事找你帮忙。

三先生以为要劝兑生回桐石村，说：晓得。只是我同兑生早断了往来。

五学问说：不提那个亡眼畜生，找你为另一桩事。你应当听说，各县在选地方议员。

以你这样的“和渣学问”还想当议员？话闷在三先生肚子里，没有骂出声，只说：选议员与你何干？

五学问说：与钱有关。据说选票由省发到县，由县发到有名望的乡绅。我在乡下好歹算个学问人，若是弄到几千选票，就是一笔财喜。

三先生问：同钱财有什么关系？

五学问说：选票要用钱买呀。能不能让我弄几千张？

三先生好不恼怒。他正为锡矿山的生意弄得脑壳发涨，这一天约了伍先生和罗夫子来讨主意，不想被这位土鳖纠缠，想打发他出门，那两位已经进屋。五学问见到伍先生和罗夫子衣装雅致，定有格局，忙鞠躬、打拱、让座，用大襟衫袖子擦座椅，一口一声老爷。听说伍先生是省议员，立马说：伍老爷，您老人家是省议会台柱子，如今省督府赵大老爷让各县民选议员，烦伍老爷发个话到我们县里，让我也得个几千张选票玩玩。

哪壶不开提哪壶。省里原议会解散，伍先生自己的议员都做不成，发恼，偏偏这土鳖提到选举新议员，于是脱口而出：民选议员算怎么一回事？凭功名、凭学历、凭资历？

他指着五学问对罗夫子说：你看你看，连这位仁兄也想弄几千选票，玩得出什么名堂？

余五即刻分辩：我在乡下算是有学问的。

伍先生嘲笑他：糠壳子皮蛋也是蛋。

夫子说：论起来，民选议员本是件好事，只怕是“你演戏，我演戏，选举唱成木脑壳戏”，选民都受人摆布。

三先生向五学问使眼色，然后退到厢房，五学问跟在后面。三先生说：那些“牛屁眼屙屎是乌金”的话莫讲，要下得水磨功夫，何不把你带来的乡下特产送人？

五学问捧出黄草纸包，又被三先生叫住：重新包过。黄草纸包，人家又不上茅厕屋。

就找些齐整些的牛皮纸，包得四正四方，红纸盖面子，席草捆好。这才让五学问送礼。

雷公不打送礼人，伍先生和罗夫子收下乡里特产，口气转缓。伍先生说：你们县里的知事我熟，我为你写一封信，凭我的信，说不定分些选票给你。

罗夫子说：选票不是钞票，不能乱用，也不能滥用。这点应该懂。

五学问连连点头。

后来，罗夫子讲，既是兑生的亲爹来了，父子还是见面为好。三先生答应去找兑生。

五学问揣着伍先生写给县知事的信，回乡的前一天，余家兄弟同唯一的后代在滦湾镇见面，茶馆喝茶。伍先生和罗夫子作陪。场面尴尬，兑生不讲话，三先生少讲话，五学问讲屁话。兑生问起自己的娘，五学问讲，死了一两年。兑生眼圈子发红，问：为什么不报信？

五学问讲：晓得你躲在哪个角落，信如何报？

然后撇开死老婆这一节，大讲乡里兴帮会，有人带挈自己入了会，交几个钱算是保护费，春荒时饥民不敢拥到家里吃排家饭。兑生问起菊心。五学问说：菊心不还是菊心？

撇开菊心，五学问又讲乡里出了狐狸精。三先生不抬眼看兑生，保持他的矜持、他的威严和他的大人气度，竟同伍先生和罗夫子说起北宋年间的熙宁变法。罗夫子说：王安石算个人才，一个“青苗法”救活好多灾民。

三先生喝口茶，润湿嘴唇，慢慢吐出一串话。我最欣赏王安石的一句话，“度义而后动，是而不见可悔故也”。凡事要“度义而后动”，发不得懵。

“度义而后动”？

伍先生解释：就是凡事先要考虑理由是不是正当，然后去做。

兑生晓得，这话说给自己听的。又想，难道我做的事不正当？

余五学问找县上知事要选票，先要造册，有吩咐：吸食鸦片的不能上册，神志不清的不能上册，从事不正当职业者，譬如做妓、当龟公的都不能上册。难住了，哪儿来的八百人名册。四矮有主意，村上的三近瞅、五长脚、六结巴都算上，有百多号人。再办几桌和渣席，请其他村寨的乡绅吃饭，饭后要以前收人头税的黄册，依黄册登名字，八百人容易凑。

五学问照做，凑齐八百人名册，领来选票。五学问赏他四矮一竹筒和渣浆。

那天喝完茶，伍先生私下对余三先生说：你是位“三历”先生，有学历、有资历、有阅历，何不回乡竞选县议员？当议员能拿份补贴，再有，做什么都方便。

余三先生动心。他有心计，托人为他弄到一麻包盐，人、盐都上了第一纱厂运棉花打转的船，到常德，搬上岸，找来四矮用轿子抬回家。

五学问刚走半个月，三先生也赶回桐石村。

五学问奇怪：运这么多盐做什么？

三先生笑，说：自有妙用。

就问拿到选票没有？拿到多少？五学问告诉他，凭伍先生的信，县知事晓得他在长沙有议员朋友，好说歹说，拿了八百张选票。三先生说，八百张他全要。五学问说：八百张，张张是钱。

三先生说：我买，行不？一张选票一角钱，八百张，八十块大洋。

余五说：一张要买两角。

一角！

两角！

后来以一角五成交。

选票到手，要在被选人一栏填上自己的姓名，烦死人。三先生备好笔墨，开写。开头几张，姓名写得中规中矩，到后来手指酸疼。再有，自己大名余百禧，光一“禧”字十五六画，当初爹娘何不取名“余一丁”，可省下不少笔画。还有一宗，选票上不能看出都是一人笔迹。于是左右两只手轮着写，手忙脚乱一上午，写了不到一百张，手抽鸡爪子筋。四矮见到，说，何不雕几个戳子，选票上照按就是？就刻字体不同的图章照按。四矮又说，何不在墨水上分深浅？就准备浓淡不同的几砚池墨，按过浓墨换淡墨，好歹将八百选票全都按上“余百禧”的大名。三先生夸：四矮不单轿子抬得好，还有一肚子锦囊妙计。

一肚子锦囊妙计抵不得一勺盐。

三先生开恩，给他一海碗盐。

四矮说：打赏的是盐，不是和渣浆。我心甘情愿为三先生抬轿子。

投票那天，四矮叫上三近瞅、五长脚、六结巴，还有一些村上、寨上、庄子上的人，都去都去，统统都去，凡去参加县上投票的，都有十个钱的草鞋费，外加一饭碗盐，桐石村上的多加两勺。上县城，一人一把票，趁监票的学生不留意，统统塞到票厢里，八百张选票哪，都选余百禧。全县造了册的选民三千多人，八百是个大数，余百禧应当稳坐太师椅。

后来，哪晓得还没有开始投票，票厢里已经有千多张选票，都是选的县知事：他是蛤蟆你是虫，你是泥鳅他是龙，当然是三先生落选。他感叹：玩不过这些地头蛇，气急败坏回长沙，找伍先生。伍先生骂：搞什么民宪、民选，都是些花脚乌龟，还不如先前的察举制、科举制，要不，就是钦定。

罗夫子宽慰两位，说：凡事从容看，搞民宪、民选毕竟是种进步。至少，吸食鸦片的、神志不清的、从事不良职业的没有选举权和被选举权。被选上的不会是草包，都是些厉害人。再说，开了个民选的头，有了经验和教训，下次选举会好些。

伍先生同余三先生自认晦气，自此看得淡。隔几个月民选省长，赵恒惕的民新社、谭延闿的民康社和林支宇的湘社都玩这套名堂。省城买票、抢票成风，已不是一般的所谓拉选票。长沙的各选举场有招贴，写明“一张票吃点心，两张票吃饭，四张票吃酒，十张票与洋一元”，都为自己一方拉票。这是后话。

槟榔生计·天塌自有长子顶

那一晌石月忙，经常在河东，厂里不见他的行迹。兑生跟前只有运宝，话越来越少。运宝却被刘监工骂成叫花子养宠物——穷快活。

刘监工历来是苍蝇背上刮金屑子，鹭鸶脚上割精肉子，哪肯收养运宝？开头每天给一两角钱，任由吃熟吃生，吃软吃硬；后来一分不给，做得出。工友生同情心，送米送菜。童童同几位女生来纱厂看过他，给他送来蛋糕和鸡蛋，运宝好感动。日子长了，运宝撑起拐杖能走路，他不想吃百家饭。众人出主意，莫如做点小生意。兑生不声不气，为他钉个木盒子，装上带子，可以挂在胸前。盒子里装香烟、槟榔，边走边卖。从此，运宝三天两头赶早班船到河东，批发些香烟和槟榔到厂里卖。生意做了十多天，躲来躲去，躲厂警。一些家伙吃冤枉，时不时赊欠烟钱，欠钱不还，见来讨账，拔腿就跑，运宝腿脚不方便，追不上，自认晦气。拿走一包香烟就少赚一两角钱，干脆只卖槟榔，少一颗亏一两分钱。一天卖一两百颗槟榔，赚得几角钱。老工友见他赚钱艰难，出主意：何不卖石灰槟榔，可以提点价？运宝就学做石灰槟榔，蚌壳磨粉，和上桂枝油，点在槟榔上，嚼起来另有一种醇香。“老口子”对石灰槟榔情有独钟，运宝赚得稍多。后来，莫说“老口子”，就是女工也嚼槟榔：

工作累，睡眠少，头泡眼肿，上班打不起精神，试着嚼槟榔，嚼过，像是喝了酒，精神振奋，面颊酡红，减轻些劳乏。嚼上瘾后，天天要。怪不得河西有歌子：纱厂妹子嘴不停，多嚼槟榔脸发红。当初鼓动运宝做槟榔生意时，有人打破，说他是个槟榔宝，到时候自己嚼的比卖出的多。运宝有志气，说，老子从今天起，再不嚼槟榔。果真，自从做起槟榔生意，他一颗也没有动过。槟榔销量好，运宝解决吃饭问题，间或能够吃大片肥肉，吃猪油炒菜，肚皮肥厚，左看右看，身形都像冬瓜。台湾有槟榔西施，纱厂有槟榔冬瓜。有工友笑话运宝：多赚几个，好讨堂客。

运宝说：堂客①？莫想。我是瘸腿。

找堂客确实是一大难题。运宝人大了，既盼"秋波"，也会思春。心中原来有细妹的影子，人死了，还有哪位熟识的女子呢？女子中他只认识童童。于是，过江进货时特意从童童学堂门口经过，想见到她。

那天是礼拜天，从周南中学门前经过，这天学校放假，运宝本不存侥幸，没有料到见到童童同几位女生站校门口。运宝高兴，童童也格外热情，问他的伤是不是好全了。运宝扬起拐杖，说：好了，有它，赶路不一定比你慢。登岳麓山，说不定比你还快些。

---

① 堂客：湖南人，特别是长沙人称呼自己的老婆。

童童说：你能登山？

运宝说：是呀。春上岳麓山上映山红开了，白栀子花开了，黄栀子花也开了，松毛丛中有寒菌采。今天是礼拜天，不用上学，要不要我陪你去？

童童说：不了。今天有重要集会。好可恶，昨天在小西门外趸船码头，南门的李三胖子落水，日本轮船金陵号不救人，反而将他挤死。大家气不过，今天要举行“五 · 七”国耻纪念大会，派代表向省交涉署交涉，要惩办凶手。去岳麓山只能等以后。

运宝耐烦等。以后，以后，等到映山红蔫了，栀枝花谢了，仍然没有机会。那天进货，货行有海南颗子。槟榔分品种，海南颗子比台湾颗子和越南颗子都要好，适合大众口味，多进了几包，拿不动，找黄包车。怪事，街上看不到车。满街转，直到中午，在省长公署前看到几十辆，车夫打起横幅，强烈要求启封人力车工会。再看，车夫一个一个抱着手坐车上，没人搭理生意。又见到下班后从公署走出的先生们，有的叫车赶饭局，有的叫车回家，见到横幅上写的字，唱埋怨歌。说：好好的，成立什么工会？

有的说：本来也是，省宪法上明明白白，民众有结社自由权，何必封他们的工会？

有人脚板嫩，嘟哝：南门到北门，七里又三分，这么长一截路，走起来脚杆子打跪。

又有人说：定是有人起哄子，搞得各行各业动不动罢工。

那边有人同车夫扯皮，骂车夫：莫吊起来卖，不怕你们起哄子，没有黄包车有轿子坐，屁股下四条腿跑，贵气过你的两个轮子。

车夫说：老子今天就是要扳翘[1]。喊轿子？轿子行一样罢工。

争来吵去，呜唏呐喊。就见有人一路小跑而来，说：息事宁人！息事宁人！警厅同意人力车工会启封。

当真？车夫不信。那人说：我是省长公署的协理，我说的千真万确。

众车夫齐声吆喝，纷纷跳下车，载客，跑得飞快。运宝叫了一辆黄包车，将人、货送到江边码头。

又过几天，街上到处有新贴的布告。有人读出，是泥木工人要求增加工钱。再过两个礼拜，又是两万多人在教育会坪集会，有工人也有学生，请愿，反对选握刀把子的当省长。运宝不禁问：握刀把子的是哪一个？

有学生回答他：哪一个？姓赵的军阀。

三天后又是一千多织造业工友要求厂方加工钱，取得胜利。

岳麓山上枫叶红了。山峦披上嫩赭茸黄，枫树上点缀些

---

① 扳翘：湘方言，“吊起来卖”的意思。

红色。夏至一过，火星子般的红色成了飞来舞去的火蝴蝶，待到株株枫树挑起火的旗帜，秋光的热烈、莽撞、粗犷、豪放让一山灿烂，感染了通城百姓。长沙人在浓郁的秋意中经行。

一直没有等到童童，却让运宝看到，宝南街鲁班新庙挂出长沙泥木工会的牌匾。一个礼拜后，九月十二那天，两千多铁路工人举行大罢工游行。小吴门火车东站门前，先是汽笛长鸣三声，而后有长长的游行队伍，工友手臂上系白毛巾，众口一腔，喊出“革除监工，增加工资，改善待遇”的口号，劲势足。

以后是成衣店缝纫工人八百余人举行罢工。理发工人罢工。

到了十月，来过寒潮有点微冷。泥木工人要求涨工钱的声浪席卷全城。

本来也是，工钱太低。汤芗茗当政时订下的工钱是大工一天二角七分，小工一天二角一分，六七年过去了，米涨了，菜贵了，还是这点工钱，如何养家糊口。运宝听人唱过：砌刀亮光光，灰桶子搅泥浆，一天二角七，不够煮米汤。偏偏长沙县知事周瀛干有告示，说是不许加价，泥木工人何得气顺？气不顺就来脾气——罢工。双十节各衙门要搭牌楼搞庆祝，对不住，牌楼老子不搭。管你是省长公署、县公署还是第一司令部和外交署，搭不出牌楼搞什么庆祝？娇女嘴上抹不上红，大佛脸上贴不上金，要你们的好看。

再有，游行。四千多人的队伍，有纠察队员维护秩序，整整齐齐排出几里路长，让你见识工友的力量。

还有，谈判。罢工十几天后，两千多人聚集在长沙县署前坪，等候公团联合会议决的结果。中国湘区委员会书记，一位办事老成的青年人作为工人首席谈判代表与省政务厅厅长吴景鸿谈判。这位青年人何等辩才，理直气壮；你个吴景鸿早年也是同盟会员，投入过反袁活动，参加过护法斗争，能不被打动？再有，泥木工人加工钱有省宪法的法理依据，一边倒。到晚8时，省、县当局被迫同意工人的要求，大工一天三角四，小工一天二角七。泥木工人一片欢呼。“三角四，好欢喜，锅子里多了一把米；工友唱出齐心歌，扫除一切不合理。”省、县官员抹去脑门子上的热汗，也说：总算有人搭牌楼，好歹为办事衙门留点面子。

以前运宝走路望天，除了瞟看靓女，哪肯多看一眼街头气象？如今不同，八角亭街上看电料行“张金福”开业，店铺的招牌上红绿电灯泡子闪闪亮，路人说：现在阳光抢眼，到晚上亮得更好看；看街上跑消防车，人力式，红色漆水，说是从广州购来的。一路叮当声，头顶竹笠壳的消防队员从南跑到北；又是一路叮当声，又从西跑到东。秋干物燥，到处闹火灾，几辆消防车如何顾得过来？运宝走在街头，他更关注的是罢工，游行，听众人议论时局、议论民生、评价政府作为、月旦风云人物。

见得多，听得多，肚子里有库存，回到河西作时势大开讲。听的人多，槟榔销得快。工友都夸他是角色，没喝过墨水，却有一肚子故事。运宝也得意，自从加入劳工会，他觉得自己有了依傍，特别是腿受伤后，那么多工友关爱他，手牵手，心贴心，让他站得起、走得稳。倒是他的亲戚刘监工，眼睛里夹豆豉，看他横也不是，竖也不是。那天他在厂门口正同搬运工讲起，对河的泥木工人不搭牌楼，将了衙门老爷们一军。说得正起劲，刘监工过来，讥笑他结巴子好讲，说他动摇军心。

运宝回答：说的是工友齐心协力争利益，动摇了哪个的军心？

刘监工说：煽动罢工就是动摇军心。一群懒人起哄子，动不动拿罢工吓人，莫以为蛆婆子拱得磨盘翻。

运宝说：倒要大家评评理，到底哪个是懒人？工友一天忙到黑，混不到三餐；老板拨几粒算盘珠子，什么便宜要占净。特别是那号监工，仰脸讨欢喜，瞪眼吓工人，最可恶！晓得不，你们那叫剥削！

众工友说：是啊，是啊，我们受剥削。

刘监工气得咬牙切齿，说：起哄子有什么用？搭起楼梯扑星星，扑得到？天不会塌，晓得不？

运宝说：工友抱团，什么场合也不怕，天塌自有长子顶。

刘监工被呛得说不出话，走了。一旁的兑生想：运宝好有长进，坏毛病改了，讲出的话有道理。只是自己，如今成了根实竹子，没人开窍，吹不出箫音。

星子跳舞

那晚，石月回到厂里，同兑生、运宝相见，都开心。虽是深秋，仍是燥热。石月说：何不找个地方吹风？

找到仓库楼顶，坐在屋脊，凉快。三个人仰脑壳望天，看月亮，看星星。月亮如盘旋起舞的女子，月晕是她铺开的裙幅，墨蓝的天幕上有群星闪烁，一扫秋夜的凄清。石月指着左边几颗星，问两人：像不像车架子？

两人看不出名堂，石月解释：那是南方七宿的轸宿，轸，就是车架子。看到？“车架子”中间有颗不太亮的星，叫长沙星，对应下界的长沙城。

兑生问：你识得星座？

石月说：我在湖北的水警教练队混过3年，学水上救人，夜里要分得清方向。洋教官要求我们识星座辨方向。

运宝说：我只是听评书《封神演义》，晓得有个二十八宿。

石月说：可惜现在看不到北斗星。找到北斗星，就晓得东南西北。不过，有北极星，好认，最亮的那颗，星在正北方向。

兑生说：北斗星像把大勺，极好认的。

运宝说：勺子舀起一捧珠子，朝天上一撒，就是满天星。

反正是闲谈，不用对本子，不会被嘲为脑洞大开。

兑生问：天上的星座如铸在铁板上，不变动？

石月说：时节不同，位置也变动，所以有“斗转星移”一说。

运宝说：我要能飞上天，就拿起扫把，扫落一片星子，找几颗装在树上好照路。

石月说：不用动扫把，带个篮子，装几颗回来。

正说着，一颗流星，拖抹雪亮的一笔，从星河中滑过，似乎发出“嗖”声。

运宝说：星子起火，有焦味。

兑生说：星子发癫，天下大乱。

运宝说：天上归玉皇大帝管，乱了规矩，坏了秩序，他急。

石月说：急什么。乱起来好，天罡星、地煞星下凡，替天行道。

兑生说：你说的是《水浒传》？

石月说：也是也不是。老规矩是皇帝称孤道寡，之下是士农工商。士有文化，绅士都为统治者服务；农、工夹在中间，受剥削、受挤压。商人游走在“士”与“工、农”之间。你们说，这样的规矩要不要打破？

兑生问：如何打破？

石月说：星子要跳舞，工农要翻身。

哈哈哈哈。兑生同运宝都说：那是，那是。

石月说：现在有个组织，旗帜上一把锤子一把镰刀。锤子代表工友，镰刀代表农友，这个组织要领导工农翻身。

兑生说：这个组织好。

运宝说：哪里找得到这个组织？

石月说：找得到的。

坐在屋脊上开始冷起来，就下楼睡觉。

那个晚上，兑生闭眼就看到星子跳舞。

我问鱼钩：从此你爹就有了觉悟，以后“枪林弹雨一戎衣”？

鱼钩说：那是以后的事。那时他还不懂得“剩余价值”、“阶级斗争”，谈不上什么觉悟，只想改变世道。他入党还在以后。

我问：你是哪一年入的党？

他说：参加工作第二年就入党。工作需要，革委会、党委会开会由我作记录、编简报，内外有别，我不能在组织之外。

我说：于是你火线入党？

鱼钩说：老子熟读《共产党宣言》，熟读“毛著”，早就是党外坚定的布尔什维克，当然要发展我。况且我爹是早期的共产党。

星子跳舞。

兑生也去河东，去文化书社找书看，童童也在，见到学联负责人厚嘴巴皮同童童说话。负责人仍是胸脯挺得高，这次耳朵上夹支红蓝铅笔。童童被他说的话打动，不停地点头，像鸡啄米。他讲话不回避他人，有时还慷慨激昂。见他扬起两根手指，说起两大胜利。兑生不懂哪“两大胜利”，就问。他告诉众人，九月间，粤汉铁路工人罢工十九天，吴佩孚不得不答应工人的要求；安源路矿工人罢工取得胜利，也是九月间发生的事情。

厚嘴巴皮说：其实，搞起大场合要有能干人。譬如说安源路矿搞罢工不容易，矿上很多事情受帮会控制。黑道，成也是他们，败也是他们。我们派出的人先提了一只鸡，两瓶酒，拜访黑帮老大。老头子接受这一拜，当即应允不与工人为难。

兑生暗想，“我们”是指哪一个？

回到厂里，他找石月，说起这天听到的事，问起是不是认识出入文化书社的厚嘴巴皮。

石月笑着说：你关心这些？

兑生点头。石月说：认得的，那是原学联负责人，现在在中共湘区党委。

兑生问：中共湘区党委？以前怎么没有听说过？

石月告诉他，有个一心为工农谋解放的党叫中国共产党。这个党在湖南的组织就是中共湘区党委，更多的细节他没有再说。

兑生哪晓得，石月经常去小吴门外的清水塘，那个地方隐蔽，平房前那棵枇杷树，秋结黄金果，春开白玉花。入夜，陆续有人来到清水塘，一人搬张烤火椅子，坐在枇杷树下，听那位长头发大青年讲古。一口浓厚的湘潭口音，人人听得入迷。

那天说起踩缝纫机的裁缝师傅、剃头师傅、制笔的师傅，还有搞印刷的工友都想组织行业工会。有人错将行业工会与行会混为一谈，就说：行会要不得，迷信。剃头师傅的行会相信祖师爷是吕洞宾，初一十五要烧香，迷信。

又有人说：彭三和制笔的师傅拜蒙恬。蒙恬是哪一个，搞不清。

长头发大青年告诉众人，蒙恬是秦国著名将领，传说毛笔是他发明的。有人说起裁缝师傅的祖师爷是轩辕氏，有人说是天孙。天孙是玉皇大帝的孙女，天孙宫在八角亭斜街子上的白马巷。长头发大青年讲：天孙宫是叶德辉搞起的绸缎行会所。

叶德辉？众人鄙夷，都以为他是头号痞子。有人骂：一块臭豆腐。

长头发大青年说：这个人一脑壳封建主义思想，反对过黄兴，讨邋遢嫌；不过，学问底子还是有的，是版本学专家。哈哈，臭豆腐也可以下饭。

那天，厚嘴巴皮的青年在，像是满腹经纶，说：这些行业都是手工业作坊，不是大工业生产；手工业者不比血统工人，革命性成问题。

长头发大青年说：错了。我们现在搞的是民众的大联合，产业工人队伍要有。前不久，粤汉铁路工人罢工和安源路矿工人罢工，就是产业工人取得的胜利。只是长沙加上善化，统共二三十万人，真正的产业工人只有几千人，手工业工人却有近十万，不联合手工业工人，力量就单薄，是不是?

众人附和：寡妇养崽，亏得众人出力。

长头发大青年说：这个比喻虽说俗气，但是，众人拾柴火焰高。行会要不得，行会是为老板服务，我们搞行业工会，“工”字当头，是为工人谋利益。譬如泥木工人工会，推翻了县知事周瀛干“永不加价”的说法，让工人的工钱由二角七涨到三角四，工人就乐意。

厚嘴巴皮还在嘟哝：觉悟太低如何办?

长头发大青年说：组织起来后，可以通过学习提高嘛。哪个天生觉悟高?

众人点头称是。

皓月从疏云中露面，有蓝天的映衬，添些皎洁。听君一席话，胜读十年书，聚集枇杷树下的众青年，似乎对前景有了清晰的轮廓。这群人中的石月，不久加入了共产党。

年过完，运宝有几天没有去卖槟榔，问起，他腿肚子被铁丝划破，腿股间又生疡子，走路就痛。兑生扶着他去西医诊所。医生说是腿部伤口引起淋巴结炎，先为伤口消炎、敷药。没过两天，疡子消了，运宝又可以卖槟榔。

自从湖南第一纱厂改名华实公司，开年后立马裁员。监工中也有明事理的，说裁员是敲人的饭碗，要慎重。只有刘监工耀武扬威，将“裁员”挂在嘴巴上喊，逼着工友拼死玩儿命地做事，哪个不服，就威胁要裁掉哪个。姓李的工友老实巴交，也是腿间生痨子，走路时发疼，腿脚慢，被刘监工撞到，冲他屁股上踢一脚。李工友回头说他脸上无肉，剜心刮毒。刘监工说：敢骂老子，报应在早晚，过两天裁了你！

过几天厂方果然以“开支甚巨”为由，一次裁二百七十多人，李工友就在其中。李工友以为断了生计，一头栽到水塘中，幸亏被人救起。这件事传开后，厂里炸了锅，将要被裁掉的工友都向石月讨主意。石月挠头，兑生说，有主意，“要治痨子先治伤”。石月问：如何扯上痨子？

兑生说：伤口涂上药，痨子自然消。厂方不是说裁员是监工的主意？先给这些监工下药，让监工同厂方狗咬狗，就会露馅。

石月懂了。发动工友发传单，揭发监工迫害工人，特别点了刘姓监工的名。又让《大公报》登出《纱厂工人揭露监工任意裁减工人》的文章，急得监工们跳起脚申辩。刘监工走路都提心吊胆，人在前面走，后面泥团子砸他脑壳，不出血也要起“宝塔”。他逢人便告：我有什么本事能开除工友？监工们也在《大公报》登出声明，说明纱厂裁员是老板的主意。厂方的阴谋被揭露，石月集合被裁的工人组织一个“被裁团”，正式致函华实公司，要求“复缺”。商量半个月，厂方顶不过舆论压力，只好同意被裁的工人复工。

石月夸兑生：你是军师，“要治疡子先治伤”的主意好。

兑生暗喜：月亮发慉，星子跳舞，好开心。

复工取得胜利，火烧起来，焰子燃得上屋冲顶。工友决定把纱厂原来的工会改为俱乐部。

星子跳舞。

长沙城里闹场合，麻石板上要开花，城里工友要当家。店员工友、茶居工友、箩码头的工友、做油漆做铜匠的工友、跑陆路的邮政工友，跑水上的划夫工友都成立工会。人力车行两千多工友集会，反对车主加租。

六月初，泊湘江大金码头的“武陵丸”上的日本人行凶，开枪打死两个市民。这还了得，全城好多学生和工友教育坪开大会，抬尸游行。全城罢市、罢工、罢课，不把米和菜卖给全城的日本人，让你个东洋矮子啃木屐底。火车站查出的六百多箱漂白粉都倒在了湘江中。日本人就开军舰来，长沙人不示弱，军舰开上岸老子也不怕。

城里闹起来，赵恒惕慌了手脚，通令抓人，抓得到？省学联发表局势宣言：自治的实质是联省割据；湖南自治其实就是赵恒惕专制。

两只水鱼互咬

六月底孙中山委任谭延闿为湖南省长，赵恒惕和谭延闿，这个是省长，那个又是省长，一省两省长。谭延闿组织讨贼军，赵恒惕组织护宪军，讨贼军和护宪军从衡阳打到易家湾。赵恒惕部下朱耀华反水，赵恒惕匆忙东逃到醴陵。才过十几天，赵恒惕杀个回马枪，在易家湾打败讨贼军。赵恒惕联络吴佩孚，吴佩孚属北洋军阀，局势发展乱捣浆——北边的北洋军阀和南边的革命政府架枪架炮，选在长沙附近交火，长沙人民活受罪。

眼看到九月，一早伍先生拍门，罗夫子睡得眼屎糊糊，开门，愠恼：清早，有什么好事？

伍先生手背在身后，说：今天起三伏。头伏鸡，二伏狗，三伏水鱼口里走，去吃水鱼。

罗夫子不耐烦，说：头伏你找上门，让我请你吃吃路边荆焖叫鸡，催我上街买路边荆，催我杀鸡，害我割手，记得？

伍先生笑，说：记得。记得。

罗夫子说：起二伏，你又找上门，要吃狗肉。说还想吃条鳜鱼。我买狗肉，买鳜鱼，剖鱼时，背鳍刺扎手掌心。你吃得甩脑壳，我痛得钻心。

伍先生说：那是，那是。

夫子说：今天又是什么馊主意？

伍先生说：今天三伏，要吃水鱼。我请客，去临江楼，那里的红煨水鱼裙边味道一绝。我们有味同享，有账同担。

夫子骂：呸！我怕你是吃多了水鱼打鳖讲。说请客，却要有账同担，吃你一回水鱼还要付自己那一份账。不去！

伍先生暗笑，手一抬，从身后提出水鱼，不止一只，两只水鱼四只绿豆眼对望，时而伸长颈脖互咬，时而缩头缩颈。他还带来一瓶“竹叶青”的好酒，说：这就是有账同担。

夫子接过两只水鱼，笑着说：不大不小，正好。吃水鱼有讲究，太大肉老，太小肉少，以马蹄般大小为好。

只是摆上砧板，水鱼脑壳缩在壳里，如何杀？伍先生主张让水鱼咬筷子，待到它伸长颈脖时斩立决。试过两次，就是不伸颈。夫子说：我试试。

他让水鱼四脚朝天，水鱼颈脖伸出，想反转乾坤，快刀急斩，奏效。跟着热水褪去粗皮，放白胡椒，用急火蒸。夫子问：为何定要我掌勺，我做的好过临江楼？

伍先生说：你蠢。谭祖庵的讨贼军到了河西，驻扎岳麓山、第一纱厂，同赵恒惕的护宪军隔江相望，去临江楼不是送死？

夫子说：两只水鱼互咬。

伍先生说：赵恒惕招来日本人的军舰，舰头架炮指着岳麓山，舰尾上的炮筒子瞄准第一纱厂，两军一交火，莫说吃水鱼，只怕会喂水鱼。

夫子说：赵恒惕不是谭延闿的下属？再说，“联省自治”本是谭延闿主张的，相煎何急？

伍先生说：孙逸仙、谭祖庵、赵恒惕，这当中的恩恩怨怨说来话长。

夫子说：话搁一边，吃水鱼要紧。

端上大瓦钵，先喝水鱼汤，伍先生仍是话痨，又讲：论起来谭祖庵的爹谭仲麟任两广总督，杀了孙逸仙的战友陆皓东，本是血仇；护国战争后，袁世凯要惩处谭祖庵，孙中山不念旧恶，接纳了他。

夫子说：继续讲，你喷口水我吃菜，讲哪！

伍先生又说：赵恒惕跟随谭延闿，反袁失败，被袁世凯关在北京，又是谭延闿花大笔银子救他出来。

夫子问：为什么两人闹得水火不容？

先生说：谭祖庵当了湖南总督，没有给赵恒惕一点好处，姓赵的握有军权，说反就反。

夫子说：还是两只水鱼乱咬。

伍先生看到罗夫子啃光了一只水鱼的裙边，连忙夹起另一只，说：你咬得当然我也咬得。

夫子说：你口水足，继续讲。

伍先生使出乾坤收罗大法，将水鱼裙边塞口中，然后说：哎哎，月旦人物，倒有个说法，极确的。吴佩孚是刚愎自用，段祺瑞是刚愎他用，谭祖庵是柔愎自用。

夫子问：段祺瑞为何是刚愎他用？

伍先生说：老段信得过的是徐树铮，任他一意孤行。姓徐的文武全才，但性格刚直，白眼看人。所以说段祺瑞刚愎他用。

那谭延闿呢？柔愎自用？

伍先生说：外面叫他水晶球，从来都是绵里藏针，是不是？

夫子呵呵两声，喝杯酒，大嘬水鱼汤，说：你不是把个谭延闿搬上了神龛子？

伍先生说：性格使然，性格使然。

说罢，端过大瓦钵，干脆吃得渣都不剩。

到十一月，广东方面陈炯明逼宫，孙中山让谭延闿回师挽回局势。谭、赵之战打了三个月，算是停下来。

又聚会·折叠式轮椅

同学又聚会。这次，发起人其言也哀，其情也切。说同学某某某走了，某某某也走了，剩下的同学再不相聚，可能以后见面都难了。话说到这个份上，不能不去。

聚会地点定在望城，长沙西北面的卫星城。同学陆续来到下榻的宾馆，可惜，不见鱼钩。女一号来了，坐轮椅，好像是摔了一跤，腿骨断了。这次聚会不美满，先是接到电话，一位从邵阳来聚会的同学突然昏倒在汽车西站的马路边，被送去航天医院，要马上派人去接应。等到我们乘租车赶到医院，还算好，同学只是低血糖，注射过葡萄糖已能挪动。接了这位同学，回到驻地，当晚，一片觥筹交错。席间，我问起鱼钩，没有人说出他的去向。女一号想说什么，最后还是讳莫如深。另一位同学老年痴呆症发作，整晚不睡觉，要去马路上走，只好委派人整晚跟着他。

第二天游历靖港。

枯水季节，车沿湘江行，见水落滩升，江心的滩涂如壮士袒露黧黑的胸膛。水势小，仍见百舸争流。傍岸杨柳，不成林，仍垂万千丝绦。江流迂回处有积水，囤留些上游冲下的垃圾，也生暗绿的丝草。沩水横斜，在靖港以南并入湘江，沩水之上有公路桥，堂皇；过桥，再看湘江之上，连接靖港镇和铜官镇的大桥在建，有气派。前面是靖港镇，老远看到新鬃的瓦顶的灰脊，成片的白壁墙，隐约看到石碑坊。

车上，女一号叫住我，让我下车后推她乘坐的轮椅，老同学，敢不从命？同游靖港一条街，就见紫云宫、杨泗塔。杨泗塔在杨泗庙前，灰色的五层塔楼，拔地而起，如竹节般单瘦、直削。以前知道湖湘一带多处有杨泗庙，杨泗是谁，感到陌生。这次欣喜地知道，塔为纪念南宋农民起义领袖杨幺而立，杨幺即杨泗，在家排行第四，是最小的儿子，望城、宁乡一带，将小儿子叫幺儿。杨幺曾同方腊、钟相在洞庭湖一带并肩作战。

推轮椅，走得慢，落在最后。女一号突然对我说：你打听鱼钩？

我说：是啊。一年前我在岳阳见到位测字先生，好像是他。

女一号说：肯定是他。

这么肯定？

女一号说：是的。几年前，记得是国庆节，那天他来看我，不瞒你说，那天两个人都说了些动感情的话。他虽说在政府部门工作，但是家庭破碎，老婆在美国过得优哉游哉，打电话就是找他要钱。鱼钩问起我，告诉了他我的近况，我马上要退休，准备去一趟新疆，沿途经过吐鲁番、乌鲁木齐。他当即劝阻，说去不得，也没说出理由。我在吐鲁番出车祸，腿骨断了，回来后，他又来看我，说他早已经料到。

为何？

女一号说：他说，“疆”字，两个“田”字是车轮，一在上，一在下，翻车之像。

我问：那这边的“弓”和“土”呢？

女一号说：他说，古代的“疆”没有这边的“弓”与“土”。

确实，确实，先见之明。

女一号说：他又说，他若失业，可凭测字为生计，家财万贯，不如薄技随身。看来，他的确能测字。……我治伤出院后，有人来看我，带来一台“绿意”折叠式轮椅，就是这台。

她拍着轮椅说。又问：他坐过牢，你晓得？

我摇头。

女一号说：送轮椅的就是监狱的管教员，一位年轻人，很人性化的。说起鱼钩在监狱表现很好，同犯人关系都好。他能测字，测得又灵，犯人都将他看作半个神仙。他已经同老婆离婚。

我问：是不是出狱了？

女一号说：应该是，只判两年。可能是不好意思，一直躲着我们。

我问：为什么坐牢？

女一号说：不清楚。我只求你一件事，一定找到他，安慰他，表示我对他的感谢！

君子一诺，千金不移。

我们继续看靖港街上砖木建筑的房屋，看来眼熟，在乌镇见过，格局大同小异，楼下开店铺，楼上住人。有圆木铺、秤铺、铁匠铺，多为旧时代店铺的“克隆”，有商店卖特色小吃，无非是湖南到处有的油粑粑、发糕、芝麻团之类。只有胡椒饼、桂花糖还算久违。又见到湖南省委旧址，见到宏泰坊。宏泰坊是清代妓院，重建后被当作景点，是不是昏了头？在靖港吃上了当地著名的“八大碗”。两天后，女一号回了株洲。

“安的摩尼”·“坛主射的”

我不失约，回到长沙后，认真将女一号的嘱托当重要事情办。我去“同化”，就是原来的桐花新庐，鞋底拍锁，进得院子，发觉富贵竹和发财树连同那两口缸都不见了。闲花杂草铲走，只有空坪，泥地上有车胎痕。仍是没有鱼钩。“同化”是不是转让或出租了？鱼钩学会了开车？

我在“同化”对面街上找间旅馆住下，晚上在附近转圈。当晚看到“同化”有小车驶进，跟着楼上有灯光，窃喜。我急忙跟进，上楼，惊愕。不止我惊愕，“歪嘴子”或说是鱼钩也惊愕。他盯着我，我盯着他，一两分钟后他开腔：终于被你逮到了，先去吃饭。

我虽说填过肚子，还是陪他去饭店。高档饭店，安静的单间。他叫了一桌子菜，叫服务员上最好的酒，说：老子今天高兴！

就品尝桂花鸭子、东江翘嘴鱼。他嗜酒，我不贪杯。他喝过两杯后给我订规矩：今晚我继续讲故事，其他的莫问；明天你陪我去南边，路上什么也莫问。后天或者大后天，我什么都告诉你。

我首肯。

当晚，他摊开打包的吃剩的桂花鸭子和东江翘嘴鱼，倒酒，边喝酒，边讲，讲古。我提醒他，上次兑生的故事说到赵恒惕同谭延闿打仗，好像是民国十三年的事情。他就从民国十三年开讲……

民国十三年，那年头国民党还革命。四月间，广州成立黄埔军校，校牌子是谭延闿的翰墨，字为麻姑体，大气。校长就是蒋介石。当时，胡子叔叔和姓夏的厚嘴巴皮都是湖南国民党省党部的临时执委。这年四月，兑生参加了石月组织的第一纱厂的罢工，要求增加工资。厂方开始拒绝，说是亏损太大,后来搪塞不过,给细纱部工友增加少量工资，那点子钱，说是胡椒，不辣；说是盐，不咸。

运宝照常卖他的槟榔。从河东回来喷口水，说城里开运动会，湖南、湖北、江西、安徽四省派队伍，湖南人霸得蛮，拿个总分第一。又讲起新修的又一村到水风井的砂石路上，头一回跑乌龟壳子，一辆法国牌子的私人汽车，是湘雅医院院长的车。再告诉众人，天心阁增盖古香古色的楼台，成了公园，进公园，一张门票两个大毫子。众人说他报喜不报忧，要打散场锣鼓。他又讲起听说宁乡发大水，水势猛，县城的玉潭桥 24 个桥墩子被冲走 11 个。桥墩子都冲得走，倒房塌屋、淹人毙狗更不在话下。造孽啊！满河浮尸。

余三先生找过兑生，伯侄间话不投机。三先生想他辞去第一纱厂这份工，去锡矿山为他看账、管账，免得“穿柜桶子”。兑生不愿意。三先生恼怒，抱怨：这都不肯照应，还成什么伯侄？

那年，三先生没叫他去桐花新轩团年。他同运宝挤在工房里吃了半个月煮白菜。

兑生心上空荡荡。上一年，他晓得石月加入了中国共产党。秋天，石月发展他入了纱厂的社会主义青年团，自此，他做什么事都认团组织。只是到了八九月，石月哥不见人了。去文化书社找胡子叔叔，只遇到姓夏的厚嘴巴皮。夏某问：你是什么人？有什么事？

说出自己是第一纱厂的工友，想打听一个人。

他说出石月的名字，夏某说：他哟，被派到苏联去学习，现在只怕在莫斯科红场上喂鸽子。

难怪。

少了掏心窝子讲话的朋友，兑生眼前慢慢悠悠走一片云，有时过一阵雾，陡然想起黑麋峰上和尚的谶语。细一琢磨，是了，灵。“遇心而悦，愿结良朋”，应在桐石村的菊心和细妹身上，细妹叫戴美心，这两人都是自己心上的女人，真是“逢心而悦”。“逢月而脱，脱胎换骨”——自从结识了石月，自己换了一个人，做事不再“响炮仗”。再说，同余三先生脱了干系。只是“附虫而蜕，留取肉身”，不晓得应在什么事上。

盼石月，一直等到过年。那年直到年三十，三先生也没找他，他仍是同运宝守在工房辞岁，只是年前运宝打了条在外面蹿食的狗子，桌上多了盆狗肉，还有一碗火焙鱼。同三先生的情分越来越淡。

到了民国十四年，三月间，孙中山在北京逝世的消息传到长沙，城里大小衙门下半旗，致哀。军政要人，社会贤达纷纷出手写挽联。伍先生当然不甘人后，运思成联，那天一早，拿着挽联稿找罗夫子，让欣赏，让刊登。罗夫子打开挽联：

革命虽未成功，赖有同志遍世界；
吾辈自应努力，毋徒挥泪哭先生。

罗夫子夸：写得好，写出同盟会老同志的情意。

伍先生说：文字功夫上，谭祖庵是高手，他的，我背得出：

开中国新纪元，其事千古，其名千古；
与卢梭相辉映，泰东一人，泰西一人。

夫子说：谭延闿的字好，我认；若说文笔、文胆，却不算头牌，甚至输与段祺瑞跟前的徐树铮。徐树铮在欧洲考察，发回的挽联已经登出，好足的劲势。背给你听？

伍先生点头。夫子就背：

百年之政，孰若民先，曷居乎一言而兴，一言而丧；
十稔以还，使无公在，正不知几人称帝，几人称王。

伍先生说：写出了孙逸仙历史上的建树，难得。

那年头，长沙多事。三月间南门外发大火，两千多户人家被烧得乌焦墨黑，有的人家连衣物被盖都没有抢出，人被烧死二十几个，救火队员顶着打湿的破絮被救人救火，遇上垮梁塌屋，烧死八个，全城感动。

六月间，四乡青黄不接，饥民一浪一浪涌入长沙，能讨则讨，能盗则盗，白天成群结队，晚上就地摆咸鱼条子，吓得姑娘大姐断黑后不敢上街。赵省长干脆下令，每晚八点后全城特别戒严，肚子填不饱，晚上没有办法安睡，灾民泪眼婆娑，逃出长沙城，此后封城门。

封城易，封口难，宪政搞了两三年，百姓得不到实惠，日子过得紧巴巴，自是牢骚冲天。赵省长下“四斩”令：“宣传过激者斩，扰乱军心者斩，造谣生事者斩，扰乱秩序者斩。”“四斩”令一出，罗夫子嗤的一声冷笑。伍先生说：斩来斩去，斩断报馆生涯，你的饭碗碎成了瓷瓦碴子。

夫子说：不要幸灾乐祸。天底下哪有靠“斩”字能维持的统治？

七月间，英国、日本洋行在长沙的横行霸道，秧鸡子跳上笼子耍威风，长沙的工人、学生气不过，如何办？给秧鸡子拔毛。只一两天，洋行的广告牌子都被捣烂，墙上的广告画统统撕下。还不解气，就商定，不卖燃料给英、日轮船。再有，市场上不准买卖英国亚细亚的煤油。英国商人当年阴脐烂肚，挤走兄弟烟草公司生产的“爱国牌”香烟，让“哈德门”的烟霸占市场，如今查烟档，不准经营“哈德门”；日本人的“仁丹”也不准卖。同时，日清公司和戴生昌公司的轮船也没有人坐。英、日奸商气鼓鼓。赵省长也有“德政”，对学生、工友的行动，睁只眼，闭只眼，私下认同。

这年，西牌楼有了间正正规规的百合电影院，坐得八百多人，城里人争看电影。

那天，三先生又找到厂里，兑生本想避开，但见到罗夫子同伍先生同来，躲闪不得。三先生咳个不停，边诉苦，说经常去新化，力不从心。不去，投进去的银子化水。兑生不吭声。三先生吐出口老痰，喝几口水，认错，说是这几年忙得筋斗发滚，有两个年在矿上过，疏远了亲侄儿，心上不安。然后说，想让兑生替他去锡矿山代理财务。兑生脑壳偏在一边，不吭声。伍先生发话：三先生吐出肺腑之言，听他一说，连我们也为之动容。莫赌气，懂事些，应承三先生，大家心安。

兑生心挂工会，也想到同运宝相依为命，不想离开纱厂，就是不出声。三先生掀开衣服，拿出折成四正四方的纸片，说：娃儿，这是“桐花新轩”的房契，今后留给你，你真不答应，我什么都断了想头。

罗夫子也说：都是上年纪的人了，要你们后生子帮衬。

兑生说：想好了我再给回信。

话去得柔和，三个老的不好强求，说起其他事情。说起锡矿山的矿产，罗夫子说：其实，锡矿山并不产锡，产锑，以前叫作“安的摩尼”，南门外灵官渡一带原来有华昌炼锑公司，规模大，用的矿石来自益阳板溪和新化锡矿山。

伍先生说：华昌的老板梁焕奎是个角色，五兄弟出洋留学，学的都是采矿、炼矿，只可惜这几年生意上亏了，公司垮了。

三先生说：华昌公司规模太大。梁焕奎采用赫伦士米德炉炼砂，成本高。新化一片都是土炉子炼，浪费大，但是亏损少。再有，梁焕奎读书人出身，儒绅，不懂得唯利是图，落井下石。

罗夫子说：儒绅玩不过劣绅。

又说起新化，伍先生讲，原是梅山蛮的地皮子，北宋年间“开梅山”，上梅山归化朝廷后置县，是“王化之新地”，县名新化。下梅山也置县，取“归安德化”的意思，就叫安化。

兑生误将梅山当作煤山，脑筋没有转过弯，想：你们几张嘴巴，一会儿是锡矿山，口风一转锡成了“锑”；一会儿搞出个洋名字，叫什么“安的摩尼”；一会儿又说是煤山，到底是什么呢？管你上煤山还是下煤山，莫说“煤山”，金山、银山，我也不去。

伍先生还在讲梅山蛮流传下梅山教，花样多，过年要喂树吃饭，将个狗子当作神，供奉张五郎为神坛坛主。张五郎会射箭，新化人咒人时骂“你这坛主射的”。

兑生以为这些都属“洋五六”：给树喂饭，树吃了饭会打饗嗝。狗子当作神，哪个还敢吃狗肉？“坛主射的”？坛子菜是腌渍的，不是射的。总之，就是一条，打死不去新化。

又扯到长沙跟前的事，警察厅厅长张辉瓒杀了胭脂虎刘麻子。

伍先生说：胭脂虎。刘麻子白白漂漂，并不长麻子，姿色好，人风骚，专门引诱良家妇女卖淫，“书罪无穷，流恶难尽”。

罗夫子说：杀她那天，她赖在地上死活不肯走，棘手。

三先生问：如何办？

夫子说：好办，找只大箩筐，两个人抬着她到刑场。

伍先生说：长沙近来咒人的口白是“你这坐箩筐的”。

三个老的你一句我一句，一个年轻的撬口不开，却在想，同是咒人死，新化人的“坛主射的”和长沙人的“坐箩筐的”各有说法。

后来不欢而散。

百合电影院·锑业公会·商团

说到张辉瓒，都记起，毛主席诗词中有“齐声唤，前头了张辉瓒”。鱼钩提醒我，张辉瓒的坟墓在岳麓山，麓山寺的东边，修得极好的，风水宝地。我不以为然。风水是为了庇荫后人，我同张辉瓒的孙子笑培是朋友，笑培的命运就不算好。我记起，笑培人生得高高大大，篮球打得好，是中学体育教师，那年头受了不少委屈。他在前面走，有一群调皮伢子在他身后唱：齐声唤，前面捉了我爷爷。

笑培气不过，回头责问学生。学生理直气壮：没错！“齐声唤，前头捉了张辉瓒”，毛主席诗词，你要如何？

笑培自认晦气。后来，他兼职，在烈士公园教人跳舞，他的舞跳得好，自编了交谊舞教材，只是教跳舞的情景难堪，有些类似北京老天桥的杂耍。烈士塔前的广场上，一块塑料布铺在地上，有台卡式录放机，播放舞曲，愿意学跳交谊舞的，朝塑料布上扔钱，感觉他已显潦倒。最后，他被朋友请去洗桑拿，死在按摩床上。

我说到桑拿，说到按摩床，鱼钩脸上滚过一阵乌云。

催促他继续讲古，老半天后他才开口……

过了几天，运宝一团子喜气，对兑生说：明天歇礼拜，你我去对河，去西牌楼看最新奇的电影。

兑生说：不就是高级影子戏，有什么新奇？

运宝说：只管跟着我，保你欢天喜地。

拗不过运宝，礼拜日，运宝扯起兑生去河东。入了百合电影院，最后一排入座。兑生说：人家看戏抢前排，你怎么搞到最后一排？

运宝说：乡里宝，不懂经，看电影坐前排要伤眼睛。

那天看的是孙中山的葬礼《奉安大典》，旁边的座位上一直没有人。影片播完，跟着上映《难为了妹妹》。兑生眼睛发胀，旁边的座位上挤进个人，一把握住他的手。兑生差点要叫出声来——是石月。有好多话要讲，三个人走出电影院。石月说：好高兴，今天我请你们吃绿豆沙。

三个人来到卖冰水、汽水的小店，坐下，讲这讲那。吃完绿豆沙，石月说有事要离开，嘱咐兑生下个礼拜日去文化书社找他。

兑生在焦急中度过了一个礼拜，运宝“吃醋”，自言自语：只找你，不找我，我就不是他的朋友？兑生只是笑。

赶到文化书社，石月已经在那里等候。跟着石月上楼，见到一位眉目俊朗的姓李的先生。石月向他介绍兑生，说兑生参加过驱张斗争，积极投入第一纱厂的罢工运动，是社会主义青年团员，靠得住。李先生说：那好，那好。想你同石月一起去锡矿山，将那里的工友发动起来，愿意？

兑生想，跟着石月不会错，点头。

李先生说：要些胆识呢，想清楚了？

兑生记起“枪林弹雨一戎衣”，又点头。

李先生有其他事情要做，兑生跟着石月下楼，问：你怎么会挑中我？

石月说：以你我兄弟的情分，不挑你挑哪个？再说，你伯父在锡矿山有生意，你也有个掩护的身份。

兑生说：我同伯父几乎断了往来，再去找他？

石月说：当然。以事业为重。

兑生买一包冰糖，几个梨子，进桐花新轩。三先生病在床上，咳个不停。兑生给他煮一锅梨子冰糖水。他告诉三先生，愿意去锡矿山。三先生点头，撑起身子写封信，交代他找到利禄长矿，信交给账房贺先生。反复叮嘱：锡矿山百多家公司，黄猫子要扑食，白猫子也要扑食。大小矿主得服从锑业公会的号令，锑业公会下面有武装，叫商团；商团有五十几条长短枪，动不动开枪打炮，捉人打人，得罪不起。锑业公会中，畴福堂大矿的主事人庚爹算是明事理，人也厚道。总而言之，矿上这一坝水深得很，切莫冒冒失失。凡事莫发懵。

挤皮芋头·吉吉仔·利禄长矿

那天，收拾简单行装，一口大藤箱子塞不满。临走，石月要在箱子里寄点东西。同石月上路，听石月讲苏俄见闻，讲俄罗斯的彼得大帝和叶卡捷琳娜建立起个好大的帝国，城墙如何坚固，大炮筒子大得能塞得进人；冬宫、夏宫何等金碧辉煌；兔子岛上的监狱何等森严。兑生听得云里雾里。不禁问：你到苏联为看大场面？

石月讲：不是哩，是听课，听工人、农民演讲，说他们如何夺取政权，听党的工作者讲人民代表大会召开。开大会，安排农民代表住冬宫。冬宫好多美女雕塑，农民伯伯喜虫子冲脑壳，就在雕像上写“美女美女我爱你”；宫中大房间有大理石的洗澡盆，好贵气，农民伯伯就近方便，屎尿拉在大理石洗澡盆里，臭气熏天。

兑生问：怎么会这样？

石月说：是呀。列宁同志那天去冬宫看望农民代表，气得小胡子翘动。当即说，要教育农民，提高他们的觉悟。

兑生说：我们这次去的是工矿，教育工友？

石月说：矿山上的工友其实都是四乡贫苦的农民，当然要提高他们的觉悟。一座矿，建起来不容易，破坏它，动炸药，什么都炸光，同样断送工友的生计。

兑生想到运宝竹篙横扫桌上饭菜，点头，说：发不得懵。

石月说：其实，发懵就是发猛，推翻反动派这样的大事，不勇猛不行。不过，发懵之前，还要想计策，动脑筋。

他突然问：喜欢吃芋头？

兑生说：当然。

石月说：芋头不能连皮生吃，生吃哨嘴巴会发麻。只凭几两力气冲杀，那不是发懵，是发蠢，发宝气，如生吃毛芋头。要吃就吃挤皮芋头，烧锅滚水把芋头煮得烂熟，两手一挤，白糯糯的芋头毫不费力地脱皮。力气上拗不过反动派时，就要吃挤皮芋头，借力打力。

兑生说：那是。

石月说：锡矿山不简单呢，四万多工友，一人一条筋要拧出粗缆绳，捆得龙来缚得虎，是不是？不过要拢合起四万人的心性，好多艰难的事情要做。

兑生点头。

经过株洲、湘潭，歇一宿。再经湘乡、棋梓桥，过水府庙，好大一片水泊，又歇一宿。再向西，到涟源。兑生草鞋磨出洞，脚上打起泡，买双新的。石月说：新草鞋上脚割脚板，不如穿我脚上的旧草鞋，舒服些，我穿新的。

兑生说：岂不是让你挨割？

石月笑说：以旧换新，划得来。

其实，穿旧草鞋走路舒服。接受石月的爱护，心上一团子暖意。石月告诉兑生，就要进入新化县境。离锡矿山不远了。

就要到锡矿山，兑生一团子劲。走出十几里，喜气受挫：这片农村同桐石村不能相比：地，板实；山，呆滞。说它荒凉吧，又生些高高矮矮的板栗树、枞树和槭树，扭枝拗干叶枯黄，只能遮掩一片泥坡；说是了无生趣吧，听到有窸窣响动，一条灰不灰黄不黄的四脚蛇从落叶间钻出，探头探脑，抖掉头上的草梗子，倏地蹿入草丛中。看山间，一大片山像剃过后的癞痢头，山间有宽广的洞穴，洞中躲老虎，藏巨蟒？恐怕都不是。石月说那是废弃的矿洞子。想象中的矿山应像花果山，水帘洞，还有矿石洞；采矿应当像从洞中搬运奇石、奇瓜、奇果。到这里一看，哪有花果山，哪来水帘洞，只有啰嗦山，尴尬洞。荒山野水，能搞起工人运动？不禁脱口而出：没一片好山，没几处好田，什么好景致都看不到。

石月说：初来乍到，莫嫌景致不好。新化的美景多哩，今后带你到大熊山，有岩有瀑，有树有花，到了春天，一山的草木香味；说田，紫鹊界的梯田，像是水波纹，一圈圈的，好看得很。莫小看这新化地头，了不得，男人会武功的不少，你同他贴心，他为你拼命，敢争敢斗的多，阴脐烂肚的少，发动起来，不只是“枪林弹雨一戎衣”，是“枪林弹雨大家冲”。

当晚在浊水塘借宿祝爹家里，他儿子都在矿上，有个孙子。益阳称爷爷为爹爹，祝爹为人随和。问起，什么都肯讲，说是命苦：两个儿子都是矿工，大儿子人老实，孙子吉吉仔两岁的时候，儿媳妇受不得穷，跟人跑了。

石月问起：老二呢？

祝爹说：不学好，好赌。儿子长年在矿上，不回家。

在这家吃晚饭。石月让开藤箱子，从寄存的包里拿两封切丝烟，给祝爹。祝爹眯起眼，看到切丝烟，连声说：好货，以前我抽过“哈德门”。

石月说：听您口音，像是益阳人。

祝爹说：是的，我是老矿码子，以前在益阳板溪梁焕奎先生的矿上做，板溪也出“安的摩尼”矿，只是益阳的矿品属花沙，比不上锡矿山的青沙。不过，板溪矿上做事稳当，下矿有电石灯照明，开采用空气钻孔机钻孔，洞子通风，用木条子支撑。工钱虽不高，但是不克扣，抽得起“哈德门”。

兑生想，梁焕奎这名字听到过。

石月问：为什么到这边？

祝爹说：益阳那边炼锑成本大。梁焕奎发达后，其他矿家、厂家一翁上来，土法炼锑，成本低，浪费好多矿石。梁先生是学问人、规矩人，其他矿主乱搞乱发财，他斗不过。

兑生惊叹，祝爹懂得多。

祝爹继续讲：后来外国人不打仗了，锑要得少，价钱猛跌，几年前华昌公司破产，我们只得到这边来寻生计。

石月问：这边矿上如何？

祝爹说：莫提起，这边矿上靠发死人财。天生露头的矿苗多，打个洞子，放几炮，刨矿石就是，都是青沙。下洞子哪有电石灯，烧茶油，烟子熏得眼睛红肿，我这双眼就被熏坏。

石月问：其他矿码子生计如何？

祝爹说：只能混口饭吃。打洞子就出矿石，想当矿主发财的多。有句话叫“心不狠，手不辣，难得有财发”，老板只顾逼着矿码子下洞子。通风？靠几台脚踩风扇，送得进几多风？洞子里臭得人作呕。你也打洞子，我也打洞子，争得打开脑壳。姓杨的、姓段的大矿霸，还有几个恶霸把持了矿业公会，有枪呢，长短枪五十几支，哪个不怕？矿码子只得任他们鱼之肉之。

说话间，祝爹的孙子吉吉仔捡野砂回来。问他是不是读点书，祝爹讲：穷得衣裤变了筋，肠子贴了背，哪有钱读书？

吉吉仔放下背篓，拿出串“鬼爪子”[1]给兑生，说：爬上树摘的，你吃，沁甜。

尝一撮，果然甜。

吉吉仔说：喜欢吃，下次再摘，我爬树快，其他伢仔比不上我。

---

① “鬼爪子”：学名枳椇，糖分高。又叫鸡距子、鸡爪子、万寿果、金钩子。

又说：我想听你讲故事。

兑生就给吉吉仔讲唐僧取经的故事。

当晚同石月挤一铺。睡不着，兑生问：到矿上，要我做什么？

石月说：三件事。第一桩，去余三先生投资的利禄长矿上住几天。

兑生说：打理生意？

石月说：生意在其次，去长见识，不在被窝里钻就不晓得被窝好宽。不晓得矿上情况，如何发动工友？

兑生说：第二桩？

石月说：操嘴巴皮。口水要足，要能说得花篮子打得水，水上点得灯，才能发动众人。当年李隆郅[①]先生在安源矿上，从“工”字说起，说“工”字为大，上顶天，下立地，立马收得人心。

第三桩？

准备教书。

兑生说：私塾我都没进过，空口打哇哇？

石月说：你在余三先生跟前操练过学问，不怕的。当年你那“枪林弹雨一戎衣”的句子，就不错。

还想讲，瞌睡上头，石月已经打鼾。

---

① 李隆郅：即李立三。无产阶级革命家，中国工人运动的杰出领导人之一。

三桩事，从第一桩做起。到了余三先生投资的利禄长矿，见贺先生，递过余三先生的信。贺账房点头。问到矿上生意，贺先生叹气，说是斗不过地头蛇杨次伯，利禄长矿上外地矿工多，姓杨的挑拨新化人排挤外地人，采矿时采时停。兑生只为长见识，不过问账务，成天同贺先生“扯卵谈”，听讲古。

……办矿，要从光绪年间陈宝箴做湖南巡抚讲起，他推行新政，办起湖南矿务总局，让个姓邹的局子里当提调。姓邹的有位姓晏的亲戚，姓晏的找个姓刘的搭手，带上罗盘走新化的陶塘、洞下、七里江，当地人说是来了“打缎子伞，骑无角牛”的风水先生。其实，缎子伞就是阳伞，无角牛是指他们骑的马。这两个人勘探到这一片到处是露头的锑矿，就雇炮工，雇搬运工，姓晏的办起巽禄采矿公司，姓刘的办履和玉采矿公司，各占几十亩地。

……到了戊戌年间，湖南矿务总局在新化设立官矿局，官矿局顶着个“官”字，样样插手。有个童矮子，卖了家里六担田，用这点钱巴结人进了官矿局，只两三年就发了大财，在家乡买进 2000 多亩地。

……以后，挤到新化办矿的多，公司多，大同镇的“石利和”、洋溪的“天生”、湘乡人办的“普利”，多得很。刘铁逊、杨执中倚仗官矿局的势力，把持矿业公会，什么事都要顺从他们，听鼓下桡。他们手下有帮派。恶叫花、二流子都入帮派。各帮各派动不动开打，打起来小把[1]、流星[2]一齐上，流血死人。兔子寨的肖驼子就是帮派头目，最恶。

---

① 小把：即匕首。

② 流星：流星是一种软兵器，流星绳索长约一丈五尺，绳端有一小铜锤，猛然一抖，锤则一窜而出，有如天上流星。

算术题·办小学

贺账房让兑生长了见识。从利禄长矿上回来，到肖家湾。石月住在一幢僻静的民房，窗户纸被风鼓破。石月说，已经同不少工友成了掏心窝子的朋友，每晚有工友来屋子里坐。

这晚，来二三十个人，挤在屋里。桌上摆几封切丝烟，一叠油印的小册子。众人亲热一团，不分彼此，随意从桌上捻烟丝，卷“喇叭筒”，满屋烟雾。

石月说：出道题目大家做。有位工友给老板打了20块钱矿砂，老板只付两块钱工资，还应该给工友几多钱？

众人说：还应该给18块。

石月说：错了。按加减法的规则，你们是对的。但按锡矿山老板定的规则，你们都错了。老板除了给工友两块钱，其他什么也没有了。20减2等于零，合理不合理？

众工友开骂：日他先人，坛主射的老板。

兑生随手拿起桌上的小册子读，册子上是矿山民谣，看到其中一首：

进洞好似山老鼠，
出洞好似讨饭人。
进了矿山回不去，
活人掉进死人坑。

兑生想：歌子道出矿工的生活艰难，石月做的事好扎实。

桌上的小册子能随意拿，工友们你一本，我一本，小册子一下子拿光。

石月又说：再出道题。20块钱不加不减应该是几多钱？有位工友自说自话：20块钱不加不减，还不是20块钱？

石月指着人丛中一位工友说：这一位工友在炼厂当炉司，他从老板手中借了20块钱，你们听他说，他还了几多钱？

那位工友说：到过年足足还了30块。

石月说：对呀，20块变成了30块。老板就是有这一套办法，可以让20减2变成0，也可以让20不加不减变成30，这就是剥削。

工友叽叽喳喳议论，都说简直是吃人。都骂。

石月一看桌上的小册子抢光了，笑着说：好歹给我留一本，我要读上面的歌子。

他顺手从面前的工友手上接过一本，翻找要读的歌子，找不到，问：后面的那页呢？

那位工友急得发傻，说：我撕下卷了"喇叭筒"。

其他工友骂：哪有这样糊涂的？不看写的是什么，眼睛兜到裤裆里。

做错事的工友狠抽自己两耳光，说：我蠢，我蠢。

石月说没有关系，读另一首，就读：

养儿莫上锡矿山，

上山容易下岗难。
打矿如敲催命鼓，
放炮如过鬼门关。

有工友说：我最听不得放炮声，炮一响，心上发麻，不晓得哪块石头会落在脑壳上。

又有人说：刨矿石，肉手肉脚同尖尖角角摩擦，不说伤筋断骨，也要蜕一层皮。

石月继续读：

小小童工十二三，
离开爹娘上矿山。
天天被逼爬窝路，
腰杆子累成弓一般。
苦到头来一身病，
脚跛眼瞎空一场。

众工友说：正是，正是。一生一世活受罪。

说话间顶层篾褶上咚咚响，褶缝间落灰屑，有老鼠。有人说起以前这房子篾褶顶上老鼠“跑马”，没人敢住。正说老鼠，一只肥老鼠从褶缝中掉下，众人追，你一脚我一脚，老鼠被踩成扁屎屉屉。石月问：你们说是人怕老鼠，还是老鼠怕人？

众人说：当然是老鼠怕人。

石月说：是啰。偷吃的老鼠虽说肥大，也怕人多。矿老板就是些偷食不抹嘴的大老鼠，我们怕不怕？

众人你看我我看你，后来齐声说：不怕。

石月说：那就好。我们要做些不怕老鼠的大事情。

听到这里，我不禁赞扬石月是角色：两道简单的算术题，几段歌谣将马克思《资本论》的学说，“剩余价值”的理论，经济基础决定上层建筑的道理都讲出来，讲得矿工愿意听，能接受，不简单。

鱼钩说：你搞错了。那个年头工农的心智稚嫩，只愿意接受“三担牛屎六箩箕”的说法。

我说：赵恒惕请精英搞出的宪政，长沙人为什么不认可？

鱼钩说：你蠢。精英那些弯弯绕的话只能骗精英。纸上写的，口里说的即算天花乱坠，如果不能兑现，哪个尿你这一壶？现在也是，动辄有学者、专家搬洋理论、洋教条，几个人信？受骗的只是半精英、伪精英、水货精英，是不是？

我说：也未必！

他说：当得真。专家、学者做起学问来，猫说成虎，虎上得树。那天偶尔听专家讲保健，白米不能吃，为何？白米是“粕”，糟粕；要吃糠，糠的一边是康，健康。这不是瞎胡说？这样的测字学问有什么技术含量？

我说：是呵，是呵，你是“歪嘴子”，自然比不得你。

他突然问：一九二六年三月发生了什么？

我说：当然是“三·一八惨案”，随口背诵“中华民国十五年三月二十五日，就是国立北京女子师范大学为十八日在段祺瑞执政府前遇害的刘和珍、杨德群两君开追悼会的那一天……

他喝道：不要背《纪念刘和珍君》。问你，湖南发生什么事情？

我被蒙住了，反问：你说呢？

他说：三月上旬，长沙一万多市民集会，要赵恒惕下台，请求国民政府出师北伐。那天一黑早，赵恒惕在西园北里的家中发现炸弹，吓得跑。不跑，怕炸人参米。他一走，唐生智代理省长。

鱼钩问：听说过唐生智？

我说：只晓得他弃守南京后，日本人制造南京大屠杀。

鱼钩说：那是以后。这位老兄本是赵恒惕手下师长，学佛，拜顾和尚为师，让他部下从官到兵都佩戴“大慈大悲救苦救世”的牌子。还有，他弟弟唐生明后来找的老婆是大美人徐来，两人的香巢筑在水陆洲，不少人为“追星”，坐划子赶水陆洲，那年头划子载客涨价。

我说：我关心的不是“追星”，是兑生和石月。

鱼钩说：石月去一趟长沙，带回这些消息，马上挂出“新化锡矿山工会”的牌子。以后的事情简略些说……

兑生那个年在新化过。

开年后，做第三桩事，办矿区小学。办学校，蚂蚁子打哈欠，好大的口气，经费呢？兑生又跑利禄长公司，从贺账房手上要了百多块钱，回来租屋，置桌椅板凳。课本自己编，油印本。开篇即是“来来来，我们来做工；来来来，我们来读书”——招的学生是捡野砂的伢子，先听故事后听课。吉吉仔吵着要听孙猴子的故事，就讲唐僧取经。背得出书，写得出字就奖一截甘蔗，二十几个矿码子的子女入读，蛤蟆闹塘。浊水塘的吉吉仔来了，最用功，奖过几截甘蔗。

炮轰·砣子会·编课文

工会打出牌子后，入会的工友一天有几千。到四月初，工会亮出牌子，公开活动，到处刷标语。商团看得眼睛出血，放话：如今省里掌权的是叶开鑫总司令，不是唐生智。广东革命党吃败仗，跟着革命党闹事的工会分子格杀不论。商团和砣子会就抓刷标语的工友。商团有枪，砣子会有大刀、小把和流星，工会只有盛糨糊的桶子和排笔，如何对抗？工会决议，不能输气势，仍在四月八日集中唐家冲开成立大会。哪晓得那天商团炮轰唐家冲，做得出。炸死六七个人，有工友，也有小孩子，吉吉仔就在其中。炮一响，砣子会冲过来，冲最前面的是肖驼子，舞着流星，以疯作邪，叫喊“刀枪不入”。砣子会众敞开衣襟，胸上都有一道黄裱纸上用朱砂画的八卦。会众舞枪舞刀，冲过来杀人、捕人。肖驼子踩到吉吉仔的身体，一脚踢到一边。兑生看不过去，冲上去同他拼命，肖驼子拔出小把，划破他的脸，几个砣子会的扭住兑生，又抓捕了十几个工会代表。

兑生被关进矿洞子，感受暗无天日。洞子里又黑又潮，老鼠多，一群群，不怕人。他靠在洞壁，想来想去。

……四月八日发生的事情吓人，商团炮轰会场。炮，像是自制的土炮。矿上炸药多，朝铁皮筒子里一塞，打过来，惨哪，炸得人断手断脚，墙上、树上，粘皮带血。虽说挨过张敬汤的皮鞭，见到过细妹和运宝被枪击，都没有这般惨，血肉翻飞。吉吉仔的半边脸炸没了，手里还捏半截甘蔗……炮一响，商团的长枪、短枪跟着响，砣子会杀过来，工友用条椅板凳对抗。商团朝人群放枪，哪能不躲闪？砣子会乘势捉人捆人，自己被捆走。工会，一无炮，二无枪，吃哑巴亏。赤手空拳想要“枪林弹雨一戎衣”，不是送死？要成事必须抄家伙，抄刀枪剑戟？冷兵器不顶用，真家伙是钢枪钢炮。

不想四月八号那天的事了。对面的洞壁似乎是一潭静水，映出教娃儿们读书的幸福情景。特别想到吉吉仔，娃儿脸上沾泥灰，流鼻涕，手如乌龟爪，黑眼睛珠子却像山葡萄。读书时他扯起喉咙喊。吉吉仔死了，脸被弹片削去半边。

……矿洞子里呆坐，不如接着编写娃儿们的课文，就编：天地人，日月星；山水田，竹木林；春夏暖，秋冬冷；红绿黄，颜色轮；稻麦豆，勤耕种；桌椅床，锯刨钉……编起来有瘾。只是前面编的都是安居乐业好世界，如何将罢工、斗争编到课文中，要费些心思。想来想去，又编：财主佬，没良心；他快活，你做工；他长肉，你受穷；这世道，不公平；要反抗，要斗争；喊口号，团结紧；握枪炮，打天下；办工会，闹翻身……

默念数遍。接着编，却想到，娃儿们能读能背又如何？

能改变命运？命是谜，猜不透，摆不脱。自己何时能脱出生天？幸好那天砣子会众没有抓到石月，如今他在哪里？人要认命，跳起脚不能触屋檐，哪能不认命？“逢心而悦”就是命，“逢月而脱”，能应验？

矿洞子里墨墨黑，洞壁上又一幕幕过图影：踩厢、放排、做工、驱张、罢工、黑麂峰、文化书社……好想再看到日头、月亮和星子。

细一想，搞不清是月发朦，还是自己发懵？星子癫，还是自己想颠倒乾坤？凡事找不出理由，得不到解释的时候，最省事的就是认命。认命，还是抗命，好难选择。认命吧，唯愿灵官菩萨坐得高，能看到矿工受难，发善心，能让自己逃出生天；抗命吧，如何抗？脑壳撞石壁？陡然间心气跌落，只能挨，只能等。

……挨，等。再懦弱的人都有脾气，牺牲工友的仇要报，吉吉仔惨死的仇要报，自己脸上被划一刀的仇要报，脾气就发酵，成为戾气。能熬出头定要报仇——老子要开杀戒。顾不得那么多了。

一个粑粑三口咬

七月间。当初，商团以为叶开鑫是靠山，哪知他反水，转投北伐军，湖南仍是唐生智主政。形势逆转，兑生终于被救出矿洞子，出洞时，眼前一片炽亮，眩眼，晕头涨脑。后来才晓得，为了营救他们，石月用尽洪荒之力。……找到国民党省党部，又到唐生智的省长公署请愿，唐生智的省长当不成时，救人的事情没有下文。……又有人向工会通风报信：祸祟，祸祟，矿业公会拿出两万大洋，就为了要被捕的工会骨干的人头。石月火急火燎，找公会的杨庚爹出面，说是杀了工会的这几个人，矿上会暴动，到时候找不到顶缸的。缓兵之计暂时保住了十几条命。后来国民革命军占上风，公会、商团自身难保，兑生才脱险。

出洞子，跳出老君炉。兑生见到石月，热泪涌出，说四个字：搞枪，报仇。

石月说：莫急，吃粑粑不能一口吞，一个粑粑三口咬。先咬第一口，搞起加薪运动，让工友得实惠，心甘情愿跟我们走。

就组织加薪斗争，获胜。

石月说：国民革命军正在北伐，过完年，形势更好，再咬第二口。

过完年，北伐军打一连串胜仗，矿上的业公会和商团坐不住，换副嘴脸，讨好矿山工会。工会通知他们开会，不敢不来。那天商团带着枪，老老实实挤在畴福堂祠堂屋，等着听训。几百工友涌进来，几个夹一个，轻易缴枪。跟着，赶往安信镇，缴了民团的枪。工人武装自卫搞起来，共有一百多条枪。兑生拿过一支，擦枪，吹口气，耳朵贴近枪筒子，听嗡嗡的声音，有时间就扳枪栓，练习子弹上膛。他练瞄准，练“三点一线”，练到枪法熟练。粑粑吃了第二口。

矿上，兔子山的砣子会不识时务，肖驼子为头，开堂立誓，喝鸡血酒。肖驼子讲，要同工会对着干。消息传来，石月说肖砣子找死！

兑生讲：老子早就拳头捏得叫！

不等砣子会有动作，立马抄他们的老窝。那天，百多条枪包围兔子山，喊话：举手投降，爬到晒谷坪里来！

肖驼子手上流星舞得飞转，吼叫：爬个鬼，爬到你娘肚皮上。

工友气得磨牙。兑生说：看我的。

瞄得准，一枪打折肖驼子舞流星的手。兑生说：老子替吉吉仔报仇。

姓肖的不倒威，换只手握流星，又叫：有本事打我的卵袋子！

兑生没有瞄卵袋子，瞄准他的另一只手，扣扳机，肖驼子那只手也报销，仍在哇哇叫。兑生说：这一枪替死去的工友报仇。

枪口再次对准肖驼子，瞄的是他的胯下，枪一响，肖驼子仰脸倒下，什么袋子也瘪了。

三口吃完了一整个粑粑。

娃儿岁半，翻坛倒罐

又是一年。开年后得到消息，新化县召开了首次农民代表大会，成立农民协会，后来又成立了清查逆产委员会，矿霸杨次伯，商团团长杨执中都是“逆”，财产被没收，“新化五逆之罪状”印发全县。

三月间，县上工农掌印把子的特别法庭审决，枪毙七个土豪和一个工贼，人心大快。

三月间，一支北伐军占领了南京，另一支进驻上海。

兑生还没有从悲哀中醒过神，闭眼就看到吉吉仔被炸的半边脸，他手中的甘蔗还是自己给的。兑生不去矿上小学上课，怕见到矿工的子女会勾起旧痛，成天提着枪在矿上转。那天见到矿上两人吵架，一个说另一个欠了赌债不还；另一个骂：还你个鬼哟！我在矿上工会，你是砣子会的。

兑生听到砣子会，心头火滚，上前就打，下手重，打掉那人两颗牙齿。他被告到石月那里。石月找到兑生，说他杀气太重，不利于做群众工作。

兑生说：想报仇，想到吉吉仔被炸死，就想动手。

石月说：晓得被你打的是哪一个？

兑生说：砣子会的，管他哪一个。

石月告诉他，被打的是吉吉仔的叔叔，参加砣子会是被逼的。

有这回事？兑生木然。

三枪干掉肖驼子，算是出一口恶气，还有什么可以干掉？那天看到山上一团黑物动动挪挪，当是野物，就是一枪。他又被投诉，打的是头放养的猪。石月哭笑不得，找到他，讥他眼力太差，枪法太好，连家猪也不放过。他说：是有错，总想动枪，做梦都想为吉吉仔报仇。

石月说：你呀，杀心重。放你几天假，去大熊山、紫鹊界转一圈，看看景致，如何？只一条，不准带枪。

兑生点头。

兑生上路，朝西北方向走，六十里去大熊山，认错路，走到了邻县安化。下一座山，听到田垄间有锣声，往前走，两支梭镖拦住他：不许走！前面游垄。

兑生问：什么叫游垄？

一条汉子梭镖尖子对准他，说：游垅都不晓得，可见同我们农会不是一条心，押走！

两支梭镖押他下山。山下，大片静水平田，时令已是清明前后，要插秧了，垄中只见到一个人忙碌。泥路上吆喝掀天，好热闹。图看热闹的抄近路，赤脚从刚插下秧的田中蹚过，插秧的骂：要死的，踩死老子刚插下的苗！

那几个人嬉皮笑脸，说：踩死几蔸苗算什么。恶霸地主游垄，几百年难看到一次。

近前，原来是押着人打锣示众。被押的两个人头顶高帽子，帽子上写“恶霸地主”。一旁的农民骂：该死！你们也有今日。

戴高帽子的边打锣，边喊“我是恶霸地主该死”、“我对抗农会该死”。

有的说：这些家伙是坐栏猪，吃了睡，睡了吃，养一身肥膘，全靠我们供养。

有人指着矮的那个说：动不动要加租，逼我们吃糠、啃老南瓜。

也有人说：逼每户一年多交担多谷，说是充实义仓，都被他粜出去变了钱，独吞。屋里大缸装油浸腊肉，好多缸。我们长年四季油星子也看不到。让他喊：我是坐栏猪，该死。

矮的那个只得顺着意思，喊：我是坐栏猪，该死！

又有人指着高的那个骂：这家伙说是族长，张口礼义廉耻，自己死皮死血，像条脚猪子，扒灰，自己屋里儿媳妇不放过，四周团转佃户女人没有不被他欺负的。

高的那个只好边敲锣边喊：我是脚猪子，该死！

有人更正：叫劁猪的来，劁了他。

就喊：我是脚猪子，该劁！

蹚泥水过来的捋下腿上的湿泥，抹在“该死的”、“该劁的”脸上，两张脸如田中掘出的烂藕，泥水顺着下颏滴。众人说解气。

持梭镖的汉子推着兑生跟在游垄队伍后面，后来分路，将他押到农民协会。有人从里屋出来，兑生一看，喜出望外，是一直想念的彭叔。彭叔也认出他，问为何被押到这里。持梭镖的汉子说：他经不起盘问，连“游垄”都不懂，以为他是探子。

彭叔说：误会了，不是探子，是我生死相托的好兄弟。

屋里寒暄，屋外头吵嚷，有人冲进来找彭叔告状。来人嘴巴肿得像个烂桃子。见面就说：还要不要人活，我有口无心骂两句，就用火麻草抽我嘴巴。

彭叔问：骂哪个？

这人说：要我参加农会，我顺口搭白“什么砍脑壳会，我还没想好”，嘴巴就被抽成这样。

彭叔说：农会是砍脑壳会？

看热闹的众人起哄：说砍手、砍脚、砍颈脖都不行。

彭叔说：农会为农民办事。今天抓去游垄的家伙你恨不恨？

那人说：睡了老子的弟媳妇，如何不恨？

众人又说：这两个家伙手上还有人命。

彭叔说：这就对了，应该砍脑壳的是这群土豪劣绅，不是农会。你讲错了话，农会的人下手重了些，回头让他们请你喝杯茶，吃红薯糕。

那人不好说什么，再说又会犯众怒。走了。

一群妇女，扭着一个男人进屋，男人脸有麻子，挣不开女人们的拉扯。妇女们指责他：这个封建脑壳，嫌他堂客一双脚生得大，打人。

旁边，他的堂客咽咽哭。妇女们发吼：对这样的顽固分子，罚他游垄。

那男人拗起颈脖横着眼，说：老子打堂客，关你们卵事？

妇女们嚷：莫搞封建的老一套，如今妇女翻了身。

十几个女人对付一个男人，不吵死你也要让你耳朵脱皮。男的转身想走，被女人们揪住，只得求老彭。老彭笑吟吟，说：都莫吵，听我讲段古。……有一家鸡生的蛋不见了，这家的女人猜到偷蛋吃的是蛇，做个木头鸡蛋放鸡窝，当真被蛇衔走。蛇吞蛋，不能消化，蛇身鼓出一团。爬不动。这家的女人看到蛇慢慢挪到山上，吃进一棵草，怪事，身上鼓的那团消了。女人晓得，蛇吞吃的是化解药，采回同样的化药草。女人天生一双大脚，就用草熬水洗脚，洗几次，脚变小。男人偷看到，以为这种草神奇，何不用来洗去一脸铁石麻？就照办。结果——

众女人问：结果如何？

老彭说：脸上麻子没有了，男人变成个细脑壳。

他扬起拳头，说：脑壳只有这样大。

女人们大笑。老彭对麻子男人说：嫌堂客脚大，你也会变细脑壳。

众人又笑，麻子男人也笑。妇女们仍不解气，嚷着要麻子男人替老堂客打洗脚水。堂客说：不要，不要，只要他今后不发混账气。

彭叔说：你们哪，只图看热闹，看过土豪游垄又挤到这里。已经是插秧时节，清明之前天数天，清明之后时数时，图看热闹会耽误种田。秧下到田里才算禾，禾结谷才有饭吃。都下田去！

众人说：几百几千年种田人才看得到这种热闹，不看折本。

喊喊叫叫，快快乐乐，嘻嘻哈哈，散了。

当晚，同彭叔吃饭，桌上有大片腊肉。彭叔夹一大片搁兑生碗里，说：打土豪的战利品，油缸里捞起来的，不知存放了多少年，只怕有些哈口。

兑生说：为富不仁，哪个地方都是这样。

彭叔说：你记得沅江上放排时，白鳝啃死尸？

兑生说：记得。河湾中积一片死尸。

彭叔说：逢灾年，地主不肯粜谷，农民只有死路一条。

又说：那两个戴高帽子游垄的，都是为非作歹的家伙，都有人命。对不住，关一晚，明天黑早送到一处地方。

兑生问：什么地方？

彭叔说：阎王爷那里。咳咳，让他们同黑、白无常戴的帽子上比高矮。不是农会过分，是这些恶人子下毒手在先。湘潭县的恶霸地主民国二年以来，杀人五十多，活埋四人。

拿两个最可怜的叫花子开刀。长沙新康的何地主当上镇团防局长，十年间杀死贫苦农民将近一千。血债血还，这些作恶多端的家伙不杀不行。

兑生点头。

湖南区委机关的《战士》周报上。汉口的《民国日报》和《湖南民报》都有谈农民运动的好文章，多期连载，号召将工农运动有声有势地搞起来。

又问彭叔：我猜你是共产党。

彭叔笑。说：你我分手后，我到湖北监利挖过藕，木匠铺打过下手。后来到华容、南县当雇工，种田，筑堤。再后来在常德做工，跟着入党。湖南区委派我到农村搞农民运动，就到了安化。

兑生说起自己情况，说到第一纱厂的罢工和来锡矿山的经历。

彭叔说：你入共产党了？

兑生说：目前只是社会主义青年团员，才开始学走路。

彭叔说：学走路。娃儿岁半，翻坛倒罐。学走路跌儿跤不要紧，娃儿是跌大的。打烂坛子和罐子也不要紧，哪个小娃儿不出错？就像今天看到火麻草抽嘴巴，是做得过分，本意却是好的，是维护农会的威信，就不计较了。

两人谈一个通宵。

“有土皆豪，无绅不劣”·留芳岭 24 号·工农义勇军

彭叔农会的事情多，安化住两天，兑生同他告别。挂记矿上工会的事，没有去大熊山、紫鹊界，直接回锡矿山。找不到石月。问起，石月去了汉口开会，再一打听，是共产党的高级会议。

过几天，利禄长矿上贺先生找来，衣衫不整，鞋子剩一只，狼狈。见面打哭巴脸，说对不住余三先生。问起，说到矿上被抢，矿洞被炸：半夜三更来一群人，烂布子蒙脸，说要打倒剥削阶级，工友要当家，见什么抢什么，柜子里的钱、桌上的算盘、壁上的挂钟统统搬走，装腔作势，听得出是砣子会的人，连我的几件换洗衣服都抢走了。

兑生骂一声可恶，拳头又捏得叫。贺先生接着讲：隔一天，又来一群人，不蒙脸块，堂堂正正，认得出是工会的人，说要搞清算，清来算去，找不出值钱的东西，火气上来，几包炸药将矿洞子炸塌。要我如何向余三先生交代？

兑生安顿好贺先生，立马带工友赶到利禄长矿上，去打听，确实有砣子会的发了洋财。顺藤摸瓜，从冷水江抓回抢劫利禄长的几个家伙。这遭，要你们的好看！先“吊半边猪”，再用烧红的火钳烙屁股，一阵焦臭味后人做鬼叫。跟着，炸矿的也查到了，都是入了工会的工友，如何办？

这天，石月从汉口回来，告诉兑生形势紧急，蒋介石撕破脸皮，在上海搞叛变，杀工友。

兑生问：湖南呢？湖南情势如何？

石月说：路过长沙，没下车。听说唐生智目前还在北伐，他手下反动分子不少，防人之心不可无，我们大意不得，矿上工人武装要加紧操练。

说起利禄长矿上发生的事情，石月吩咐，砣子会假扮工会的人搞抢劫，要防范。人关起来，不要动刑。炸矿的工友暂不处理。

石月同工人武装自卫队开过会，布置加紧训练。兑生让扎几个人形草靶子，一个是北洋军阀，一个是恶霸地主，一个是矿霸，瞄准靶子练枪法。石月见到后说好，说要再加一个“帝国主义”的草靶。

形势越来越紧急。

伏在泥地练枪法，有客到。兑生一身灰不隆咚，拍灰见客。客人比他更加灰咕隆咚——罗夫子同伍先生找来了。

罗夫子见面告诉他，路难行。先坐汽车走长潭军路，到湘潭之后雇不到轿子。夫子说：搞农运，说坐轿子是压在农民头上。找熟人出大价钱才雇到轿子，睡在轿上装病人子，算是赶到冷水江。

伍先生说：再往锡矿山赶路，半路上被梭镖队拦住，说“人抬人”，是搞剥削。

罗夫子说：梭镖亮晃晃，吓人。捅我一梭镖，会要这边望见那边的亮，只好老实下轿。

伍先生气呼呼：先要问你，利禄长矿上的钱收了几多？

夫子说：你伯伯病得剩下一口气，挂记你，挂记矿上这笔账，我们两个遵照他的嘱托找你，累得骨头散架。

两个人你一言，我一语，挤对得后生子开不得口。

安顿两人住下，晚上，兑生说起利禄长矿上这本经。伍先生出门看过动静，关上门，问：会不会有人听壁角？

兑生说：不会。

伍先生说：利禄长矿上的钱在其次，三先生挂记的是你这条命。桐石村余家传到你这代，剩一条根。你莫说传宗接代，到现在堂客都没有找，却在这里摆枪弄炮，人命不能儿戏。

罗夫子讲：晓得不？许克祥在长沙开杀戒，半夜三更，小吴门、东长街、营盘街、东茅巷的湖南总工会、农民协会、农民讲习所，几十处被砸被烧。先前抓的人都被放出来。城里城外大火冲天，杀人无数。

伍先生说：军头们动了杀心，未必不从长沙杀到锡矿山？你们几支枪如何敌得过军队的枪炮？

兑生说：国民党不能翻脸不认人，说变卦就变卦。

伍先生说：北伐军的队伍中，家有田产有浮财的子弟多。你搞什么工农运动，撬动他们家的钱柜子，伤了他们家年尊老太爷的体面，何得不恼？何得不反水？

兑生说：没收军饷的事我不晓得。乡里被斗的都是劣绅，杀掉的劣绅都犯有人命。

伍先生发火：你看你看，你还是这种口气。士绅，士绅，一要有财力，二要有学识。动不动“有土皆豪，无绅不劣”，都要打倒，岂不是失了倒顺？怪不得国民党的军官有五团长清党反共通电。为头的许克祥，在他湘乡老屋，有人为他立功德碑。

罗夫子心气平和些，说：许克祥是动了杀心。其实，他家并没有绅士底子，他爹以前给人家打零工，他只是进了讲武学堂，后来才混到三十五军三十三团团长。同个烟花女子结婚后，这女子同川黔的鸦片烟贩子互通往来，赚了不少钱。赚的钱送回湘乡老家买田置屋。农民协会将许克祥的老底子抄空，他何得不恼？他本是个喜欢强出头的家伙，当然要报复。

伍先生说：不管如何，士、农、工、商，世道的秩序不能颠倒。你看早几个月起劲的是些什么人？痞子为多，是些趿烂巴鞋的，赌钱打牌的，口里喊革命，其实只想吃冤枉，这些人如何服众？再有，乡风民俗也被禁止——不准煮酒熬糖，不准唱花鼓戏，不准办蛋糕席，还有的往斋公子口里灌肉。这不是瞎胡闹？不是痞子，哪个做得出？

兑生说：乡里秩序如果不颠倒，农民当牛做马，穷得肚皮贴背脊；劣绅当“坐栏猪”“脚猪子”，受供养，一身肥膘；矿上的秩序不颠倒，矿主发大财，洞子里矿工卖命，这样的秩序能服众?

伍先生说:你这号后生,讲不进油盐,满口歪把子道理。懒得同你费精神,睡觉!

罗夫子语重心长,同兑生打良心讲:兑生哪,都是为你好。年纪轻,莫把这条命送了。改变世道不是错事,只是莫性急。大家和睦,息了脾气,莫动肝火,顺顺利利。这才办得成事情,切莫死人流血。

兑生想到吉吉仔被炸去的半边脸,说:农友、工友已经流血,不能坐等斩尽杀绝。

罗夫子觉得话不投机,不再劝,说:晓得你劝不醒。长沙那边,余三先生还睡在床上,只怕已经收到阎王爷下的帖子。我们明天动身回长沙。

鱼钩讲到这里,我已经哈欠不断。他谈兴足,将打包拿回来的桂花鸭和东江翘嘴鱼啃得渣都不剩,嫌菜做得咸,喝几杯冷茶。要继续讲,我终于耐不住了,睡觉。

第二天,一早出门,他眼圈子都是黑的,他开车,我怕。问:要不要戴头盔?

他生气:老子摸方向盘又不是一天两日。

算好,这家伙车技还可以,一路上还是讲得不停。

车走京珠高速,经过易家湾,他告诉我,“马日事变”后,十万工农攻长沙,在易家湾同许克祥的部队打一仗。

他突然问:记得毛主席诗词《蝶恋花·答李淑一》?

我告诉他：当然记得。“我失骄杨君失柳，杨柳轻飏直上重霄九”……

他问：为什么是“答”？

我语塞。老子大学毕业多年，早不做学问，如何晓得？

他说：酬答，这都不懂？李淑一给毛泽东写过一首《菩萨蛮·惊梦》，背给你听——“兰闺索寞翻身早，夜来触动离愁了。底事太难堪，惊侬晓梦残。征人何处觅？六载无消息。醒忆别伊时，满衫清泪滋。”

佩服这家伙的记性。

又问：“柳”是哪一个？

答：当然是柳直荀。

说到柳直荀，他叹气。

我问：为何？

他反问我：柳直荀夫妇在长沙住哪里？

难倒我。

他说：柳直荀同李淑一结婚后，住在留芳岭 24 号。他楼下住的什么人？

我又不是户籍办的，如何晓得？

他继续说：楼下住的一对夫妇，男的是前面提到过的姓夏的厚嘴巴皮。当初，柳直荀同姓夏的称兄道弟。姓夏的当时是共产党湖南省委书记，头号负责人。这个人哪，一摊烂泥巴，“马日事变”发生在半夜，白天他已经听到风声，留张纸条，说去武汉开会，跑了。

有这回事？

他说：当然。从苏联回来后，他更变得不是东西。

我问：柳直荀呢？

他说：硬汉子，大英雄，临危授命。

又问：株洲，你熟悉？

我说：当然。我在株洲搞过勤工俭学，赚学费，住在徐家桥我伯父家。

他说：徐家桥？护法战争中，护法军的刘建藩，以三千人抗击北军的三万人，好生了得。只可惜天妒英才，三十一岁就死了，死在徐家桥。那个晚上过桥，人多拥挤，他掉在桥下淹死。“长使英雄泪满襟”……

怎么又讲起刘建藩？

鱼钩说：刘建藩的军需官余湘三，后来是何键的手下，串通许克祥发动“马日事变”。

英雄脸上也有苍蝇。

讲过刘建藩，继续讲柳直荀和十万工农打长沙。

“马日事变”后，中共湖南临时省委决定成立工农义勇军，指挥部设在株洲，总指挥是柳直荀。电报同各县联系，发动十万工农攻打长沙。声势浩大呀，淦田、朱亭、渌口，醴陵，甚至安源都出动工农队伍。

株洲火车北站，聚焦几万人。其中有六七百妇女。人多，什么样的人都有。武器？安源过来的工人义勇军有三挺机关枪，总共有一百多条步枪。梭镖多，都挤火车去打仗。

队伍中甚至有挟伞的。问：不是落雨天，带伞做什么？

这人扬起烂伞子，说：这就是兵器，伞尖子能戳死人。

答话好不儿戏，你又不是克格勃，有毒伞枪。

火车开动，一列长货车，货车箱子挤满了人，有人挤掉了烂巴鞋，车厢外面挂着人。挂就挂吧，坐火车打仗，享受现代交通技术，如同玩杂技，好难得的机会。没有人去想此行何处，仗要如何打，攻防策略是什么。挤上火车后，人挂在车厢外的情景几十年后重现过，是在印度，车外挂满肤色黧黑的大哥、大叔，还有大爷，嘻嘻哈哈的芸芸众生扬起手臂挥向天穹、挥向原野、挥向树木，好不得意。

没有挤上火车的义勇军跑步前进。浩浩荡荡哪，以为打仗是赶集，是吃蛋糕席……

后来呢？

后来在白马垄停车，派出先遣队，在猫嘴山同许克祥的部队接火，打死许部二十多人，牺牲十多个同志。仗打到第三天，两方都向后退。许部退到昭山，工农义勇军退到白石港。打到第五天，接到上级命令：撤。各自回家，一腔热血的工农好不沮丧。也有无所谓的，打烂伞的继续打他的烂伞，趿烂巴鞋的再找一双烂巴鞋。

我问：锡矿山有什么动静？

鱼钩接着讲……

誓词·星子发癫

石月找到兑生，雷急火急告诉他，临时省委有电报：十万工农打长沙，队伍在株洲集中。兑生一团子劲，终于要“枪林弹雨一戎衣”。出发前那个晚上，石月写张纸条，要他读熟：严守秘密，服从纪律，牺牲个人，阶级斗争，努力革命，永不叛党。兑生说：读三遍，喝口茶，立马背给你听。

石月说：莫儿戏，这几句要记心窝子里，打完仗发展你入党。

兑生受到信任，心窝子发热，誓词背得滚瓜烂熟。

一早出发。出发前，石月问众人：有没有勇气同反动派对着干。

众人回答响亮：打反动派，掉了脑壳只有碗大的疤！

三百多人，几十条枪，准备经涟源、兰田，再走几十里到湘潭，湘潭到株洲三十里。过涟源后，石月将稀稀散散的队伍整顿过几次，嘱咐大家，是支队伍就要有风纪。

有人问：风纪是什么东西？

石月说：莫搞成迎神赛会的架势。

已到吃晚饭的时候，带的干粮吃得差不多，众人脚步拖沓，纷纷回味饭桌上的美食，回忆起“三合汤”“一碗香”，腊肉、糯米粑粑；有人骂：讲这么多做什么，现在有一钵饭，有几片白溪水豆腐下饭都好。

石月说：现在是革命在先，吃大鱼大肉在后。过嘴巴瘾会动摇军心。

众人不再鼓噪。

革命同美食不能画等号，“革命不是请客吃饭”，饿肚子也要行军。

翻山过坳，前面有村寨，隐约看到青砖祠堂屋，高高的封火墙。紧挨着是瓦房、泥房、茅草房。有菜地，菜地插稻草人，走得近，看到稻草人“两臂”舞清风，其实是横绑的竹棍子上吊烂蒲扇。有人想去村子里找吃的。

石月眼神迷惑，分明看出是大姓人家村寨，细看，寨子有高出其他房屋的炮楼，对兑生说：不要靠近，寨子里的人惹不得。

兑生说：我们有枪，怕什么？

石月说：你在明处，他在暗处，暗算你太容易。

兑生问：寨子里就没有农民协会？

石月说：难讲，不晓得情况如何。寨中祠堂屋族长说话算数。许克祥清党、杀人后，很多族长重新掌权。

一打听，那片村寨叫作牛背塘颜家冲。

队伍赶到前面山坳，突然响起爆豆子一样的枪声。有号声，尖厉、阴森，像坟洞子里鼓出的阴风。石月说：中了埋伏，快撤退！

正在撤退，子弹从树枝间、竹梢林间、莽草间射来，击中很多人。石月握着枪，跳起来，说：冲出去！

几十个人往山上冲，跑到一片干涸的山塘，借着塘基做掩护，也开枪还击。一颗子弹斜射过来，石月中弹。兑生抱起石月，退到塘边树丛中。石月呼吸艰难。兑生说：挺住，背你下山。

石月说：挺不住了，看见星子发癫，你快些走！

听到敲锣声，有人喊话：打死一个是一个，抓到一个是一个！

又有人喊：莫放走一个人！

石月口里的血沫子流在兑生身上，嘴一张一张，细看，他脸色狰狞，用尽全身力气，骂：死卵，快走！莫在这里等死……

锣声响得更急。兑生放下石月，从塘基滚到草丛，乘着夜色躲进山林……

有些风。隔着树杈子向上望，没有月亮，星子迎着夜风发颤。伏了半夜，见微微亮，山下蛤蟆闹塘，鸟雀聒噪，料想不再打了。兑生钻出林子。枪呢？背石月的时候放下了，难找到。见到山下有池塘，有几间茅屋和一片晒谷坪，坪中支起晾衣的竹架子，竹篙上挂着衣物。运神，洗尽周身泥血，从竹篙上取套衣服换上。做贼？管不得了。就到塘边掬水洗脸。弯下腰，突然被人从后面抱住，回头看，是条中年汉子。汉子说：莫出声，跟我来，不害你。跟着汉子走进茅草屋，那人轻声说：猜到你是矿上的人。你们犯懵，事先不摸底，许克祥派来一个营，装好壕，打你们的伏击。

男人姓颜。舀两瓢水，让兑生再洗一把脸，从外面竹篙上取衣衫让兑生换上，轻声说：放心，我是颜家冲农会的。

又说：这几天颜家冲变天，逃到长沙的族长大摇大摆回寨子，许克祥派来的一个营住进祠堂屋。我本要躲开，奈何娃儿病重，烧得手脚抽筋，干脆等到晚上，天一黑，我们就走。

老颜的女人抱个病恹恹的娃儿，说：快进红薯窖，莫嫌憋气。

老颜哄过娃儿，欣喜地说：好了，癞蛤蟆贴娃儿肚皮退烧快，天黑后好动身。

兑生吃过几口冷饭，跟着老颜进偏厦屋，掀开柴草，揭开地面两块封口板子就是窖。缩进窖，挨着起霉斑的红薯坐下，听到老颜乒乒乓乓地朝封口板子上堆柴草，放农具。又听到女人叮嘱再去找只癞蛤蟆……窖里黑，闭眼就是石月。何能“枪林弹雨一戎衣”？枪声刺耳，子弹不认人，撕皮裂肉，死好多工友……石月骂人。当初怕新草鞋磨痛自己的脚，这晚却骂人。懂了，他是让自己赶紧离开……石月死得冤枉，矿上工友死得冤枉，被蛇咬一口，这仇要报……

有动静，听到老颜说话，说找回一只癞蛤蟆。又听到偏厦屋里有响动。老颜隔着封口板子说，交火的地方倒好多人。祠堂屋出动人收尸，葬在义塚。

听到有人来，一群。娃儿哭，听到女人叫颜老爷。跟着听到有一把斯文但尖厉的声音：我不是你家老爷，我是土豪劣绅！叫你男人过来。

老颜发声：料到你们会来，没想到来一群，没有准备茶水。

哪敢让你茶水待客，不往我脑壳上扣高帽子就是客气。

接着听到门响、板凳响，听到老颜不服地吼叫。

跟着是那把尖厉的声音：我向来礼义待人，昨晚被打死的赤匪，我都让人收埋，有什么对不住人？没有想到"人心难测，天变易得"，你竟然带头抄我的家。

老颜说话：礼义？收租时你有半点礼义？

又是那把尖厉的声音回复：农会做张做势时，老实讲，我都准备减租减息，你们却不放过我，押我戴高帽子游垄，让我祖上的脸面都丢尽。

老颜：是你逼出来的，凭你有田产，对我们重利剥削，你什么时候讲过仁义？

老子的田产是祖上传下来的。祖上随曾文正公，提着脑壳打到南京城，得点银子置田置业，田亩放出来收点租子，有哪点不对？凭什么抄老子的家？

又有人说：他家娃儿戴的银颈圈和脚上的银圈子都是孙少爷的。

那把声音更加尖厉：好不要面子，连我孙娃儿银器都要抄走，夺回来！

听到娃儿哇哇哭叫。女人尖叫：拗断了娃儿的手！

不管！是我家的就要抢回来！

女人声嘶力竭地叫，老颜暴吼，骂娘。响枪，叭——叭——叭，好几声。

隔着封口板子，再也听不到老颜一家的声音……

他恨，骂自己：废物！怎么会把条枪丢了？又告诫自己——发不得懵！

等到天黑，兑生顶开封口板子出来，进堂屋被绊倒，手摸到张脸，胡子拉碴，晓得是老颜，又摸到他女人和娃儿，拖的拖，抱的抱，安放在偏厦屋。再摸把柴刀，赶夜路……

鱼钩动情绪，感慨：天妒英才，石月死了；丧尽天良，老颜一屋人也死了。

虫毒蚂蚁灭·“鸭子凫水”·即刻走人

过王十万，到水府庙，停车“放包袱”。加油站的洗手间在坡上。鱼钩说：你冲卫生丸子，我蹲大号，停车场等我。

小便池有红色卫生球，一泡急尿冲得卫生丸子翻滚，回停车场，趁鱼钩不在跟前，我拨通“女一号”，告诉她，我在鱼钩的车上。

她问去哪里，告诉她，朝湘南L市走。

她在电话中说，李茅是L市的纪委书记，出事，被“双规”，恐怕要受审。向我要了鱼钩的电话号码。

正要多讲，鱼钩过来，大骂桂花鸭和东江翘嘴鱼坏事。继续上路。车到L市，满街洗脚屋，莫非这里人天生脚脏？鱼钩说：乡里人进城，猾佻的发了财，虽说有钱，仍是泥腿子做派，一双泥脚，不洗怎么行？

有理有理。

住进当地档次高的宾馆，入旋转门有人迎上，说五楼有桑拿，小姐服务极好的。鱼钩暴怒：桑拿？怕你看见老子屁股上的胎记！

吃过晚饭，打开电视，几个台都是韩剧，塑造出来的面孔；要不就是《美人心计》。鱼钩骂：如今美人、丑人都讲心计。

啪地关了电视。我说：你不看我还想看。

他说：不看了，继续讲我那兑生爹，他出演的电视连续剧今晚大结局。

我耐烦听。

他问：记得《刘海砍樵》？

我说：有印象——“小刘海，在茅棚，别了娘亲；背扦担，往山林，去走一程”。

他说：是了。当年我那兑生爹背扦担，出山林。

兑生连夜赶路，朝北走，不走大路，翻山过坳，到天亮，肚子饿。山上枯枝多，老藤子牵得到处是。前面是片集镇，砍担干柴，藤子捆好；削枝幼树做扦担，两头尖尖的木棍子，挑起柴，入市。问起，已经到了安化梅城镇。柴摆在镇街上集市的路边，有人问价，随便要几个钱，买吃的。晚上，睡在路边店铺的街石上，好在天气热，不受冻，只是被蚊子抬得起……

有人若要雇人担货、出酒糟，就去下苦力。力气是不吝的，只图有块门板睡觉。遇到有人打听从哪处来的，为什么流落此地，立马回避，换个地方继续卖苦力。已经听说共产党在江西南昌搞起义，暗自欢喜。晚上就想，长沙回不去了，去南昌？不熟路。回桐石村？混成这个样子，莫被看笑话。想到彭叔，何不投奔他？只记得他在大熊山下的庄子上，往大熊山如何走？那天挑担石灰，雇他的老板袖着手走在前面，他听到身后有人咳嗽，咳得响。回头，竟是彭叔，放下石灰担子，想扑在彭叔怀里哭一通。老板回头，喝骂：你是做工还是做客？

他气得将石灰担子朝街心一撂，对骂：给你做坟！

老板心疼撒在街心的石灰。彭叔拉着他，快步走到僻静地方。

彭叔说已经听说矿工队伍遭伏击，告诉他，反革命疯狂报复，长沙城里城外杀死一万多共产党员和群众，被杀的除了工人纠察队队员和农民赤卫队队员，普通市民也遭殃。有个卖菜的揭下“清党”的标语擦身上的泥水，当场被枪毙。

兑生问：我们如何办？

彭叔说：打起精神。好在农村有基础，湘东发动起来了，长沙、宁乡、浏阳又搞起农民自卫军、复仇队，湘西也要有行动。湘西区党委要求去农村发动群众。

兑生问：去哪里？

彭叔说：新化地方已经不是我们的地盘子，要去，去当年踩厢扎排的地方。

彭叔说起，见到过一同放排的大佬，他还活着，说起那里有农会，只是这两个月农会的人被杀被抓，盼望有人出头，把场合搞起来。

兑生说：那边离桐石村不远，地皮子我踩得熟。

两人奔桐石村。彭叔说，这次我们带有中共湘西党委的任务。兑生本来觉得没有脸面回乡，如今有任务，能抬头挺胸。路上，彭叔说：可惜你不是党员。

兑生告诉彭叔，石月要发展他，他已经将入党誓词背熟。

那好那好。两人边走边说话。

桐石村走失的鸡娃儿回乡了。沿途见青山绿水，只是小河中不见桐花漂流，却有暴雨后的败枝残叶。先到寺背村，寺是尊丽寺，寺后有村庄磨盘坳。磨盘坳同桐石村只隔一座山，上山、下山总共七八里。

在磨盘坳落脚。流经村中的小河边有磨坊，筒车转动，竹筒舀起河水入渠，水渠狭窄，急流冲动磨盘，碾米、磨苞谷籽。住在磨坊。彭叔出外，兑生守着河边钓鱼，盯着水面看倒影，水面上映出个胡茬子满脸的汉子，那是自己？手一摸，脸皮子粗糙。十年了，年月是把杀猪刀，怪不得钓不到鱼，鱼都被这张脸吓跑。

过两天，彭叔回来。傍晚，两位农友到磨坊，一个提只老雄鸡；另一个，兑生认出是大佬。大佬盯他看半天，问是哪位。他的底色仍在，憨厚，说话如剥苞谷籽，一个字、一个字地吐。问起二佬，说起那次散排，冲上岸，被掳去当兵，吃粮。回寨子，懒得种阳春，县上警备队当差。问：怎么会去当差？

彭叔说：图吃碗快活饭，不像大佬，实打实的做田人。

又说：党的八七会议以后，决定搞武装斗争，中央特派员领导秋收起义，队伍拉到了井冈山。

另一位农友也是磨盘坳的，叫植哥。彭叔说：请示过湘西党委，发展你们三个为共产党员。兑生，你是不是自愿？

兑生激动，说：当然自愿。誓词我都背熟了。

又问大佬：你呢？自愿？被反动派抓到要砍脑壳的。

大佬说：怕个鸟。放排时，死过一次，不怕的。老子，老子要抢回婆娘。

兑生记起，当初为大佬送行的女人，好像是叫兰妹，细眼睛细嘴巴，和善不过。

彭叔说：入党不是抢婆娘，是为穷人闹翻身。

大佬点头。问过另一个，回答同样坚决。彭叔拿出面党旗，3 个人握紧拳头宣誓。

植哥问：要不要喝鸡血酒？

彭叔说：不是帮会，不搞那一套。不过雄鸡炒老姜，我不反对。

四个人在磨坊商量做好农友的发动工作。先说到磨盘坳寨子里的人有习武之风，打得，不少人入了帮会，后来加入帮会为主的团防队。族长的堂弟扁福是龙头大爷，团防队长，抢走大佬婆娘的就是扁福。听说共产党要在湘西搞暴动，族长心慌，要搬动县上警备队。扁福不屑，说警备队那些人，论起吃喝，嘴巴大，肠子短；论起胆量，是心气短，腿杆子长。

彭叔问：消息确实？

大佬点头。又说起桐石村。植哥说：同桐石村的四矮碰过面，四矮跳起脚骂余五学问要奸，书从屁眼里读进去的，欠了轿子钱想赖账。

大佬说四矮靠不住，两面讨好。彭叔说，要摸清底细。兑生提出回一趟桐石村，彭叔说：不怕村里人认出你？

大佬说：难认，不像以前。

肩扛背篓，青布帕子缠头，翻山去桐石村。有人问起，就唱扯白歌，说从湖北来凤县过来的，行；说是去贵州铜仁收天麻的，行；说是永顺松柏场来打棺材的，也行。反正湖北、湖南、贵州的接界的地方口音差不多。

已过寒露，未到霜降，山林苍老，树皮结壳，绕树的藤子挂长须，蕨苗、荠菜、咬紧牙关撑出地面，枯灰的落叶丛中偶现青绿，却有浓郁的山香冲鼻孔。穿过杂树林，前面是片茶籽坡，油茶树排得密，从树间穿过，踩着果壳枯裂的油茶籽，脚下发咔嚓响。见到树丛中有片蓝颜色晃动，近前看有个女人背扎笼，也是青布缠头。细看，是菊心，不由得叫出声。那女人头偏向一边。再叫，女人骂：你这号痞人，走你的路，莫耽误我捡茶籽。

兑生忍不住抢到她对面，对她说：菊心，认不出？我是兑生。

女人放下装茶籽的扎笼，抹把脸，细看，说：当真是你？

说罢，弯腰捂住脸嘤嘤哭。

兑生说：莫哭，十年了，莫见面就打哭巴脸。

菊心说：我不哭，有个什么好哭的，你又不是我的什么人。

说罢，扭头要走。兑生追上她。女人说：找处背僻的地方说话。

哪处背僻？兑生记起了神仙洞。菊心说：哪是什么神仙洞，是我的苦水子洞，砍柴、割茅草时，想起伤心事，就躲到洞里，一个人哭得伤心伤意。熟路，找到洞中坐下。菊心说起，兑生走后，过了五六年，仍在盼他回来，后来，听余五学问说起他在长沙大工厂做工，不想回桐石村；再后来，她娘荷姐病重，闹天花，脸上出红斑、黑斑，五学问硬说是麻风，逼她娘去麻风村。苦苦哀求，五学问算是开恩，借钱让抓药，息钱重得死，娘还是病死了。五学问逼债，本息要一齐还，四矮上门左劝右劝，让给五学问做填房，不依。后来五学问放话，娘得什么病，女就得什么病，麻风病会传染四邻。质问五学问，凭什么乱嚼？余五说他有学问。吵到后来，五学问搬县上的警备队，要押她去麻风村，一想，去了不死脱层皮。顶不过，只好依了五学问，做填房。

兑生骂：我那爹不是人，他就不怕传染？

菊心说：村子里都说他是嘴巴两块皮，一边讲，一边移。

又说：骂得对，余五真不是人，行不得人道就折磨我，床上又掐又揉，整晚没觉睡。第二天还要砍柴，割茅草喂牛，捡落地茶籽。

菊心捋起衣袖，手臂上青红紫绿，说：都是老鬼的指甲尖掐的。

又将条撒腿裤拉到大腿根，更是惨不忍睹，说：咬的，做死地咬，晓得我不敢叫。

兑生说：他疯了！

菊心说：反咬一口，说我没本事怀娃，让他没有子息。他根本不当你是他的儿子。

兑生说：我也不认这样缺德的爹。

菊心说得动情，伏在兑生怀中哭。兑生手足无措，依稀记得当年被驴蜂螫着，伏在菊心腿上，她为自己涂雄黄大蒜油……

菊心抹干泪水，说起村中情况。

……四矮这号人溜溜滑，搞农会时喊得起劲，动不动跑到五学问家里吃饭，要吃荤，和渣上桌嫌差，骂五学问是土豪劣绅没良心。讨要轿子钱，不给就笼里捉鸡，棚里捉鸭；若是搬得动，栏里的猪都会搬走。后来从镇上到乡里，层层反水，到处抓农会的人，他又一口一声五老爷，说五学问是大善人，当年只差一点就是县里的议员。这号人靠不住。……五长脚、六结巴倒是实在人。……五学问听说农会又要火起来，想搬来县上警备队护村，其实是护住自己的家产…

约好，明天再在山上神仙洞相见。

我说：你爹同菊心第二天定是神仙洞里野合，快活如神仙。

鱼钩骂：你这号痞人，好往那方面想。其实，野合倒是天地间原始的生命情趣，是不？

我说：这样美妙，你想合一合？

他骂：你蠢。“姜嫄履大人之迹而有周”，叫姜嫄的女人踩了巨人脚印生出了周文王，踩个脚印生得出崽，可能？其实，就是野合。姜嫄野外搞上个健美男子。

我说：鬼扯。

他又说：“纥与颜氏女野合而生孔子”，孔子的爹叔梁纥同颜家妹子野合而生下孔夫子，这是《史记》上记载的。

我说：你完全可以编本 “野合学”，证明你爹同菊心在神仙洞里正大光明地成其好事。

他说：正大光明？我爹被彭叔痛骂，两人几乎要各走各的。

是吗？

菊心将桐石村的情况给兑生说个大概，又说余三先生在长沙过世，五学问占了三先生的桐花轩。后来菊心约来五长脚、六结巴，他们说起老农会的人都愿意再打出旗帜，只是要有为头的。只有四矮，不给他露风，这号人变性大。不过，他鬼头鬼脑，也看出点动静。

余三先生走了，走得孤独，身边没有一个人。兑生想起有几分伤感。

那次兑生同菊心在神仙洞会面，不料被四矮看到，四矮缠住菊心，想讨便宜，说：你做的事我晓得，那男人是外乡的，胡子拉碴，亲个嘴都戳死人，如何比得上我？本乡本土，对你能有个照应。

菊心吐他满脸唾沫，骂：你算个什么东西，搭楼梯吃不到你娘的奶，滚一边去。

四矮不甘心，回到村里到处放风，说菊心偷人。还在五学问面前“画符”[1]，说菊心在天坑同条高大汉子亲嘴，嘲笑五学问的帽子落进了绿染缸。

彭叔又去了一次县城，带回好消息。桑植那位角色，领导过南昌起义的，从汉口经津市回到邻县桑植，路过这一方，歇脚在四斗坪，同众多党员开过会，要大家坚持就地革命，深入发动群众，牢牢控制农村。

兑生问：还说了什么？

他答应，如果游击队在军事上遇到难以坚持的困难，可以到磨岗隘找他。

有这句话垫底，众人准备放开手脚。

过完年。磨盘坳、桐石村联系了很多农友。植哥说：警备队已经搬到桐石村，搞暴动莫如选择磨盘坳。

---

① “画符”：说坏话。

大佬说：要得。我上，不为老婆，为大众。

彭叔问团防队有多少条枪，植哥说有十几条，龙头大爷扁福有短火，插在腰上，耍威风。众人议，十几条枪，还有短火，是很好的武器来源，只是团防队的人都是本寨子里的，有武功，轻易动不得。又说起桐石村，彭叔让兑生再去村中摸情况。

进村前，菊心告诉他县上警备队住进三先生的桐花轩，五学问让她给警备队煮饭，那些家伙涎皮赖脸，掐她的屁股，撞她的胸，死皮死血。五学问却骂：你若是同人勾搭，老子推你下天坑。

兑生这次进村，觉得村中房屋矮锉、逼狭了很多，比以前更穷。以前家境稍好的人家在屋檐下挂年猪肉炫富，现在年猪肉见不到了。五学问家门面依旧。三先生的桐花轩显破败，门口一堆鸡毛、鸭骨架，住进的警备队是“黄竹筒”[①]，专啃鸡鸭。进屋，里面吆五喝六，围着四方桌子赌牌九，几条枪搭在条凳上。有人即刻去抓枪，有人骂：撞鬼，敢踩这处的门槛。

兑生马上赔笑脸：我是余三先生的远客，上门收天麻。

几个家伙继续赌牌九，有的说：管你“鱼三肉七”，再不走，打得你飙屎。

有人冲着兑生屁股就是一脚，踢他个踉跄。兑生憋住

---

① “黄竹筒”：黄鼠狼。

火气，告诫自己：发不得懵。

转回村中石板路上，扛背篓的、扛柴的、牵牛的都不认得他是哪一个，只有矮四，嘲弄他：找相好找到村中来了。

突然，四矮揩去绿眼屎，叫道：你是——，你是——

正嚷，五学问打开门，盯他看半天，居然说：外乡人莫在村里讨便宜！

兑生想：这就是我的亲爹……

回磨盘坳两天后，接近傍晚，兑生蘸水磨刀，试过锋口，仍不够利，见到彭叔回磨坊，叫他，口气严厉地说：还要不要共产党的纪律，作风不检点，做些丢人现眼的事情。

兑生说：我怎么了？

彭叔说：两个村子的人都晓得你同菊心的事，说你父子俩共老婆用。

兑生猜到是四矮使坏。

彭叔又说：反动派造谣，说我们是共产共妻，你倒好，话柄落到他们手里。再说，一个地主的老婆，有什么值得你这样？

兑生发了懵，说：她是苦人子，莫往她身上糊烂泥巴！

彭叔跺起脚说：你还公开承认，影响这样坏！让我们如何向农友交代？败坏党的名誉。

兑生也跺脚，说：好！我走，我带她远走高飞，不再败坏你们的名誉。

他摸起柴刀出门，大佬和植哥拦他。彭叔问：你去哪里？

兑生说：我要劈了四矮！

拦不住，他走得快，大佬追不上，彭叔又跺一次脚。

半个时辰之后，磨坊听到急促脚步声，彭叔惊诧：兑生回来，身后跟着菊心。兑生说：菊心报信，警备队要抓人，手上有名单。再晚些，就会过来。

菊心说：给警备队送饭，饭桌上拼酒，论起赏金如何分。说要准备几根绳索，从磨坊动手，然后去磨盘坳寨子里。他们酒快喝光了，打发我去弄酒，我借机跑来。

彭叔问：还说些什么？

他们说冲进磨坊，见人就开枪，打死人割下耳朵领赏。说起寨子里的植哥功夫好，不好对付，见面迎头一枪。

植哥骂：娘的，先冲老子下手。

说大佬见到枪筒子会吓出尿，上索子就是。

大佬说：娘的，当老子是软壳子蛋，好欺。

如何办？彭叔对植哥说：快去寨子里叫些人，抄家伙，告诉众人不要怕，我冲在前，跟在我们后面就是，手中的刀、锄、斧、铲、扁担、扦担特别是梭镖不要吃素，舍得死，拼得命，打死一个是一个，打死两个是一双。大佬跟我们走，我们先奔桐石村，村口会面。

大佬说：我的柴刀锋口不利，要磨。

彭叔说：磨得刀来天会亮。

大佬摸到一支扦担，众人即刻动身。

鱼钩说到后面发生的事情，没有功夫片、打斗片或抗日神剧的飞檐走壁、高手过招、手撕顽敌、子弹长眼睛说打眉心不会打到下颏的细节，只是冲进桐石村后，砍瓜切菜、伐树剁柴一样，砍死八个警备队的。缴枪时，大佬尖叫一声：是二佬！

兑生心上发冷，这个警备队正是自己柴刀砍倒的。

大佬跪在二佬血糊糊的身子旁，哭：你这短阳寿的，当初要你不要进警备队，不听，死得好不值……

彭叔安慰他：共产党员，对敌斗争流血不流泪，莫哭，还要打硬仗。

得了八条枪。跟着冲到磨盘坳，打团防队，擒贼先擒王，摸到团防队长扁福屋门口，撞开门。扁福觉察到，一手系裤，一手持枪冲出来，迎面撞上大佬。大佬握扦担的手发颤。扁福的短枪来不及上子弹，大佬咬紧牙关，挺起扦担，发疯一般高叫：老子不为老婆，为了穷人子翻身！

他扑过去。扁福子弹上膛，要开枪，大佬的老婆兰妹光着两条腿冲出门，死死抱住扁福。扁福回手一枪，女人倒在血泊中。大佬的扦担猛地插进扁福肚皮，他高叫：老子不是为了老婆！

我问：扁福没有再开枪？

鱼钩说：檐老鼠[1]有什么能耐，飞不起，跑不动。大佬那一扦担给力，从扁福的胖肚皮上抽出扦担，几乎这边望到那边的亮。大佬眼瞪瞪，看到血如泉涌，晕过去。

我问：后来呢？

鱼钩说：后来四乡农民都搞暴动，各支队伍合在一起几百人，上百条枪，成立了湘西革命军桐石支队。国民党将那一片划为清剿区，设团防队，总部在江家港。

五月端午时节，虫毒蚂蚁灭。正午时分，江家港团防队几十人河中洗澡，肉蛆一样在河水中拱，哪料到农军冲过来，朝河中开枪。这边灭虫毒蚂蚁，那边赶场，农军扮挑柴的、挑竹箩的、扛背篓的，挤到团防局门口，一声吆喝，从柴捆、背篓、竹箩里抽出家伙，端了虫头蚂蚁窝。

我说：打个便宜胜仗，只是胜之不武。

鱼钩说：哈哈，你这猪脑子，这叫兵不厌诈。只是植哥他……

如何？

……流经江家港的小河上架花桥，挨桥廊有光板座椅，打了胜仗的农军零零散散坐桥上，图个风凉水冷，有的叭烟，有的擦枪，有的拭去刀上的血垢。植哥眯眼看到刀刃上的锯齿，自言自语：剁到肩胛骨，崩了刀口。

有人说：晓得你有功夫，拳法好，刀法更好。今天又砍翻几个？

---

① 檐老鼠：即蝙蝠。

植哥叹气，说：莫提起，窝心。冲进局子里眼睛发蒙，逢人就砍，听到地上有人喊。

问：喊什么？

喊，植娃儿，你瞎了眼，祠堂屋上梁那天老子同你一桌吃和渣席。

是你亲戚？

植哥点头：水车坪同一姓的远房兄弟。

植哥眼圈子红了。

已是深夜，有人敲门，声音轻。鱼钩示意不要理睬，过一阵，门缝里塞进几张名片，上面印衣着暴露的女子，并有电话号码，会是这样，不如早些安睡。鱼钩谈兴未尽，丢给我一包高档烟，说：再听我讲下去，今天将故事讲完。

接着听，让他尽量简略。

继续讲。

国民党发威，你捋虎须，老虎就露獠牙，牙口好深，张口咬人，连皮带肉撕下你一块又一块。为了对付湘西革命军桐石支队，国民党往清剿区派出第十四军，另有独立十九师，配有炮。阎王巡山，鬼崽子猖狂，地方团防一齐上，几千人的正规军，又是几千人的团防武装，合计万多人，杀过来，石头过刀。桐石支队开始还作抵挡，后来地盘子越来越窄，几仗打下来，只剩二十几个人，躲进大山深处，只得化整为零，突围。亏得有百姓掩护，彭叔、兑生从敌人眼皮子底下走脱，其他的人有的被杀，有的被捕……

桐石支队散了，那边就磨刀，就剁脑壳，参加过桐石支队的有几百人被杀，植哥死得惨，被四根大钉钉在门板上，抬着门板游江家港示众。

我听得毛骨悚然，说道：残酷！

鱼钩说：打来斗去，拉锯的时间长，反动派那一方怒火攻心，疯狂报复。乡绅以为他们的霸权铁铸铜浇，如何容得底层的农民挑战？莫看水鱼有缩头术，它若反转脑壳咬人，不松口。哪怕是五学问，我的亲祖父，平时扮个规矩人，规矩一变他就不是人……

我信。

彭叔、兑生找到磨岗隘，同红二军团的人联系上，在队伍干了几年。

我哼起那支熟悉的歌“洪湖水，长又长，人心向着共产党。红二军团闹革命，红旗飘扬打胜仗”。

鱼钩说：胜仗打得多，败仗也打了不少，其实是屡败屡战。只说同一支队伍的番号，几年间的名号有第十九路工农革命军、工农革命军第四军、红二军团、红二军、红三军……打胜仗了，队伍就扩大；敌强我弱，就缩编。你以为是下军棋，一个军的编制下有师、旅、团、营、连、排、班？不是那回事，只说一九二八年，七月成立红四军，到九月剩下 91 个人，72 条枪。一年过后又发展到四千人……

我那兑生爹过足了“枪林弹雨一戎衣”的瘾，湖南、湖北的路面上不晓得跑烂多少草鞋。石门、桑植、湖北的鹤峰，回到湖南的大庸、慈利，再到湖北的宣恩、恩施、建始、巴东、长阳、五峰，又转战湖南的南县、华容、津市、石门、临澧，只有到了洪湖，才建立比较稳定的根据地。

喂！在听？莫打瞌睡。

鱼钩见我睡意沉沉，抽出烟，点上火，送我嘴边。烟草熏走瞌睡虫，继续听讲古。他将遥控器按在床头柜上，两根手指在遥控器的两边戳来戳去，以示打过仗的地点。经他戳戳点点，我眼前出现崇山峻岭，出现“路险林深苔滑”，出现“马蹄声碎，喇叭声咽”，出现“万木霜天红烂漫，天公怒气冲霄汉”。昂扬，写意。再说洪湖，正如歌中唱的“四处野鸭和莲藕，秋收满畈稻谷香”，鱼米之乡，鱼香米香，馋人呢。我说：你爹到了洪湖，菱角湖藕、鲜鱼活虾、泥鳅黄鳝、乌龟王八，肯定吃了不少。

鱼钩啐我一口：你当是如今那些腐败干部下基层，当年，洪湖好多人挨烙铁，惨得很。一九三一年三月间，来个人……

兑生跟着彭叔随红二军团北上南下，到达洪湖后端粗陶碗吃白米饭，搬稻草把子打地铺，情绪松弛。彭叔却皱起眉头，他见到罗疤，彼此没说话。说起罗疤，兑生记起：脸如葵瓜子壳，头上一块“光洋”，记得他向彭叔讨鸦片烟。

彭叔说：罗疤不认人是心中有鬼，这号人要提防。

兑生默认。世界真小，洪湖真大，他意外地见到童童。

童童告诉他，马日事变后，都躲。她躲到汉口，报考了国立第二中山大学预科班，读到十二月，学校解散，回长沙，见过运宝。

童童眼圈子红了，说起运宝：那天见到他跟人扯皮。那时候长沙搞“灰日暴动”，第一纱厂出动敢死队，运宝要参战。人家对他说，我们去拼死活，你脚不方便，莫去。他发懵，说老子不会拖你们的后腿。

兑生问：后来呢？

童童说：后来去了。那个晚上，敢死队炸了光华电灯公司，烧了新河警察所，攻进陆军监狱，解救一百多人，后来还是失败了……全城大搜捕，他被人点眼药，说敢死队有个瘸子，全城盘查瘸子，光是河西抓了几个……那天他破戒，嚼槟榔，一颗接一颗，不停地嚼，被抓后他认了，让放走其他瘸子。一个军官说，莫当自己是“一条腿”，跛着脚还搞名堂。他将嘴里的槟榔渣子喷到军官脸上，他说“老子当上了敢死队，什么事都敢做”。当即被马刀砍死……

童童哭出声。兑生沉默。

问她，如何到了红二军团。童童告诉他，运宝的死给她很大的刺激，同长沙的两位女生想去井冈山，被拦住，转而找到贺龙的队伍，做了一名卫生员。

后经部队上的人介绍童童认识了彭叔。

那个晚上，兑生搬捆禾草，躺在禾场上，仰看满天繁星，想起运宝，嬉皮笑脸的城里伢子，粗鲁、毛糙、逞能、敢斗，以满嘴槟榔渣子的愤而一吐，表示义无反顾。兑生恍惚看到，天穹在摇动，一颗流星嗤嗤地在头顶燃过，一头栽入冥黑的苍穹。

红四军团来个人，两块厚嘴巴皮，胸脯挺得更高，肥大的灰布军装套在身上，空荡，像是树棍子撑起的稻草人，也像是卖糖人吹出的糖菩萨。鼻梁上架副近视眼镜，以示学问？只怕同余五一样，也是“和渣”学问。这人是夏某。

夏某将红四军团更名为红三军，之后，上台做报告，能讲，嘴巴皮翻动得快：“要用布尔什维克的速度进攻”；鼓吹直接进攻是“执行国际路线在中央分局领导下的红军大转变的成功”。又是“布尔什维克”，又是“国际路线”，他好像是俄罗斯的“赫列巴”喂养的，更像在国际舞台上混了多年。兑生记起在文化书社遇见他，他有莫斯科红场上，男的女的抱着打啵的憧憬。正在暗笑，中国人哪会当人暴众亲热？可见夏某人说话不接地气。

突然听到夏某点名，将点到的指挥员叫出队伍，夏某身边的一个家伙将这位指挥员的枪卸了，押着人往湖边走。后来听到枪响，指挥员被枪毙了。兑生的汗毛竖起。

以后很多个夜晚，兑生都听到村子的柴灰屋发出惨叫，那是夏某让人拷打、审问红四军干部。其中很多人被安上改组派、托洛茨基派、AB 团、第三党、取消派的罪名。兑生不理解，彭叔告诉他，这一套都是学苏联，姓夏的在苏联留过学。

夏某手下发明了拷问人的刑法，如“鸭子凫水”“背火背篓”。“鸭子凫水”是将人的拇指和拇趾并捆在一起，悬吊在梁上，拗得人筋骨断裂；“背火背篓”更惨，背脊上的皮都被烙得吱吱响。兑生亲眼看到，原先的指挥员被铁丝穿肩胛骨牵着游斗。这些干部受完刑，游斗完毕，忍着伤痛，挺起身子，继续指挥作战……后来有人指着一个遍体鳞伤的瘦个子说：这是柳直荀。

后来，连柳直荀，姓夏的当年最要好的朋友也被杀了。

不禁感叹：殉道精神。

鱼钩说：我爹不在此列。

后来，姓夏的要兵分五路同敌人对着干，接连打败仗。彭叔气得在屋里跺起脚骂：娘的，瞎胡闹，五根手指抓豆子，抓一把，撒一把，这样会要断送军队。

有人提醒：外面有人听壁脚。

屋里人冲出去，将听壁脚的拎进来，摔地上。兑生认出，是罗疤。众人用个布袋子蒙住罗疤脑壳，一通拳打脚踢，然后推出门。彭叔说：要坏事，这家伙朝司令部跑得勤。

那是姓夏的搞的第二次肃反，人心惶惶。兑生睡在禾场坪，半夜被人摇醒，是童童。童童趋近他耳朵轻声说：让彭叔快走人，明天就要抓捕他。

兑生问：怎么回事？

童童说：我给夏书记打针，见到有个黄皮寡瘦，头上有疤的家伙告密，说彭叔是帮会出身，贩卖过鸦片，反对夏书记直接进攻的主张。夏书记说，典型的阶级异己分子，最凶恶的敌人，抓！

童童像一阵烟雾，轻轻离去。兑生摇醒彭叔，重复童童的话。彭叔警觉地坐起，稍作思量，说：什么都不要了，即刻走人。

两人猫腰来到河汊，弄只鸭划子，划到对岸，再隐入荷叶弥盖的藕田中，直到天黑，爬出藕田，周身被蚊蚋、蚂蟥叮得青红紫绿。彭叔说：找党中央，反映这边的情况，再不收刀，不晓得冤死多少人。

兑生问：中央在哪儿？

彭叔说：我们应去井冈山，见党的负责人。

摸黑赶路，经过一个村子，冲出几条恶狗，一阵狂吠。村子里响锣，有人追出来。慌不择路，一阵紧跑。兑生不见了彭叔，暗自叫苦。挨到天亮，穿过藕田，看到前面有村庄，走进最破旧的茅草屋讨水喝。屋里的男人打量他一番，以为他是打短工的。说，往下走，有地方雇工挖藕。兑生拿出一块银圆，换来一套衣裤。他没有南下，想家乡，挂记菊心，朝西走。

从监利，石首，走到枝城，走这几年行军打仗经过的路，遇到有人盘问，就说自己是店伙计，先东家一步去五峰收墨耳、金针。走到五峰，闪身进入莽莽林翳中。

鱼钩问我：你信宿命吗?

告诉他，早回答过，又信又不信。

他坚持，他信。

風定岭·草药子郎中·进化论

上山，下山，再上山，再下山。蓝灰的雾嶂不是绕在身后，就是挡在眼前。阳光透过松针叶，洒向落叶铺张的地面，松鼠沿着老树蹿上蹿下；有棵树上挂着比南瓜大的野蜂子窝。楮树枝叶间一团团红色绽放，说不清是花还是果实。树上牵起藤子，藤上挂野阳桃，一串串，晃晃荡荡。抬脚听到落叶窸窸，这才想到，山太静，静得清幽，静得空泛。十几天前，作战时的枪炮器嚷声，肃反时的拷问叫冤声，统统隐没。在山林中，有难得的自在，可以喊，可以唱，可以随意撒尿，不用背过身。兑生心上恍惚，又回到桐石乡，似乎从来没有争来斗去的折腾，没有在腥风血雨中的挣扎。

下山时几乎脚不沾地，踩着松针滑行就是。偶然见到蒙着苔藓的石头,石头生得怪,有人形,像个大头娃儿,石下,生几株花草，绿叶弯出长弧，叶上长出红如血珠子的几瓣，花蕊间又抽几茎青黄色的花枝。管他什么花呢，走出几十步，早忘记这花的形状。

静谧中传来痛苦的嘶唤，什么人？前面是山崖，绕到崖下，看到是位老爹捂着脚叫唤。问起，他被蛇咬，痛得额门子上冒汗，正用柴刀刮削伤口，黑血直淌。老爹吩咐兑生：上山去，找到娃儿石，石下有花开如溅血的几株草，连根挖来。

兑生记起路过娃儿石，拔脚跑，找到那几株花。连根挖回来，递给老爹。老爹用柴刀背将花捣碎，敷在伤口上，摸到水葫芦，喝口水，大口喘气。兑生守在跟前，老人气喘匀了，唤兑生：过来，有东西给你。

兑生凑近，啪地挨老爹一巴掌，半边脸麻辣火烧。正要动粗，老爹赔个笑脸，说：得罪了，莫怪。这一巴掌让你一世人不忘，挖来的药草叫七叶一枝花。

兑生眼前一片云雾，活见鬼！

老爹接着说：治蛇毒还有半边莲，还有好多。我会一样样教你辨认。

兑生说：说得再好，不该给我一巴掌。

老爹说：嘿嘿，一巴掌是将你打回原形。

又问：要去哪里？

说出想回石门。老爹说：回不去了，清乡队到处抓人，莫送命。我看你杀气重，要晓得，杀人不如救人，是不是？老爹背起背篓，同兑生一起下山，走到山脚，老爹说：晓得这是什么地方？

兑生摇头。老爹说：你回头看。

兑生扭转头，看到矗立的一块岩石上凿着三个字：風定岭。那“風”字周围的笔画受霜蚀雨浇，早已漫灭不清，而中间的“虫”字突显。兑生猛然想到“附虫而蜕，另辟乾坤”，悟到，是不是该从腥风血雨中退场，另寻路径？

石月牺牲了，彭叔不在跟前，自己也心疲力竭，唉……

问鱼钩，后来呢？

答我：后来住进山上搭的茅草屋，屋子里墙上挂风干的药草，背篓里装成包的药草，屋门前的空地上种几味药草。药草多，粮食却少，十天半月，老爹下一次山，背回半篓苞谷，有盘石磨，苞谷籽磨碎，焖熟，一天两顿。有时饿得吐清水，老爹说，有吃总比没吃好。跟着老爹每天上山采药材，附近寨子里做走方郎中，学会拔火罐，拉寒筋，发散祛寒，车前草煎水利尿，认得的药草越来越多。老爹家中有《黄帝内经》《神农本草经》，还有张仲景的《伤寒杂病论》。问起老爹行医的来龙去脉，笑而不语。再问，就说：少管空闲事，莫走懵懂运。

有次被老爹骂。下雪天，听到墙角落有响动，两只松鼠爬进背篓偷吃苞谷籽，逮到其中一只，扔到门外，松鼠摔断腿，吱吱叫。老爹捧着松鼠进屋，给它伤腿上药，大骂：没良心，最恶莫过伤生。

他回答：苞谷籽被它吃了，人挨饿。

老爹说：人有一口，物有一勺，何苦伤它！

松鼠的伤腿养好，再也不瘸，有时钻进茅草棚，胆子越来越大，渐渐地，见到兑生不躲闪，有时爬上他膝盖。老爹笑道：好了好了，懵懂运快走完了。

住山上，昼长夜短、春绿秋黄，不晓得过了好长的日子，兑生蜕化了，除了登山爬坡，一把尖嘴锄头，采草药，余下的时间一门子心思读医书，时不时受老爹点拨。当年读《古文观止》是“爬坟堆子”，现在是爬药草山。那段日子，只读过半张报纸。那天老爹从山下买盐回茅棚，包盐的半截报纸上字迹清晰，只是看不到年份。兑生拿着报纸出茅棚，对着亮细看，报上是：3 月 16 日，长、潭、宁、益“共匪”欲投奔匪首贺龙的湘鄂西红军，被全歼，团长叶魁 21 日被押回长沙，已于 26 日在浏阳门外识字岭正法。同一张报纸，最下方有长沙县飓风为灾，毁屋千余，掀船数十，死 200 多人……

兑生看得腮帮子发抖。老爹瞄一眼报纸，说出句红尘中的话：风伤人，雨伤人，鼎罐不留饭锅巴——铲（惨）到底，不能再有伤天害理的事。

兑生那天山塘中取水，顺便洗把脸，从水面上看到个人：头发、鬓角如抹了草木灰，不禁问：这影子是谁，未必是我？

后来老爹去世，就葬在山上。临终时他说：莫用棺木。装进木盒子，气闷。

是不是啊？

老爹说：挖个洞子装我，掩上土就行。老皮老肉老骨头，被虫子蚂蚁啃光，是我的造化。又说：你终究耐不住寂寞，懵懂运也快走完，可以下山了。

老爹死后。兑生下山。两只松鼠有灵性，跳到他身上。他搂一只，另一只跳到他的肩上，直到走出風定岭，放走松鼠，两只灵物还在后面一蹦一蹦，跟出老远。

怕有纠葛，不回桐石村，来到常德开诊所。穷人看病，分文不取。

散发霉味的墨宝·匕鬯不惊

鱼钩说到长沙。

长沙，罗夫子和伍先生这对油盐坛子相见日稀。那年他们从新化锡矿山回来，过几天，余三先生驾鹤西游。临终前，将桐花新庐的房契交罗夫子，委托送到兑生手上。

长沙城里，省政府衙门换人，头年是鲁涤平，到民国十八年二月换作何键。这个屠夫，手段血腥。伍先生尽管对时局有牢骚，也要噤声。他已经做不上省议员，创立共和的雄心壮志早挂在墙壁上。人失势，衣装跟着掉格，不端冠，不振衣犹自可，经常有一截裤带子露在衣服外边；说话越来越接地气，流话子、痞话子，什么话都讲得出。脚上，皮鞋换成千层底的布鞋。他邀上罗夫子，两双布鞋底慢悠悠地擦过麻石街面，边叙话。

“油盐坛子”游通泰街、先锋厅，挨近福清巷，伍先生脚步加快。罗夫子说：约好逛街，走那么快做什么？抢火？

伍先生说：抢位子。

做什么事要抢位子？

先生说：附近有全市刚建的、唯一的、最好的公共厕所，水门汀地面，抢到位子“下筒子面”。

长沙人无聊，有“登东”“出恭”“解手”等词语不用，修辞学偏要向广东人靠拢，广东人避讳，有“丢煎堆”

的说法，长沙人换成“下筒子面”，突出那物事的形象感。果真，福清巷公厕前排长队，都想脚登水门汀地面，过一把“下筒子面”的瘾。无奈伍先生排在末尾，急得跺脚。罗夫子看他蹙眉苦脸，哭笑不得，只得急人之所急，走到前面，掏出锡箔纸包装的好烟，给排前面的男士递烟、讲好话，总算获得同情，让伍先生捷足先登。

完事。伍先生一身轻快，走出福清巷，眼也眯，眉也展，要去外湘春街，吃“和记”的米粉。夫子说：真是个消食马桶，才拉完又吃。

伍先生说：“和记”粉馆开张不久，屋后种的南瓜竟长出两条须，结的瓜叫卧龙瓜，奇物，何不去见识？

两人就往外湘春街走，十一二月，南瓜藤早已干枯，有个什么卧龙瓜可看？“和记”为李氏寡妇领着两个儿子经营，大儿子叫和伢子专司采买，二儿子福伢子主厨。“油盐坛子”每人叫一碗牛肉菜心米粉。和伢子对伍先生说：明天牛肉菜心粉要摘牌子。

问：为何？

和伢子说：已经开始下霜结冰凌，菜心极不容易买到。

伍先生说：今天有就行。

趁米粉没有出堂，伍先生大谈其与谭延闿在南京吃遍大小馆子，说起谭府上的一担白菜只炒得一碗，拣最嫩的菜心下锅。又说起云南的过桥米线、广西阳朔“日头火”的米粉，都不及长沙米粉好吃。再说起彬州的鱼面、汉口的热干面，还有山西削面，只是浪得虚名。罗夫子战战兢兢，就怕他说出“下筒子面”，这时的牛肉菜心粉端上桌。米粉柔如软帛，嫩若新芽，加之煨出的盖码浓而不腻，伍先生大快朵颐，吃得汤都不剩。罗夫子有感叹：伍先生这位新派的绅士，早已经不问国事，不恤民生，一步步滑向食客、顽家。

一两个月后，已经是民国十九年，年前一场大冰冻，菜畦铺厚厚一层冰雪，青叶子菜长不出。伍先生家的佣工跑通泰街、先锋厅、藩后街、坡子街、南门口五个最大的菜市场，只买到几斤大蒜籽，想买点老姜，难得。亏得伍家师娘子未雨绸缪，做些辣椒萝卜、腊八豆，又学着做些米豆腐，总算有下饭菜。吃饭时伍先生仍觉得口里偏淡，自己动手去汲水坛子舀腊八豆，这一来，一场好吵，封盖汲水坛子的竟是一叠谭延闿写在毛边纸上的墨宝。伍先生大骂师娘：蠢得死！谭祖庵麻姑体的书法是稀世之宝，好不容易讨来，让你给糟蹋！

然后又骂猪脑髓、骂狗屁不通，坛子被砸破，腊八豆满地是。伍师娘子的当家本领竟被无视、被丑化、被清算，何得不恼？伍先生将那几张毛边纸摊在书桌上，牙签挑去豆皮，牙刷擦去豆渍，无奈何满纸霉味，兼有酒气……九月底谭延闿在南京去世，这位纸牌屋主，政坛上的“药中甘草”，“水晶球”在阳世上混到尽头。伍先生大哭一场，作为民国年间的书法大腕飘然而去，值得惋惜；作为美食大师，留给伍先生的是散发霉味的墨宝，伍先生哭得有理。

这年，长沙经历烈火狂飙。蒋桂战争爆发，军队向湘、桂交界处集结，长沙城内兵力空虚。七月底，朱德、彭德怀的红三军团“人过千万，无边无岸”，打得何健手下危宿钟的人马呜呼哀哉。红军讲仁义，凡交枪的发三块钱路费，缴获的枪支多，见到的红军战士左挎一支枪，右挎一支枪，如佩十字绶带。战士上午握梭镖，下午端快枪，越战越勇。打到金井，在东屯渡架起浮桥，攻进长沙。又在营盘街找到子弹库，更是如虎添翼。

红军入城，罗夫子跟在队伍后面追，摘下老花镜，挨个打量红军战士，边看边问，寻兑生，找不到。他却以报人的灵敏知觉，打探到一些事，感叹……

红军懂得“民以食为天”，米贩子囤积居奇，卖米要高价，卖面粉不拆零。红军负责人掏出手枪，顶着米贩子的太阳穴：不卖粮，崩了你。

恶狗服粗棍，米贩子只得让步，众人买到平价粮。

城里的恶绅士骂红军是“草寇”，伍先生也以为他们是腹内草莽。大错！洋人的军舰停在湘江，朝城里打探照灯挑衅，红军召集舰上洋人头目开会，红军负责人一口流利的英语，说过英语说法语，警告他们不要耀武扬威，洋人气焰矮锉，军舰灰溜溜地开往远处。

城里召开十万工农大会，群情激奋。罗夫子也激动，写出报道稿：

嚣张洋舰出逃　淫威难展

仁义之师入城，匕鬯不惊①

文稿摊在书桌上，被伍先生看到，又气又惊，对夫子说：你鬼懵了头，快些烧掉，这是为贼扬名，为盗开道。

罗夫子也生气，骂：胡说什么？哪个是贼，哪个是盗？红军入城，秋毫不犯，哪有这样规矩的队伍；洋人欺人太甚，赶跑他们的军舰，伤你哪根筋？

伍先生争辩，说：晓得不？红军队伍乱得很。八角亭姓易的叫脑壳，带着手下两百多人投奔红军，这不是花豹子、豺狗子打伴，凶恶一窝？

罗夫子骂：你蠢！叫脑壳归附红军，红军将这两百多人改造成爱百姓、守风纪的人，何等功德？你这号旧绅士的顽固脑筋，没药救。

伍先生被呛得无话可说，扭头就走。

一个多月后，伍先生想到自己说错了话，去认错，又怕扫面子。那天路过水风井，走进新开张的怡丰斋，买两斤冰皮火腿月饼，准备送夫子尝鲜，见夫子家门上一把锁。

① 匕鬯不惊（bǐ chàng bù jīng）：是汉语成语，匕：古代的一种勺子；鬯：香酒；匕和鬯都是古代宗庙祭祀用物。形容军纪严明，所到之处，百姓安居，宗庙祭祀，照常进行。

夫子为避何键的“宁可错杀三千，不可放走一人”，已经离开了长沙。

自此，伍先生更加感觉生趣凋零。

隔一年，国民党第十八师围剿红军，兵败龙岗，师长张辉瓒被俘，在囚室见到了红军领导，求饶。朱、毛力保他一条命，但在吉安东固公审他时，当地群众恨得他眼睛滴血，冲进会场杀了他。岳麓山多他一座堂皇的坟墓。伍先生晓得这件事，说，莫起杀伐心，莫把罪孽造。人间不逍遥，一报还一报。至此，这位为民国奔走呼号的绅士更加消沉，刺激他偷生欲念的只有色情、恐怖的旧戏，他看戏、听戏，如头疼时朝太阳穴抹万金油。后来，省政府禁了“杀子报”“游地府”“瞎子捉奸”“调二叔”，他大骂，待到后来，国民党颁布市民捐税十一种，他本就不鼓凸的钱袋子瘪一截，又骂。就在骂骂咧咧中，他走完没落绅士的最后一程……

菊心·彭叔·罗夫子

我对鱼钩说：讲这些做什么，讲你的爹。

我爹，我爹在常德开诊所，行医。

……新中国已经成立。那天有位街坊揪住个人，冲进诊所找兑生，说抓到卖假药的人。被揪住的人矮沓沓，老眼昏花，眼屎糊糊。街坊拿出一块药材，说是矮子卖给他的天麻，假货。矮子大概是山民，抖抖瑟瑟，畏怯，想脱身。又冲进个青帕子缠头的老女人，胸瘪屁股大，抢过那块药材，送到兑生鼻孔下，粗糙如锉刀的手指触着兑生的脸面。女人说：郎中，你闻，真天麻有鸡屎臭。我们土家山寨的，从不骗人。

土家山寨？兑生细看女人，又看那男人，认出，是菊心，还有四矮。他点头，表示对真天麻的默认。男人和女人走出诊所，在他眼前消逝。他没有追，也不能追，不能不相信：岁月是把杀猪刀。

后来，后来兑生将诊所搬到长沙，他已经同一位面目姣好的护士结婚，护士是长沙人。兑生找过罗夫子，夫子搬家，不知去向。他从潮宗街走过，会想到石月；有次被约到船舶厂行医，路过当年的纱厂，记起了运宝。过往留下重重叠叠的记忆，已经被压制成薄薄的一页一页，如汁液枯干的草本木华，成为标本。他的心态已平静，情感已冷却。心思集中在筋络、脉象和锱铢必计的药材上，每说一句话，话的分量都像用戥子称过。行医如治病，发不得半点懵。

只在那天，副市长视察街道卫生，被带进他的诊所。定睛一看，副市长竟是彭叔！彭叔端详一阵，也认出他。两人约好个时间长谈了很久。后来彭叔保举他去中医研究所当了副所长，还帮助他找到了罗夫子。

夫子体质差。为他号过脉，开些养气滋身的中药。那天给他送药，夫子开柜，从暗屉中拿出“桐花新庐”的房契，交给他，兑生后来住进“桐花新庐”。

再测字·胎记·收条

我存疑，问：你是不是菊心的儿子？

鱼钩说：打鬼讲，当然不是！

鱼钩说完他爹的长篇故事，已近黎明。宾馆楼下开始喧闹，人声，叫卖声、汽车按喇叭声，电扩音器发出的“老鼠药、蟑螂药、臭虫药、臭脚克星”的广告声，吵。被鱼钩叨扰一夜，吃过早点，他办事，我补瞌睡。

他办什么事？

我给“女一号”去电话，她在电话中说，他或是为自己的案情奔走，再无下文。

案情？鱼钩为什么对坐牢一事讳莫如深？不管他，瞌睡上头。

下午，直到吃晚饭时他才回来。同去吃饭，他说今天痛快，要饮酒，饮得酩酊大醉，扶他上楼，喝过酽茶，他酒醒一半，开始讲自己的故事。

……信访办收到来信，磨盘坳村民写的，邮戳显示，信从L市发出，信中说，他们十多个人从磨盘坳出外打工，被骗到L市的小煤窑挖煤。一年多，一分钱工资领不到，身份证扣在老板手上，人回不来。更凄惨的是人不见了两个。磨盘坳村上也有十几封信寄到信访办。信访办将信转到L

市，没下文。

磨盘坳属革命老区，政府要对老区群众负责。如何解救这十多个人，市领导棘手。鱼钩发懵，提出由他经办。

他带上信访办的刘伢子赶往L市。刘伢子身上有污点，本可以提副科，被举报，为人办事收钱。但他是L市的当地人，地皮子踩得熟，三教九流的人都有交情，鱼钩大胆选上他。以后的事是，鱼钩不走程序，不守规矩，不按正规方式出牌。他先在L市的大饭店用餐，在洗脚屋泡脚，同极不庄重的人打交道，从小混混们的嘴里套话。两天以后，刘伢子也打探到，磨盘坳的十几个人在姓范的煤老板矿上挖煤。通过朋友关系，刘伢子见到磨盘坳的农民工，磨盘坳人支支吾吾地说出，同来的两个青年，一个不满二十，一个二十出头，采煤时遇到洞子起火，丧命。刘伢子又了解到范老板财大气粗，同市里的头头关系铁，他信风水，信菩萨，信算命先生，每年过年去南岳烧头一炷香，杀头夜猪子敬神。上次乐山来个算命的为他起一卦，收他三万块钱。煤老板之间有恶性竞争，去年清明节他给祖宗上坟回来，被同姓的竞争对手拉去喝茶，在茶水中下过毒，好歹拣回一条命，从那以后去哪儿都不喝茶。经常去L市最高档的“南风窗”酒楼，由指定的厨子做菜。如何接近他，鱼钩同刘伢子煞费苦心。决定，设局。

刘伢子带上一批儿时朋友，加上鱼钩，坐在“南风窗”

守候，只等范老板入彀。这天，有人老远看到范老板的宝马车驶来，他下车，有条狗冲着他叫。保镖为他赶狗。鱼钩计上心头……

范老板从二楼电梯间走出，去包厢，一张脸如包心菜，菜叶子发黄、发黑。大厅有一桌闹闹嚷嚷，桌上摆着张服务员拿来的白纸，纸上有字。范老板问：吵什么？讲话如响铳。

认得范老板的伢子说：在给公务员刘伢子算命。

范老板停步，听鱼钩抽胡说。

鱼钩指着纸上的字，冲着刘伢子说：你姓刘，刘字繁体“卯刀金”，“卯”字横上一笔是“印”，你本可以做掌印官，只是少支笔杆子。于是你只做得握刀。

刘伢子不认同，问：我握个什么刀？

鱼钩说：裁纸刀，用裁纸刀拆信封，搞收收发发的工作。

刘伢子服了，连连点头。

鱼钩接着说：金钱上你不含糊，能捞就捞，这些年发点小财。

刘伢子装作不好意思，说：先生莫点破。

恰到好处之时，鱼钩站起身，目光如暗夜中汽车打开车灯，射向煤老板。煤老板局促、紧张、周身不自在，想走，脚如陷入胶泥，走不开。想背过脸，做不到。想说话，说不出。鱼钩出声，说：这位贵人，定是家财累累，大企业家。贵姓？

范老板吐出一个字：范！

鱼钩将白纸翻过面，写个“范”，摇头，闭上眼睛，手指掐来掐去，镇定地吐出两个字：不吉。

范老板颈脖变粗，颈上暴豆角子筋，问：为何？

鱼钩慢慢吐话：清明节你为范家祖宗坟头除过草，是不是？

白纸上写的“范”被抹去草花头，留下个“氾”。

接着说：被仇家算计，从此你不喝茶水。

他笔一划，抹去“氾”的三点水。

范老板听得眼睛不眨，脸色转红。

鱼钩说：这去水之“氾”，离“危”只有一夕，更吓人的是刚才你可能被条狗跟着。

不止范老板，连他的两位保镖也惊愕，只是发不出声。

鱼钩在去“水”之“氾”旁加一“犬”字偏旁，组成个“犯”字，闭上眼睛，做入定状，不紧不慢地吐出：你犯事，摊上大事了！

范老板脸转猪肝色，成了菜市场近几年有得卖的紫包菜。他拉过鱼钩的手说：借个地方说话。

走进包间，范老板说：有什么你直接说，要多少钱你明说。

鱼钩说：晓得你是煤老板，钱足。不图你的钱，只是为你报个信，消灾。

范老板说：请教。如何消灾？

鱼钩说：先把话讲透。你是煤老板，沾着“煤”字不吉利，想知道？

范老板点头。

鱼钩让服务员再拿过张白纸，写个“煤”，指着“煤”字左偏旁“火”字说：“火”为二人。

指着右边“某”字，拆解字形，说得神乎其神：上为“甘”，一人廿一；下为“木”，一人一十八。两人死于煤洞子着火，是不是？

范老板目瞪口呆，人往后倒，几乎晕过去，手指着鱼钩，说：你是什么人？

鱼钩说：算命讨口彩的人。

范老板说：我要为你上鱼翅席。

鱼钩说：我习惯吃斋。

范老板几乎跪下，说：神仙，救我。

鱼钩说：救你不难，但要心诚，打不得诳语。俗话说“神明似电，暗室亏心”，什么话要实说。

范老板被这一诈乎，弄得胆战心惊。一老一实说出矿洞子着火，烧死两个后生子农民工。

鱼钩问：埋哪里？

范老板突然警觉，问：做什么？

鱼钩说：坟上施法，安置亡魂，让他们走到碍你不到的地方，你可以安心过日子。要不，你仍然是每晚做梦。

范老板点头。说出矿洞子采煤招工难。招到的农民工经验不足，在洞子里吸烟，引发瓦斯爆炸，两个年轻伢子送命……

事情说得轻描淡写，鱼钩说：市里没有人晓得这回事？

范老板说：晓得也会装聋作哑，他们好多人有矿上的干股，为这事我还送了不少现金。

假话！哪个敢收？

范老板说：明的不收。但是我装作袋子弄错，装钱的袋子留在他们汽车尾箱，事后也没有人将钱退还给我……我这人做事讲良心，安葬这两位农民工后，清明时，还在他们坟头化了大把纸钱，烧了纸扎的两个姑娘，还有纸扎的汽车、楼房，还有麻将牌。只是每晚还做噩梦……年初一去南岳烧头一炷香不顶用，乐山来的高僧作法也不顶用。相信你是高人，能为我化解。

说罢下跪，鱼钩扯起他，说：不必。

鱼钩说：以后的事情是为两位农民工迁坟。范老板手下挖开坟洞子，让赶来的警察逮个正着。范老板被拘留。我发懵，拿着掌握的材料找当地政法委书记，就是李茅。事情办得很顺利，范老板被刑事拘留，候审。十几个磨盘坳的乡亲得到解救，并且补发积欠的工资，每人三万多块，身份证也退还给他们。

鱼钩见到李茅时，他刚刚主持会议散会，两人到办公室。

李茅很热情，放得开，那张脸比大学时代要开阔，打开抽屉，拿出包好烟丢给鱼钩，嘻嘻哈哈地说：老同学，你要走程序，找到我，就不用扮个测字先生，堂堂正正的政府官员，剑走偏锋，掉价。

鱼钩说：当初找你，顶用吗？

李茅说：当然顶用。我虽不说是一只手遮天，L 市的事情还是说了算的。我猜，你古书中程婴舍子、王佐断臂的故事读得多，又以“智取威虎山”为蓝本，就了这出“智取范老板”的剧，有你的。

李茅当即布置，专人专车送磨盘坳的农民回乡，由刘伢子同 L 市的办事员跟车，一定要将每一位农民平安送到屋。路过长沙时，去一趟鱼钩的家，报个平安信。李茅执意要留鱼钩在 L 市玩两天。

鱼钩想，李茅这次确实出力，任务完成了，可以应他之邀，在 L 市停留两天。当晚，他就后悔。

当晚，吃过饭，李茅邀他去洗个桑拿。想到李茅这次费了大力气，鱼钩决定请客。李茅说，“仙娜”会所水疗比较正规，就去“仙娜”。鱼钩告诫自己，出格的事绝不干。入了会所，喝过茶，进入桑拿室。一位穿着清凉的女子请他更衣，鱼钩坚守底线，只是除了内衣。女子主动替他除去底裤，他拒绝。就在他内裤被女子褪到一半时，听到咔嚓一响，是相机还是手机，分辨不出，晓得着了道儿，立即穿上衣裤，执意乘当晚的火车回家 。

我问：后事如何？你被拍到了皇帝的新装？

鱼钩说：那倒没有，关键部位没有拍到。

我说：那就好。只拍到“皇帝”的椰子壳，或者是“皇帝”的白兰瓜，不碍事的，哪个认得出？

鱼钩说：你蠢。我的“白兰瓜”上有胎记，一块拳头大的青斑。

这下糟了。

糟的在后面。我的前妻，蠢得死的漂亮婆娘，见钱眼开，一头钻进李茅下的套。

给你戴绿帽子了？

给我戴绿帽子，哪敢。

一车民工，两个办事员赶到桐花新轩。敲开门，鱼钩的老婆迎出。刘伢子急于在漂亮女人面前赞赏鱼钩的机智、能干。农民工急于感谢鱼钩的大恩大德。一位民工说：大姐，你不晓得我们在矿上过的什么日子，下洞子每天要挖几吨煤，完不成定额，皮鞋打脸。

另一位农民工说：矿井有瓦斯，弄不好要死人。不肯下矿井就捆起我们，朝捆手的绳子中塞矿泉水瓶，痛死人。

农民工又说：生不得，死不得，逃不出来，想跑，狗追着咬。

这位又说：搭帮你家先生，大恩大德，好人哪，把我们救出来，矿上还给每人补发了几万块钱的工钱。

说罢，这几位农民工就要下跪。其中一个拿出个大信封，三万块钱，定要塞给鱼钩老婆。漂亮女人被农民工的话打动，再有，孙子在美国读书正要钱用，女人犹豫，看着两位办事员。L 城的办事员将她拉到一边说：这钱不是索贿，是他们自愿送的，相当于每个人一个月的工钱，比起你先生解救他们的大恩大德，算不得什么的。

女人笑吟吟，一边说客气话，一边收下大信封。

L 城的办事员又对女人说：三万块，不算多。只是要有个收条，以免他们今后说送了你三十万。

女人钱到手，打收条眨眼间事，为慎重起见，还在收条上盖上鱼钩的私章。

坐牢·即刻回程·继续发愤

鱼钩说：你说这女人是不是猪脑壳，居然授人以柄。

我问：后来呢？

鱼钩说：后来，后来收条落到李茅手中。收条连同我露出胎记的照片由省纪委送到检察院，“受贿”“出入色情场所”，证据确凿，我被判了两年。入狱前，我做件决断的事，离婚！坐牢，牢中想到自己受的委屈，好几次脑壳撞墙，又想用牙刷把子插喉咙，还是挺下来，没做蠢事。就要书读。狱警只给我一本《新华字典》，我想到有骗范老板的测字天赋，就研究偏旁部首，拆拆拼拼，居然能横生枝节、偷梁换柱、巧舌如簧、杜撰故事，先在同室犯人身上试技，没有不得逞的，个个以为我是神仙落难，至少让我在牢中没受欺负，还有人“进贡”。出狱后我在社会上打流，成了“歪嘴子”的测字先生，只是我的策略是“打一枪换一个地方”，没受城管的刁难。

说完这些，鱼钩眼圈子发红。继续说：这次来L市，就是听法院宣判，这次进牢里的换成李茅。他向矿老板索贿，勒索干股，忽视矿上安全，隐瞒矿难，生活腐化，被法办。还没有提到他设局陷害老子的事。刘伢子和L市的办事员法庭作证，为我讨个公正。我有错，不是有罪，法院建议原单位恢复我的公职。我赔进去两年光阴，这次算是讨还自己的清白。老子聪明一世，错在懵懂一时。

我无言可对，感叹嘘唏。他朝嘴里又塞进一支烟，宽松了情绪，麻木了神经，我却不得不推开窗户，驱散满屋的尼古丁。掀开厚厚的天鹅绒窗帘，一并拂开那层白纱帘，风拂来，送来槐花还是什么花的淡香。我看天，竟然看到北斗星，“斗柄东指，天下皆春”；天上星子迷惑我，北斗以南，有一团朦胧的光斑，蜂巢一样，如湿手指沾上溶沙按在天幕上。天上星星数不清，天上星星也发懵。

鱼钩瘫手瘫脚仰卧床上，没脱鞋，嘤嘤哭，后来号啕，涌两行泪水。没打扰他，让他尽情发泄。哭够了吧，他的手机响，他抓过枕巾擦一把脸，声音由嘶哑转入亢奋，脸上显出难得的晨光，说：即刻回程！

一晚没有睡觉，他握着方向盘，显得特别精神。高速路上，车开得横冲直撞。我盯着车窗外看，方块的田丘扯成菱形，行道树扫眼而退，前面的油菜花田倒是淡黄的一片。他告诉我，女一号来电话，约好中午在株洲西站相见，怪不得精神抖擞，像扎了吗啡，却丝毫不去想她怎么会有他的电话号码。此时此景，只能用“春风得意马蹄疾，一日看尽长安花”来形容，只是我担心出车祸，假如他发懵，就不是看尽长安花了，而是连油菜花也看不到。

赶路，过衡山，过朱亭，过王十万，我实在支持不住，闭目小睡，时不时睁眼看路况，提醒他不要发懵，不要乐极生悲……

我的心思回到兑生的故事中，真如鱼钩所说，一切归于躲不脱的谶语，归于宿命论？还是个性使然，形势使然？又想到鱼钩的经历，他人生的起落张合，绝对同个性有关。世道弄人，人弄世道。世道弄人是众人的合力，自有排山倒海的力量；人弄世道，只是唐·吉诃德挑战风车……

风驰电掣。鱼钩开车的速度没有下过110公里，有两次差点开出车道，有两次差点撞到防护栏，还有一次被交警拦住抄牌，罚款，扣分。谢天谢地，总算到了株洲西站。隔老远，看到西站梭子形标志性雕塑，背后是设计成游艇般的候车大厅。就在“梭子”之下，轮椅上坐着女一号。靠近她，看到她瞅着鱼钩发出矜持的、河深海奥般的笑。而鱼钩，像个和合菩萨，嘴咧得可以望到口腔的“天花板”。

我帮着鱼钩，将女一号抱进车内，又将“绿意”折叠式轮椅塞进车尾箱。一切就绪，鱼钩扭过头，冲我狡黠一笑，说：快去买高铁票，你可以回广州了。

我的天，是他继续发懵，还是我发懵？我直呆呆地看到他合上车门，他、女一号、折叠式轮椅和那辆“别克”车，顿时在我眼前消失。

2017·1·10

后 记

湖南，我的家乡。

1900至1910年间，湖南有哥老会的萍、浏、醴起义，以此为题材，我写作小说《蛮山痞水》，以反映我乡青壮年，头角峥嵘，吃得苦，耐得劳，打落牙齿和血吞，又不按常理"出牌"，故此曰"蛮"、曰"痞"。

1910年长沙有抢米风潮，1911年长沙光复前后，"乡里鳖"、"叫脑壳"、"长褂子"、"号褂子"一齐登场，风云变幻，轰轰烈烈。我以此为题材，写作小说，本想以"嚣街谲巷"为书名，但出版社认为太拗口，后改为《乱世星城》。乡人好看热闹，更好凑热闹，喜欢"一窝蜂"，喜欢"一阵风"，遇到不平事热血贲张，慷慨激昂；寻常巷陌，却不乏老谋深算的名士、耆宿。故此曰"嚣"、曰"谲"，之后，我以为湖南人的集体潜意识中应当有巫、傩的因子。以活跃在上个世纪湖南的烈女猛男为主角，写作《巫魄傩魂》……

两年前，参观阿姆斯特丹考斯特钻石厂。这间工厂切割的钻石不论大小，均有57个切面。猛然想起，湖南人的性格是不是也有若干个切面？除了上述切面，是不是还有"懵"和"癫"？

回忆起生活中的人和事，"发懵"、"发癫"的大有人在：

我有两位大学同学就“懵”过，“癫”过。一位后来洗白了“自己”，一位受到法律制裁；一位性格使然，一位贪欲使然。

我有位朋友，他去世的父亲曾在参事室工作。一次他说起，大革命时，他父亲十八岁，一腔热血投入革命，曾经参加过共产党领导的石门南乡起义，火线入党。他幼小时随父亲回老家石门南乡，在一间祠堂屋前，他父亲说，当年就在那片祠堂屋门口，用柴刀砍翻县上伪警备队七八个人。只是后来他父亲脱离了革命。他说：父亲如果继续干下去，说不定我就是红二代。

那的确。只是，只是他父亲播下的龙种，说不定收获的是跳蚤。

但是，我知道，发起组织湖南劳工会，在湖南第一纱厂工人发动大罢工，组织大规模游行示威的黄爱、庞人铨，曾被人讥为“癫”、“懵”，牺牲时两个人都是25岁。

在中国共产党第五次全国代表大会上，当选为中央监察委员会候补委员的肖石月，也被人说成“癫”、“懵”。他领导成立新化锡矿山工会，用计收缴了商团和安集乡保安团枪支，组织了拥有一百多支长枪的锡矿山工人纠察队。在“马日事变”后，率工人纠察队以配合各县农军围攻长沙。遭反动武装的伏击中弹牺牲。牺牲时肖石月27岁。

柳直荀牺牲时34岁。

那个年代，“癫”和“懵”，是在生死、得失上不工于计算，是大无畏，是“舍得一身剐，敢把皇帝拉下马”。在民族危亡的时刻，在拯民于水火的时候，工于计算个人得失，是对“大无畏”精神的亵渎。

历史上有人可歌可泣，也有人值得惋惜。唉，历史就是历史，翻过去了。

我感谢给我提供人物形象的朋友，也感谢给我提供故事的朋友。还有给我提供资料的王招民和谢念国诸君。

我仍在寻找湖南人性格中的更多切面。

2017 年春